盗墓笔记

【一部五十年前发现的千年古卷】【相当好看的盗墓小说】

南派三叔 著

蛇沼鬼城

肆

四川文艺出版社

④

图书在版编目（CIP）数据

盗墓笔记 . 4 / 南派三叔著 . — 成都：四川文艺出
版社，2022.4（2025.5 重印）
ISBN 978-7-5411-6186-5

Ⅰ . ①盗… Ⅱ . ①南… Ⅲ . ①长篇小说—中国—当代
Ⅳ . ① I247.5

中国版本图书馆 CIP 数据核字 (2021) 第 214933 号

DAO MU BIJI .4

盗墓笔记 . 4

南派三叔　著

出 品 人　冯　静
特约监制　孟　祎　舒　以　王传先　谢梓麒
责任编辑　程　川　王梓画
责任校对　段　敏

出版发行　四川文艺出版社（成都市锦江区三色路 238 号）
网　　址　www.scwys.com
电　　话　010-82068999（市场部）　　028-86361781（编辑部）

印　　刷　河北鹏润印刷有限公司
成品尺寸　166mm×235mm　　　　开　本　16 开
印　　张　20　　　　　　　　　　字　数　360 千
版　　次　2022 年 4 月第一版　　　印　次　2025 年 5 月第二十一次印刷
书　　号　ISBN 978-7-5411-6186-5
定　　价　49.80 元

盗墓笔记 肆

盗墓笔记 肆

盗墓笔记 肆

盗墓笔记 肆

盗墓笔记

肆

蛇沼鬼城（上）

第九章 · 录像带

就在我和三叔聊天时，突然有人敲门，随即走进来一个快递员，问哪个是吴邪。

我在这里的事情，只有家里人和阿宁方面的一些人知道，所以我以为是家里给我寄来的慰问品或者是国外发来的资料，并没有太在意，就接了过来。等我签了名字后，仔细看寄件人时才发现，包裹上的署名竟然是张起灵。

那一瞬间我呆了一下，接着就浑身一凉。

在这里的这段时间里，我已经把在长白山发生的事情逐渐地淡忘了，可以说除了恐惧，其他的记忆基本上都被琐碎的事情覆盖了，但是这个名字，一下子又把我心里迟钝的那根弦扯紧了，不久前的事情一下子潮水一样涌现在了我的脑海里。

他怎么会给我寄东西？他不是进到那巨大的青铜巨门里去了吗？难道他已经出来了？这是什么时候寄出的，是在他进云顶天宫之前还是之后？我马上去看包裹上的日期，一看又是眼皮一跳：竟然是四天前。

这么说他真的出来了，从那巨门里出来了？

我的手开始发起抖来了，脑海里闪过闷油瓶走入地底青铜巨门的情形，看着手里的包裹，心里乱成了一团，心说这会是什么东西？难道，这是他从那青铜门里面带出来的？

那会是什么呢？人头？明器？鬼玉玺？

不知道有多少古怪的念头从我的脑子里闪过，过了好久我才突然意识到应该马上打开它，于是忙四处找剪刀。

一边的三叔看我表情大变，不知道我收到了什么，好奇地凑过来看。一看到"张起灵"这三个字，他也吸了口冷气，露出了极度震惊的神色。

两人手忙脚乱地翻了半天，最后三叔找到了一把水果刀递给我，我才得以割开包裹外面的保护盒。

盒子里面裹了一包东西，包裹是四方形的，外面十分工整地用塑料胶带打了几重十字，十分难撕，我费了九牛二虎之力才撕出一个口子，里面露出了两个黑色的物体。我的心跳陡然加快，停了停，深吸一口气，用力一扯，两个黑色的物体被我拔了出来。

那一刹那我已经做好了看到任何可怕东西的准备，然而我看到的东西却让我傻了眼——竟然是两盘黑色的老式录像带。

刚才我脑子里乱成一团，几乎什么都想过了，唯独没有想到里面会是两盘录像带。因为闷油瓶那个人，你可以很容易把他和棺材什么的扯上关系，却实在很难把他和录像带这种过期的现代化东西联系起来。

我靠！他怎么会寄这种东西给我？里面是什么内容？

我的心一下子就悬了起来，脑子里出现了一个念头，该不是他进青铜门后的情形吧？难道他把青铜门后的情形拍摄下来了？

要是真的，那太……不过一想又觉得不可能。当时没见他扛摄像机进去，而且我相信那青铜门后面不会是什么好地方，应该不至于能轻松地扛着摄像机拍摄。

那会是什么呢？我心里顿时好像有无数只蚂蚁在爬，直想马上播放出来看看。

不过，这两盘录像带，样子和使用的材料都是很老式的，可以说年代相当久远。我知道必须用老式的放映机才能播放，那种东西现在很难找到了。

三叔示意我翻过来看看。我就把包装丢到一旁，把两盘录像带拿出来，先仔细看录像带的侧面有没有标示什么信息。

我对录像带并不陌生，十年前街头还是遍布录像带租赁店的时候，看国外的故事片几乎是我唯一的娱乐方式。那时候假期里一天五盘是肯定的，接触得多了，对这东西的结构自然也有一些了解，知道一般自己录制的录像带，都会在背脊上写点儿什么，否则无法辨认。

一看却有点儿奇怪，两盘录像带的背脊上以前确实贴着标签，然而现在给撕掉了，撕掉的痕迹很新，显然时间不长，看来，似乎是闷油瓶不想让我们看到这边上的标签。

这又是为什么？东西都寄给我了，还要撕掉边上的标签，这上面有什么是我不能知道的吗？

"这是怎么回事？"这时，三叔拾起地上的包装，甩了甩，确定里面再没有什么东西，问我，"大侄子，你可不厚道，怎么没告诉我你和他还有联系？"

我摇头表示绝对没有。三叔拍了拍带子，问这怎么解释。我说："你问我，我问谁去？"

三叔看我不像撒谎，就皱起了眉头，啧道："那这小子也算神通广大了，他怎么知道你在这里？"

我也觉得奇怪，我从云顶天宫出来之后，地址只有阿宁那批人和家里人知道，他没有我的信息，却能准确地寄东西给我，这其实是相当困难的事情，没有人为他收集情报是不可能做到的。看样子，这个沉默寡言的人真是深不可测啊。

三叔想了想，又问我面单上有没有写这邮包是从哪里发出来的。我拾起面单看了看，上面只有发件人和日期，其他真是一片空白，不仅发出的地址没有写，连发出地都没有标明，真不知道这快递公司是怎么做事情的。

不过日期是在四天前，这里省内快递一般一天就到了，省外比较近的也只需要两天，这份快递寄了四天，寄出地不是离这里很远，就是相当偏僻、交通不便的地方。我可以查查快递公司的电脑系统，如果他们有网络登记，一查就知道了。

说完，三叔和我对视了一眼，都苦笑了一下。这突如其来的东西打乱了三叔的叙述，一下子，我也不知道该怎么处理这带子才好。三叔就道："大侄子，要不咱们先暂停，这小哥行事诡秘，他不会莫名其妙寄东西来，这两盘带子可能非同小可，咱们先去找录像机，看看里面拍的是什么，怎么样？"

我听了一下摇头，忙说不行，虽然我对这录像带里的内容也十分好奇，但是三叔给我叙述的东西还没有一个具体的头绪，现在暂停，等一下他心情变了，指不定还说不说呢。而且录像机这东西停产都快十年了，现在连VCD都淘汰了，旧货市场都很难买到，这带子一时半会儿肯定看不了。

不过，如今想当这两盘录像带不存在也不可能，我就说："咱们继续说咱们的，让你那伙计去问问这市里什么地方有旧货市场，然后去看看，如果有这机器就买下来，如果没有，我晚上上网想想办法。"

三叔听了也觉得有道理，道："也行，反正接下来也会说到这小哥的事情。"说着就挥手让伙计照办。

那伙计听三叔讲事情也听得津津有味，现在把他打发走了，颇有点儿不情愿，不过被三叔一瞪，也没脾气了。

伙计走后，三叔就拍了拍脸，道："那咱们说快一点儿，刚才我

说到哪儿了？"

我把刚才听到的给他重复了一下，三叔就点头："对，关键就是那帛书的内容，那老外和战国帛书渊源很深，这事情还挺复杂，还得从头和你讲。大侄子，你做生意的时间也不短了，你对战国帛书这东西了解多少？"

我想了想，干一行，熟一行，虽然我不太喜欢拓片生意，利太薄，而且接触的人都有点儿古怪，不过这么多年做下来，我对这一行的了解还是比较深的。

战国帛书这东西，不能算是拓片里主要的一种，看名字就知道，战国帛书就是战国的帛书。然而事实上，这个战国的范围还比较狭窄，正式交易的时候，春秋时期的东西也算到了战国里面。市面上战国帛书的正本很少，非常珍贵，又因为出土墓点的不同，被分为楚帛书、魏帛书等。这些帛书的内容也各不相同，其中最珍贵的是鲁黄帛，现今公认是鲁黄帛的，我知道的十个手指都数得过来，而且都不完整，其他混充的东西虽然也有，但是真假难辨，一般官方都不承认。

鲁黄帛也不是单一的一种，按照字体和拓片的大小，分成几个小类别，其中有一种非常珍贵，原因很简单，就是它上面的文字，别人看不懂。

记录在这种帛书上的文字语法非常古怪，能知道单字的意思，但是没法阅读。我们知道中国八大天书："仓颉书""夏禹书""红岩天书""夜郎天书""巴蜀符号""蝌蚪文""东巴文书"以及"岣嵝碑文"，都是文字孤本，没法进行破译。然而鲁黄帛上的文字好像密码一样，国外考古界把这种鲁黄帛叫作"中国的魔法书"，因为按照排列念出来，就好像跳大神的咒语一样。

不过，这种密码已经在1974年的时候被人破解了，这就是后来被称为"战国书图"的一种图文转换的古代密码。我是在三叔那里听说过这个词后自己查的资料，这是一个大发现，不过当年发生的另一件事情太出名了，所以这个考古事件并没有引起轰动。

现在一般的战国帛书的拓片交易中，这种鲁黄帛很吃香，找的人很多。前段时间听说根据考古研究，这种鲁黄帛可能有一百二十卷之多，也不知道是怎么推测出来的。但是我知道真正在流通的，也就是那四片到五片，那都是真正的专业人士看的东西，在网络上看不到，而且外国人特别喜欢，所以很多掮客在各地淘这东西，希望能发现孤本。而要找稀有的鲁黄帛，则需要到拓片店里去扫店，因为我们采购拓片都是一大批弄来，也不会去分类，各种来历的都有，一般都堆在那里，如果有心说不定就能找到冷门的，而且这种人找到了一般也不会张扬，而是自己回去研究，所以这个市场的生意还是比较好做的。

我爷爷从古墓里盗出的那一份就是鲁黄帛，不过因为老底子出过事情，这东西我们也不敢拿出来炫。爷爷在江湖上的名气很大，不乏有人问起这事情，也算是我店里压箱的宝贝。

现在我们也知道，这种鲁黄帛应该就是战国时期铁面生的杂记。这家伙和达·芬奇一样，使用自己创造的文字来书写杂记，非常神秘。从鲁王宫出来之后的那段时间，我也研究过这东西，据说人类历史上凡是使用密文来记述东西的人，都是因为发现了颠覆当时世界观的东西，怕被主流势力（比如说达·芬奇时期的天主教廷）抹杀而不得已采取这样的措施。

关于帛书，我就知道这些。我把这些和三叔说了，三叔点头道："说得没错，果然茅坑蹲久了不会拉屎也能哼哼。"说着就从床底下拿出他的破包，从里面摸出一张发皱的照片。我接过来，发现是在博物馆的橱窗里拍下来的一份战国帛书的照片，看上面的文字排列，应该就是爷爷盗出之后被美国人骗走的那份正本。

"这本来应该是属于咱们家的东西。"三叔道，"老子三年前去美国的时候，在纽约博物馆顺便拍的，整件事情就是因这块东西而起的。想想也真是命里注定，咱们家四代人了，好像被诅咒了一样，都

卷到这事情里头来了。这也是我不想你参与进来的原因，我希望这件事情到我这里就能停了。"

四代人，是啊，我突然感慨了一下，问道："上面到底写的是什么内容？"

三叔笑了笑，道："刚才我就说过了，不说出来你绝对想不到。其实，帛书上面并没有写任何东西，帛书翻译出来的并不是文字，而是一幅神秘的图。"

"图？"我皱起眉头，想起了七星鲁王宫的那份战国帛书，"难道，也是一幅古墓的地图？"

三叔摇头道："不是地图，比地图复杂多了。这件事情一言难尽，去西沙之前，那个老外把这些事情全部告诉了我，我转述一遍，你听完就明白了。"

第十章 · 裘德考

（三叔接下来的叙述很是烦琐，牵扯到了很多老长沙的事情，不过，这些事情对我来说十分有趣，因为我自小就喜欢那种带点儿土腥子味道的老事情，比较有历史的厚重感，听一听也无妨。）

三叔嘴里说的那个传教士当时的名字叫作考克斯·亨德利，中文名叫裘德考，在长沙的教会学校工作，是国民党时期随着当时的东进潮来中国的美国人之一，对中国的文化很感兴趣。或许在美国人的经济观念里，文物也只是商品之一，能自由买卖，自然也可以出口，所以到了中国的第三年，他就偶尔暗地里做一些文物走私生意，那一年他才十九岁。

裘德考的走私生意一直做得很小心，生意做得不大。那时候有两种走私商，一种是"流水的营盘"，走的量大，但是出价很低，玩的是成一笔是一笔的买卖，风险很大。而裘德考是"打铁的买卖"，也就是出价高，东西要得少，但是很安全，来一笔成一笔。他这样做生意的方式很对我爷爷的胃口，所以当时爷爷和他的关系很好。

但是裘德考这个人并不是一个值得交的朋友，从心底里，他并没有把爷爷当成朋友，甚至没有把爷爷当成一个和他平等的人。我爷爷事后得知，在私底下，他称呼我爷爷为臭虫。

1949年长沙解放，国民党全面溃败，之后是1952年，教会开始退出中国，在中国滞留的很多美国人都开始回国，他也收到了教会的电报，让他在安全的时候返回。

他意识到自己在中国的生意要告一段落了，于是开始做相关的准备工作，转移自己的财产。在临走之前，他又有了一个险恶的念头，他和他的同党开始大肆收购明器，用中国人信赖老关系的心理，以极其廉价的订金卷走了大量的文物，其中就有我爷爷的战国帛书。

当时我爷爷并不肯卖这一份父辈们用命换回来的东西，是裘德考谎称这些钱会用来开善堂，爷爷感觉这是积德，才勉强出手的（当然这是我爷爷自己说的，不知道是不是真的，我看裘德考这样的人不太可能有这种善心）。

在这些货物全部上船之后，裘德考知道这批人中有一些并不好惹，为免留下后患，他便在船上拍了一封电报给当时的警备处，将我爷爷等十几个土夫子的形迹全部透露给了当时的长沙解放军临时驻军。

这就是当时著名的"战国帛书案"。这不仅仅是文物走私案，因为在此之前，裘德考和国民党将领的关系里牵扯了间谍、叛国等很多那个年代特有的想也想不通的因素，情况非常复杂。那一天裘德考满载而归，而为他积累财富的那批土夫子，枪毙的枪毙，坐牢的坐牢，哀号一片。

虽说也是罪有应得，但是这样的死法实在是太过悲惨了。

当时我爷爷机灵，一看形势不对，就连夜逃进了山里，躲在一座古墓里，和死尸一起睡了两个星期，逃过了风头，后来光身逃到了杭州。这件事情对我爷爷的打击很大，以至于战国帛书后来就成了他的一项禁忌。他在世的时候，一直叮嘱我们不可以乱说这方面的事情，所以我们家的人一直对此讳莫如深。

裴德考回到美国之后，拍卖了那批文物，发了大财，战国帛书被高价卖给了纽约大都会博物馆，成为当时拍卖价格最高的文物，而裴德考也一跃成为百万富翁、上流社会的新贵。他将在中国的故事写成了传记，广为流传。

富有之后的裴德考，逐渐将兴趣转向社交，大约在1957年，他受邀担任了纽约大都会博物馆远东艺术部顾问，为战国帛书的研究工作提供指导。当时的博物馆馆长就是臭名昭著的普艾伦，两人都是中国通，都是在中国雇佣土匪盗掘文物发的家，很快便成了朋友。裴德考还赞助了一笔钱给博物馆作为基金，用于收购中国民间的文物。

大概是因为富裕生活的悠闲以及对中国文化的热爱，之后的裴德考修身养性，逐渐沉迷于对中国文化的研究。他在大都会博物馆主持研究了几个大型的项目，成果颇为显赫。然而真正让他名留史册的，却是1974年，他解开了战国帛书密文那件事情。

当时他对战国帛书的研究已经持续了二十多年，起初他是为了抬高帛书的价格，后来则完全是因为兴趣。

在刚开始，没有一个人认为他这样的一个美国人可以解开中国的古代密码，然而裴德考以惊人的毅力做到了。

说来也是巧合，他是借由一本中国"绣谱"古本中的灵感发现了"战国书图"的解码方式。这种解码方式，其实也就是类似于"绣谱"中利用文字记录刺绣程序的办法。在数学上就是点阵成图，说复杂也不复杂，完全在于一个"巧"字，你能想到，就能够解出来；你想不到，即使你对中国古代密码学再精通也没用。

发现解码方式后，裴德考喜出望外，马上召集人员，对爷爷的那份战国帛书进行大规模的翻译。一个月后，全部密文就被解出。

然而出乎裴德考意料的是，当时出现在解码纸上的，不是他原先预计的记载着战国时期占卜、历法的古文，而是一幅古怪的、完全没

有意义的图案。

这图案古怪成什么样子，很难形容出来，后来我看了三叔给我画的草图也摸不着头绪。描述一下的话，只能说这幅图案十分简单，只是由六条弯曲的线条和一个不规则的圆圈组成，线条互相延伸，有点儿像地图上河流的脉络，或者是什么藤本植物蔓延的茎，但是，给那个圆一围又感觉不是。拿远点儿看，好像是一个抽象的文字；近看，就完全不知道是什么东西。

除此之外没有任何信息，如果你不说这是来自中国的古籍残卷，所有人都会以为这是刚刚会拿笔的小孩子在纸上乱画出来的线条。

历尽千辛万苦，翻译出来的东西竟然是这么一张莫名其妙的图案，裴德考十分诧异。他一度以为自己的翻译方式是错误的，但是反复验证了之后，他发现不可能，如果是错误的，那么不可能成功地将文字天衣无缝地转换成这个图形。显然，用密文记录下的东西，就是这六条线和一个圆圈。

那这六条线和一个圆圈代表着什么呢？这帛书的主人为何要将它隐藏在文字当中呢？

凭着在中国这么多年的经历，他的直觉告诉他，能够被人用密文写在昂贵无比的丝帛上的，不会是普通的图案。这线条肯定有什么特别的意义，说不定非同小可。

他对此产生了浓厚的兴趣，立即开始查阅资料。他用了大量的时间，翻了无数的图书，同时，拿着这张图案去找了当时大学里的华裔汉学家请教。可是，在美国的那批人水平有限，折腾了大半年也没有任何结果，就算有人做了推测，也是不伦不类，完全没有根据，一听就是胡说的。

就在他兴趣减退，感觉没有了指望的时候，有一个大学里的朋友给他指了条明路。他告诉裴德考，这种来自中国的古怪东西，应该到唐人街的老人堆里去问，当时是冷战时期，在唐人街，有不少来自中国台湾的老学者，藏龙卧虎，也许会有线索。

裴德考一听觉得也对，抱着最后的希望，真的去了唐人街求教。

唐人街有一种书馆，是老人聚集的地方，裴德考就专门去这种地方，将那图形发阅，也亏得他命好，果然让他碰到了一个高人。

这高人是一个干瘦的老头，在当地算是个名流，那天他在茶馆听书，正巧碰到裴德考来发图，就要了张拿来看。这一看之后，他就大吃一惊，问裴德考是从哪里搞到的。

裴德考一看有门儿，不由得大喜，他自然有自己的一套说辞，和那老人说了来龙去脉，就忙问这老人是否知道什么。

那老人摇头说不知，不过他告诉裴德考，虽然自己不知道这图形的来历，但是，他曾经在一个地方见过类似的东西。

裴德考一听，心中一动，忙问是在什么地方看到的。

那老人说，那是还在国内的时候，他在山东沂蒙山的一座道观里看到过一个丹炉，这图形，就刻在那丹炉上。

第十一章

· 青铜丹炉

一直以来，这份图形神秘莫测，如何查找没有一点儿线索，如今听到这个，裘德考兴奋异常，他马上请人泡了一壶上好的茶水，恭敬地递上，请那个老学者详细说说。

那个老学者本身就没什么事情，见他十分有兴趣，也来了兴致，就给裘德考讲了当时的经过。

那是三十年前的事情了，当时这个老人是北京大学的国学教授，是国民党党员，女婿是张灵甫手下的一个旅长。整编七十四师溃败之后，国民党残军化整为零，他女婿就带着残部逃入了沂蒙山，当了土匪，在山里猫了三年。后来解放军大剿匪，他女婿被逼得走投无路，和国民党特务接上了头，准备逃往美国。

买通了路子之后，老头和家眷就被他女婿接进了山里，等船的消息。因为风声很紧，带着家眷不方便，这段时间，他女婿把他们安顿在了一座道观里，伪装成道士，等特务的接应。

说是道观，其实是那种民间的土庙，不过，和其他山区的庙宇不一样的是，这座道观建在两道相距不到五十米的悬崖之间，下面腾空，十分奇特。整个道观类似于一个巨大的阶梯，一层一层，一共有七层，墙壁都是刷着黄漆的泥墙，十分简陋，上面四层，就是架在两道悬崖中间的木板，连栏杆也没有。几个神龛上面都是土塑的三清像，也有观音和土地，很有中国特色。

整个道观由两个老道士打理，老的还是年轻道士的父亲，那年代兵荒马乱，香火稀薄，他女婿就给他们一些钱，请他们打掩护。

那个老教授在道观中生活了两个月，道观是在深山里，爬上爬下不方便，他也无事可做，就开始研究这道观中的古董。就是在那段时间里，他发现了一个奇怪的东西。这道观中的很多东西都是粗制滥造的民间土货，没有什么价值，偶尔有几件古董，也是明朝时候的东西。然而，在道观的顶上那层，有一个青铜炼丹炉，形状十分奇特，好比一朵倒翻的莲花，看上面的铜锈，年代更加久远，和这里其他的东西有很大的区别。

老教授不是学历史的，但是当时的老夫子对这些都有点儿阅历，他很感兴趣，就问了老道士，这丹炉是从哪里来的。

那老道就称赞他眼光很厉害，这丹炉确实不普通，是很久之前一次地震，从山里塌出来的，当时一起塌出来的还有很多的骷髅，村民很害怕，就抬到这里来给神仙镇着，已经有六十多年了，他当时还小，具体什么情况也不清楚。

老教授听了就觉得越发有趣，然而当时兵荒马乱，自己的身份又特殊，也没法进行更多的调查，他在道观里琢磨了一段时间，后来也没有下文了。不过，当时的境遇和环境让他对这件事情记忆非常深刻，对那个丹炉的形状和花纹也记得十分清晰，所以一看到裘德考给他看的图形，他就认出来了。

他告诉裘德考，这个花纹是在丹炉的盖子上，形状和这图形一模一样，他绝对不会记错。如果他想知道得更多，可以想办法去那个道观了解一下情况，不过，沧海桑田，现在那地方还在不在，要看他的造化。

裘德考听了之后，又是兴奋又是失望，兴奋的是，显然这份图形背后的东西，比自己预想的还要丰富；失望的是，听完这些叙述，他对这个图形仍旧一无所知。

他很想亲眼看看老教授口中说的那只青铜丹炉，然而，这在当时几乎是无法实现的。当时一个美国人要到中国去是相当困难的，特别是他这种臭名昭著的文物贩子。

不过裘德考这人是非常自负的，他想做的事情，没有人能阻止。他还是想了办法：自己不能到中国去，但是这么多年的文物活动搞下来，他在中国有着严密的关系网。他开始设法联系中国的老关系，想办法找人进沂蒙山，到那个深山道观去看看，了解一下情况，最好能把那个丹炉偷出来，运到美国。

当时的中国刚刚经过十年浩劫，百废待兴，他的老关系已经荡然无存，老一辈的土夫子，在中华人民共和国成立后的清肃中死的死，逃的逃，文物走私这一块，已经完全重新洗牌。他借助自己在国民党中的关系，几乎用尽了所有的渠道，都找不到一个认识的人。

百般无奈之下，他只能冒着风险，求助于几个当时自己不熟悉的文物走私犯，让他们介绍一些长沙这行里的新人。

这又是几经波折，不过功夫不负有心人，最后，终于给他联系到了一个肯和他合作的中国人。

这个人，就是解连环。

解连环是怎么进这一行的，三叔当时百思不得其解，因为当时的大环境，连解家老爷子都不敢涉足老本行，只能吃吃老本，这走私文物是大罪，和现在的贩毒一样，是脑袋别在裤腰带上的活儿，一般不是急着要钱救命，谁也不敢去干这个。

而解连环当时就是个纨绔子弟，完全的二世祖，解家老爷子有意洗底，从小就不让他接触家族生意，也不让他学东西，所以无论是胆量、眼界、阅历还是其他的客观条件，他都不可能会进到这一行来，更加没有理由能够和国外的走私大头联系上。

说得通俗一点儿，文物走私这一行是要有手艺在手，拿货、鉴货、估价这些技术，没有二三十年的锻炼积累，是成不了气候的，而你没有这些能耐，就算你主观上再想入行，也没法找到门道，你的买主不会理你。所以，如果裴德考能够通过中间人联系到解连环，就说明解连环必然已经和这些人有了生意来往，而且取得了对方的信任。这想来以解连环的本事，是怎么也不太可能的。

这个问题一直困扰着三叔，直到他第一次西沙之行回来，开始调查这件事情，问了解家的老大，才知道了一些来龙去脉。不过，这事情和裴德考的事情并无关系，这里没有必要再提。

解连环和裴德考接上头之后，裴德考就将自己的计划寄给了解连环。那是一份详细的资料，附上了那个老人画的青铜丹炉的草图和一部先进的照相机。他让解连环首先必须确认那座道观是否还在——在那段时间，古迹庙宇这种东西属于"四旧"，有可能已经被毁掉——然后，收集这丹炉的信息，拍摄照片，发回美国确认，如果一切无误，那么，再寻找机会将这东西走私出国。

解连环虽然不懂下地的事情，但是去一个地方，看看东西在不在，打听打听事情，还是能做的。他拿到资料之后就去了山东，根据资料上老人的回忆，找到了那座古道观所在的山区。

万幸，因为道观十分偏僻，并没有受到太多的滋扰，在风雨飘摇的十年中奇迹般地保存了下来，不过，老道士已经死了，只剩下老道的儿子，也是风烛残年。解连环拍摄了道观和那个青铜丹炉的情形，发到了美国。裴德考拿出翻译出来的图案一对比，那老人说的果然没错，青铜丹炉盖子上的图形和帛书上的一模一样。不过，对这丹炉的来历，因为年代过于久远，那老道的儿子也只能说出一个大概，和那老教授说的内容也差不多，得不到更多的线索。

虽然如此，裴德考也已经大喜过望，就发了指令让解连环开始准备，找个办法偷偷将丹炉走私出来。

青铜丹炉

17

然而，解连环一准备，就发现这其实是一个不可能完成的任务。

裘德考没有考虑到的是，这个丹炉比他事先预估的要大上很多，时代已经不同了，这样的东西，在当时的中国是不可能通过海关运出去的。而要是通过走私船，则要先到达浙江或者广东一带，风险也很大，当时的东南沿海之乱，是普通人无法想象的。

他们尝试了很多种方法，都没有结果，反而引起了警察的注意。无奈之下，裘德考就萌发了一个丧心病狂的念头。他让解连环将整个丹炉砸碎，锯成四十多片，然后标上记号，分批混在当时出口的丝绸里运出去。

这对考古界来说，简直是令人发指的兽行，但是裘德考完全不在乎，因为这东西的价值对他来说已经没有意义了，他要的是上面的信息。

这也可以说是无巧不成书，解连环在锯丹炉的时候，发现了这青铜丹炉的底部竟然有一个十分巧妙的机关。就是凭借这个机关，战国帛书上神秘图形的秘密，才最终被解开。

第十二章 ● 星盘

说着，三叔又从他的破包里掏出两张皱巴巴的照片递给我。

我知道这两张照片拍的肯定就是那只丹炉，这些照片应该是那个老外给他的。这事情比较复杂，没有这些照片，恐怕没法说得明白，现在他都用到我身上了。

我接过来一看，就看到了第一张照片上拍的是一只陈列在博物馆中的巨大丹炉，三叔说的时候我还不知道这东西这么大，简直有一人高了，想把这种东西走私出国，确实是一个不可能完成的任务。

第二张，则是丹炉底部的情形，我看到了布满花纹的青铜炉底，在炉底的中心，铸着一只拳头大小的望天铜兽，头仰向天，十分威武，就造型上来说，属于上上之品。

"这是在博物馆中复原后的丹炉，第二张是丹炉的内部。"三叔给我解释，"解连环发现的炉底机关是一个十分巧妙的加水口，在炼丹的时候，用它往丹炉里加水，炉壁是空心的，里面有水，只要转动丹炉的盖子，把上面的图形转到一定的位置，就能打开这望天兽下面

的机括，炉壁中的水就会从望天兽的嘴巴里喷出来，这样，在炼丹的时候，就不需要打开炉盖。"

我点头称奇，不过这样的机关巧术在中国其实并不算特别，为何说这个机关是解开战国帛书的关键？

三叔说问题不是这个机关的功能，而是这个机关的运作方式，说着就拿出一个放大镜，让我仔细看这丹炉底部的花纹。

照片很小，我仔细去看，就看到这炉底上面，以望天兽为中心的四周有很多细小的浮雕点，非常多，密密麻麻的，不仔细看，会以为是铜锈。

"这是？"我还是不了解，就问道。

"你不知道也情有可原，这炉底上的浮雕是一张古星图。"

"古星图？"我愣了一下，"就是标示天上星星位置的图？"

三叔点头，然后拿了一张战国帛书翻译出来的图形照片给我对比："这是这个机关最巧妙的地方，炉底是一张古星图，当炉盖转动到正确的角度时，炉盖上这个图形上的曲线就会和炉底下的星图中的六颗星重合，机关就能打开。"

我一听，立即想到了什么，随即恍然大悟："两个图形可以重合，这么说，这战国帛书上的奇怪线条其实是一个'星盘'？"

三叔点头："没错。"

星盘是一种观星的工具，因为天上繁星数以万计，而且随时间、季节的变化而移动，每次观星要从如此多的星星中找出特定的那几颗十分困难，所以便有了星盘这种东西。一般都是根据星与星排列而连起的线条，只要将星盘上的北斗星对好，就能凭借罗盘和季节的刻度，转动星盘，那些特定的线条会和自己寻找的那几颗星星重合。

我不由得拍案叫绝："哎呀，这不是很难想嘛，刚才怎么没想到呢！这也很合乎逻辑，战国时期的观星术已经非常发达了，而那个时代的人认为，天象运行代表着世间万物的运动，能够从中洞悉到一些天机。这些天机往往预示着国家的变更、重大的战争和灾变，一般是不能随意泄露的，铁面生将自己观察到的星图藏入帛书之内，也是可以说得通的。

"这星图同时又出现在丹炉上，也许是这种天象代表着什么特殊的含义，使得当时很多人都注意到了，这也是非常有可能的事情。"

三叔点头："你小子有长进，说得很对。这些东西运到美国之后，裴德考也立即发现了这个秘密，他和你一样，也想到了观星术。"

这是一个很令人振奋的发现，可以说在考古历史上还是第一次，裴德考又一次出了大名。然而，这时候他已经不在乎了，他已经完全沉迷到这考古的过程中去了：星盘圈出的星象是什么含义呢？从它被隐藏得这么严密来看，这星象显然预示着什么非同小可的事情，不能被别人知道。

他将这星图和星盘重叠之后，就从整个星图中找出了特定的那六颗星，合成了星象图，然后去查了古籍资料，想知道这星象图在观星术中代表的是什么意思。

可是，中国古代的星象学几乎和风水同宗，复杂无比，甚至比风水还要深奥，几乎没有系统的资料。战国帛书上所隐藏的这份星图预示着什么样的天机，完全无法查找。

当时解开这个秘密的唯一方法还是去找那些所谓的高人，但是这一次在美国就找不到了，于是，裴德考再次拜托解连环，去中国的民间寻访。

然而这一次解连环没能完成任务，那个时代懂点儿周易风水的，都给打到牛棚里去了，漏网的都战战兢兢，谁也不开口，打听起来也是偷偷摸摸，十分不方便。

这一找就找了两年时间，没有任何结果，同时，在美国的其他研究也都没有任何进展。

万般无奈之下，裴德考又突发奇想，他的注意力再次集中到了战国帛书上。他推测，既然这卷帛书上有星图，那么也许在其他的帛书

星盘

中会有星图秘密的记载。

于是，他一边开始在中国收购鲁黄帛，一边就打起了当年出售战国帛书的爷爷的主意。按照他的经验，土夫子一般都贼不走空，这帛书不可能只有一卷，爷爷要盗出来，肯定是整份拿出来，那剩下的部分，也许还在爷爷的手里。

当时解连环和裴德考的关系已经非常好，狼心狗肺的，就帮裴德考到爷爷那里打听消息。可惜我爷爷口风很紧，什么也问不出来，无奈之下，解连环又来问三叔。当时三叔正对爷爷笔记里的记载感兴趣，酒一喝，话一多，就把爷爷当时盗出战国帛书的经过当故事全说了出去。

听到这里，我就忍不住道："三叔，敢情那老外知道血尸古墓的事情，是你自己说出去的？"

三叔就苦笑，摇头道："当时喝得确实多了，酒一过，我也想不起来和他说过这个，后来那老外和我说起我才想起来，我这肠子都悔青了。"

我也陪他苦笑，这真是太有戏剧性了，不过话说回来，当时裴德考选择解连环，也许早就知道了吴家和解家的关系，早就有了这一层打算。这个老外行事之诡秘，实在是让人恐惧。

当时裴德考得到消息之后，就有了重新盗掘血尸古墓的打算，可惜解连环不会倒斗，而其他人他也找不到。当时中美关系开始回暖，他感觉局势会发生变化，就耐心等待了一段时间，果然让他等到了一个机会。他带着一批搞考古的人迫不及待地回到了中国，开始策划这个行动，于是便有了之前三叔经历的事情。

之后的事情，猜也能猜到了，那一晚三叔逃出古墓之后，裴德考在第二天下午也进入了古墓，不用说，这件事情最后变成了一场灾难。在他们打开棺底暗格的时候，飞出的鳖王几乎杀光了当时在墓里的所有人。

当时也亏得解连环找来的一个伙计相当机灵，就是他在最危险的时候拉爆了炸药，将内室完全炸塌了，外室的裴德考和解连环才得以保命。可惜他自己和一干人全部被埋在了古墓里。

当时的景象极度恐怖，目睹惨状的裴德考受到了极大的打击，几乎精神失常，他几十年来对中国的理解完全崩溃了。回到长沙之后，他立即返回了美国，后来大病一场，几乎疯了，对战国帛书的研究也终止了。

然而，我们知道这只是暂时的，一年之后，第二次海洋考古时代来临，命运的车轮开始在西沙的海面下越转越快。

星
盘

第十三章 ● 西沙的真相

对裴德考的叙述到这里就告一段落了，接下来的事情，就是解连环去找三叔之后发生的了。

他的叙述，可以说很清晰地让我了解了这件事情的起因，我实在没有想到，三叔这么早就牵涉进了这件事情，而且，阿宁公司和我们吴家的渊源竟然这么深。

三叔一口气说完之后，休息了一下，让我有什么问题、什么不相信的，可以现在问他。

我知道这是他的气话，显然刚才我不信他，他还耿耿于怀。

我想了想，不信是不能说了，不过，确实有几个地方我还不清楚。

刚才我们已经知道，裴德考和解连环早就有联系，当时的见面只不过是一次重逢，而且根据之后我知道的事情，我推测裴德考来找解连环的目的，很可能就是要他混入文锦的西沙考古队中去，潜入海底的汪藏海墓，为他取出一样东西，而这样东西很可能就是汪藏海隐藏着东夏国秘密的蛇眉铜鱼。

那么，裴德考知道血尸古墓的情况是三叔自己透露的，这毫无疑问，但是海底墓穴，如此隐秘的地方，裴德考又是怎么知道的呢？难道也是三叔告诉他的？这不可能啊。

还有，按照三叔的说辞，这一切的起源显然就是战国帛书，然而，西沙的汪藏海和战国帛书又有什么关系呢？为何裴德考会把目光转向西沙？

我把这些问题提出来，三叔就点头道："你想到关键了，让解连环混入考古队的人，确实是裴德考，不过你的推测只对了一半。他自己的说法是，让解连环进入古墓并不是为了蛇眉铜鱼，而只是让他拍下棺椁中的尸体。"

至于为什么要这么做，那个老外不肯说，同时，他是从哪里得到汪藏海墓的信息的，他也不肯透露。三叔问他的时候，他就用了中国的一句老话故作神秘："天机不可泄露。"

"不过，"三叔凑过来道，"后来的一些事情，让我或多或少能猜到一些，你可以听听是不是有道理。"

我点头说"好"，他就在床上用手指画了几个点："我曾经想了一下，那老外回到中国，盯上了西沙，是在长沙那件事情过了一年之后，从时间上来推断，他知道海底墓穴存在应该也是在这一年里。那么，这一年里必然发生了一些事情，让解连环得到了这些信息。

"但是我们知道，那段时间，裴德考受了很大的刺激，显然不太可能只是因为知道了海底有个古墓，就立即振作起来，重新全身心地投入另外一件事情中去，当时能吸引他注意力的，应该只有和战国帛书有关系的事。那么，我们可以推断，那件事情必然也和战国帛书有关。裴德考应该是先被战国帛书的信息所吸引，然后才注意到与之有联系的西沙的事情。

"这里无法推断这个事情到底是什么，但是根据之后发生的事情，我感觉很有可能是这个老外遇到了一个人，这个人应该进过海

底古墓，很有可能是他帮裴德考揭开了那帛书之中星图所代表的意义，这个意义和汪藏海的古墓之间有着必然的联系，使得裴德考的兴趣转向了西沙。所以，裴德考才会再次来中国，找到解连环，企图混入考古队里。"

"你为什么能肯定是遇到了一个人，而不是其他什么事情？"我问道。

三叔道："是因为那些资料。裴德考对古墓的资料知道得太详细精确了，这肯定是有人进去过，然后整理出来的，不可能有其他任何情况能够让他知道得这么详细。"

我点头，这有点道理，不过，战国帛书上的星图为何会与明朝古墓产生联系呢？这实在有点儿不可思议。难道铁面生看这个星象，预知了千年之后有一个同行会在那个地方修坟？

如果星象能预知到这种琐碎的事情，恐怕现在就不会失传了。这一点，还需要考证。

之后就是西沙事件，那次事件之后，整个事情就进入一片混沌中，整个考古队的人都消失在了西沙海底的古墓里，只有三叔一个人回来。裴德考一度认为是三叔杀掉了所有人，然而，从三叔之后的表现来看，三叔也完全不知道内情，整件事情变成了一个巨大的谜团。事情的真相如何，就要看三叔怎么说了。

休息了片刻，三叔做了一个手势，准备继续讲下去，我也打起了精神，坐正了身子。

他先吸了一口气，显然要转换一种心情。刚才说的都是裴德考的事情，不痛不痒，接下去要说的，就是他的亲身经历了。

吸完气后，他的脸色就沉了下来，语调也变得很慢，有点儿犹豫。

他想了想，就先对我道："话说在前头，关于西沙，有一些事情，当时在济南的医院，你三叔我确实骗了你。不过，我也是万不得已，这事情，一直是我的一块心病，我实在是不想重提，你要理解我。"

我点了点头，并没有回答。三叔骗了我，我早就知道了，我也不想去怪他，我只想知道真相。

三叔喝了一口水，就继续道："其实，那次发现海底墓穴，只是老子演的一场戏，早在那天凌晨，我已经和解连环进去过一次。不过，我进去的地方应该和你们后来进去的地方不同，因为解连环有十分详细的资料，我们当时直接进入了古墓的核心部分，因为那老外的委托目标就是放置汪藏海棺椁的椁室。"

"你是指那三个墓室中间的那一个吗？"我回忆着海底墓穴的结构。

三叔就苦笑摇头："不，你说的那个地方只是古墓的第一层，这个沉船墓之大，超乎你的想象。汪藏海的棺椁深埋在古墓的底部，而且处在一个十分古怪的境况中……用语言很难形容。"

当时解连环从裘德考手里获得的资料相当详尽，可以看得出裘德考手里的原始资料应该极富权威性。同时裘德考提供给了解连环一部美国的照相机和闪光灯，据说是当年世界上最先进的型号，十分小巧，并且有防水的功能。

资料告诉解连环，在考古队考察的礁盘向左大约半里，有一处地方，当地人称为"沙头礁"，是一处暗礁林，由数十块主礁和无数星罗棋布的水下暗礁组成。这一片礁石在水下连成一体，是一块巨型珊瑚礁盘的一部分。在其中一片礁石上，有一处水溶洞，位于海平面下，就算落潮的时候也只会露出一丝，这便是当时沉船时工匠破船进水封墓的一个操作口。由此，便可进入珊瑚礁盘之内，那海底的巨大沉船，就嵌在这礁盘之内，海沙之中。

只要进入珊瑚礁洞，就能一路下去，进入沉船的内部，之后如何走，需要小心哪些东西，资料里都有详尽的说明，详尽得犹如这座古墓就是裘德考设计的一般。

如此详尽的资料，就是普通的古法文献也不见得能达到这种程

西沙的真相

27

度，所以三叔才会认为，这海底古墓，怕是早有人进去过了。可能是此人虽然进去了，但是并未得手，所以裘德考不得不再次找人帮忙。

原本解连环是有自知之明的，知道自己的斤两，不会再答应任何下地的请求，但是裘德考的身份不同，一来解连环觉得自己亏欠他，二来这一年来，解连环也参与了家族中的很多活动，总算也下了几次地，胆识以及身手都不同以前，再加上裘德考开的条件很高，自己又是盲目自信的年纪，所以最后还是鬼使神差地答应了。

三叔当时得知了老外和解连环有"奸情"之后，本来是想竭力反对解连环加入考古队的，然而，之后发生了很多的事情让三叔感觉事情非常不对。为了知道那老外和解连环的真实目的，三叔冒了一次险，他说服了文锦，故意让解连环进入了考古队，表面上不动声色，其实是暗中监视，看他会有什么举动。

事情就这么鬼使神差地展开了，这里面还有很多的隐情，但是都不重要，这里话休絮繁，只说解连环在西沙，他出事的前一晚发生的事情。

当天是考古队工作进入结束阶段的第一天，打捞工作已经接近尾声，工作轻松，所以睡前所有人都喝了点儿酒，睡得很熟。

解连环一直在等待这个机会，此时离工作结束也没剩几天，他知道机不可失，时不再来，于是在确定所有人都睡熟后假装起来撒尿，实则探听虚实，伺机下海。

他并不知道，小时候的玩伴，那个叫吴三省的老婆奴，现在早已经是心思缜密的老江湖，自己从上船起的一举一动，都被这个人牢牢地看在了眼里。

话说三叔当时也是相当郁闷。他早已经对解连环有万般的不爽，但并不知道解连环的目的，因此解连环在船上对三叔来说就是一颗定时炸弹，不知道威力，不知道什么时候爆炸，本来挺好的和文锦谈情说爱的时间，却变得要防备他。

还有个原因就比较隐讳，三叔没有正面提过，但是我从三叔的叙述中听得出来，显然，文锦很欣赏解连环，一方面，的确是公子哥懂得讨女人欢心，秉性和三叔差得太多；另一方面，解连环的相貌和很多方面不比三叔差，三叔这种感情方面的新手难免会吃醋。

所以解连环一有行动，三叔便欣喜若狂，在解连环刚放下皮筏艇，想划离渔船的时候，三叔就突然出现，一把将他按在了甲板上。

三叔的突然出现是解连环始料未及的。然而他一见是三叔，倒不害怕了，因为如果是其他人，当时就可能落个叛逃越南这样的罪名，但是三叔，大家互相清楚底细，他也不可能拿自己怎么样，于是便轻声让三叔放手。

然而三叔对他是早有积怨，而且已有芥蒂，如何会轻易放他。咬牙几乎把他的手拧折，问他千方百计进考古队，又这么晚出海，到底想干什么。

这有点儿借题发挥，发泄自己郁闷的意思。解连环一开始还嘴硬，心里也暗火起来。在长沙，除了长辈，谁也不敢这么对他，于是就压低了声音破口大骂。

三叔根本不吃他那一套，一听他骂人，直接就把他的脑袋按到了水里，直按到他翻白眼才提起来，如此反复，一来二去，解连环就蔫了，只好讨饶。

三叔再问刚才的问题，他就把事情的经过一五一十地说了出来。

听完之后，三叔就眼里放光，几乎不敢相信自己的耳朵。原来这海底竟然有一座沉船葬的海底墓！这真是始料未及的事情。老头子的笔记中也记载过前人讲过的海底船葬，只是这种海斗极其稀少，老头子也只是听说，并未亲身一探。而这茫茫海底，沙行万里，要寻得一方线索，比在陆地上难上万倍。如今这老外竟然知道得如此详细，到底是何方神圣？

三叔想着便心痒难耐，恨不得立即下到海里去察看一番，便放开解连环，轻声说："只是这样？那你早说便是，我与你是什么关系，说出来有何关系？难道我还会抢了你的不成？"

解连环已经蔫儿了，道："这事情我瞒着我家老爷子，当然也不想你们知道，而且我和你也不算熟络，说了我也怕多生事端。你凭良心说，我要是直说，你会让我进考古队吗？"

三叔一想觉得倒也是，心已经放宽了很多，便对他说："算你有理，不过我提醒你，这裘德考在长沙人称'白头翁'，此人并不是简单货色，你老表我看这斗并不好倒，你要么暂且放下，咱们回去找些人从长计议，要么这一次就让老表我陪你去，怎么说，老表不是吹牛，经验比你丰富吧！"

解连环"呀"了一声，就道："都说你吴三省比猴子还精，真不是奉承你，你想搭点儿香火就直说，咱们是同一条绳上的蚂蚱，到这个时候了，你说什么我还能说不行？"

三叔听了心里冷笑，心说这二世祖也算看得明白，于是两人就临时搭伙，说好进去之后各取所需，谁也别拖累谁，出来之后拿的不好也别后悔。

三叔当时的举动，虽不可说是利益驱使，但说来也并不光彩，甚至让我感觉怎么像胖子的所作所为，可见三叔的秉性也不是一时半会儿成熟的。

发了毒誓，打点了装备，两人放下橡皮筏，趁夜就下了海，一路摸黑划船，靠着指南针，不久，便行到了那老外说的"沙头礁"。三叔抬头一看，正当乌云盖月，整个礁盘灰蒙蒙一片，便心头一惊，对解连环道："你真选了个好时辰，连个毛月亮都没了，乌云盖斗，瞎子进洞，逢二折一，你我恐怕要留一个在里面，招子放亮，你我好自为之吧。"

第十四章

● 深海

三叔这话真亦是假，一是确实当日日子不佳，二是他也想吓解连环一吓，这也是游戏的心态。如果有家中做兄长的，恐怕能明白三叔当时的想法，大的总想吓唬小的来突出自己的地位。

然而解连环也不是傻瓜，并不为所动，只是冷笑一声便不再搭话，三叔自讨了个没趣。

礁盘不大，几块露出水面的礁石十分显眼，虽不知道洞口开在何处，但是想必也不会过于难找。解连环划船，三叔打起风灯，进入礁群便一座一座开始探照，不久就在礁盘西面一块白齿形的礁石下面寻得了洞口。

洞口大约二人宽，深不见底，好比是长在礁石上的，岩石边缘隐约可见前人打磨的痕迹，显然此洞经过人工修凿。洞口隐于水下，内凹于礁石的根部，如果不是事先知道，在水面上根本无法看到。

三叔穿戴上装备，就想进入，却给解连环拦住，说下面水路复杂，他知道路线走法，还是他在前面比较好。

此话有理，三叔也不好勉强，于是解连环先入得洞内，三叔尾随其后。

入洞三十米，便可知道这是礁盘中天然生成的空洞，里面礁骨横生，错起的珊瑚礁岩犹如一块块巨人的板骨，嵌在洞穴的两壁。不过"板骨"的末端和四周的岩石融合成了一体，所以看来更像是无数怪异的海盘车吸附在岩壁上。

在海底洞穴潜水相当危险，然而两人毫无经验，根本没有意识到自己在做什么，未做一点儿措施，就一直往内游去。

在礁洞中匍匐游行了十几分钟，三叔便看到了岔口。礁洞在礁盘里面犹如章鱼的腕足一样四处发育，到处都是可以通行的洞口，有些很浅，用手电一照就可以看到头，有些则大得吓人，犹如解放牌卡车一样大，而且深不见底。因为照不到阳光，这里的海葵和珊瑚很少，但是有很多五彩斑斓的小鱼以及海盘车和海参，让这个洞穴并不寂寞。

在解连环的带领下，三叔穿行于这个极端复杂的巨大礁洞体系中，好比穿行于鼠洞中的老鼠。为了留一手，三叔用潜水刀在各个路口都刻下了痕迹，以免在里面发生变数。

半个小时后，他们游出礁洞，三叔打起水下探灯四处照时，却发现自己并没有进入什么古墓之内，出现在他面前的，是一个莫名其妙的地方。

那好像是一个产生于礁盘内的巨大深坑，四周一片漆黑，他抬头便看见了头顶垂落的珊瑚礁，然而他打开探灯去照脚下的时候，却发现自己什么也照不到，脚下是一片深渊。

时隔多年，就算当年的情形再惊悚，三叔也记不太清楚所有的细节，所以他啰唆了半天，我也听不懂他们最后到底到了怎样一个地方，最后只好找了一张纸来，他勉为其难，大概画了下来。

三叔的画相当糟糕，比涂鸦还涂鸦，不过，倒是言简意赅。凭借我的想象力和三叔的解说，我连猜带蒙，逐渐有了点儿了解。

按照我的理解，那应该是礁盘内一个隐蔽的大型洞穴，具体处于哪里，根本无法考证。三叔行进的礁洞的出口，位于这个洞穴的顶端，从他的脚下一片漆黑，好似进入了一片黑色的虚无来看，此洞穴应该相当大。

三叔他们到了这里，已经没有继续前进的通道，前方、左右都是一片虚无。探灯照射下，海水里有大量的白色海屑，下方又是深渊，手电照出去除了背后的礁石，没有任何参照物了。用三叔自己的形容，是好比飘在外太空里。

这种感觉其实相当糟糕，因为无论在什么地方，但凡你的手电光亮还能照到什么东西，你都会有一种存在感，但是在那里，你的手电光发射出去，没有任何的反射，除了黑还是黑，你不知道前方有什么在等待你。

此时氧气的消耗量也巨大，洞穴潜水不同于一般的探险，必须严格控制活动的时间，因为必须留一部分氧气用来返回到洞外，这样就要求潜水人必须时不时地查看氧气表，这对三叔来说，是相当大的心理压力。

然而解连环似乎胸有成竹，他在水中转了几个圈后，竟然示意三叔关上水下探灯。

没有探灯，那就是绝对的黑暗，三叔心中奇怪，这小子想干什么呢。现在已经找不到路了，他还要把照明的东西关掉。

不过看他坚持的样子，显然这样的做法也是老外示意的。三叔知道自己没有其他选择，于是顺着解连环的意思拧灭了探灯。

两只探灯都熄灭之后，黑暗像墨汁一样侵袭了过来，同时，他们腰里的防水手电柄部的一圈夜光涂料（那是为了防止夜间潜水的时候，手电掉落到水底无法找到而设计的）缓缓亮了起来，指示出他们各自的位置。

边上的解连环似乎摘下了手电，来当指示棒用，三叔看见那光圈挥动起来，指示一个方向。

他朝那方向看去，隐约地，果然看到脚下黑暗的深处，很远的地方，有一大团非常微弱的绿色光点，似乎是一群什么生物的眼睛，正在缓缓地移动。

三叔心里咯噔一下，顿时紧张起来，因为他听很多渔民说过，海里什么东西都可能有，这绿色的眼睛该不是潜伏在黑暗深处的什么生物吧？

他想着手就不由自主地去摸刀，这时候，边上的解连环却挥了几下手电，那手电的指示光圈开始移动，竟然是朝那群绿色的光斑去了。

三叔心里暗骂，别看他平时大大咧咧的，下地之后的处事风格其实很小心，解连环这样横冲直撞，实在是不妥当。但是解连环这样的动作，显然是知道那些光斑是什么，是在示意他跟过去。

同样地，三叔还是不得不跟过去，他心里懊恼也没有办法。

没有灯光照明，只跟着一个冷光环潜水，人就好比少了眼睛，这种融化在冰冷黑暗中的感觉，三叔在以前下地的时候尝到过苦头，如今又一次遇到，而且还是在水下，三叔就越发感到不安。

绿色的光斑群一点一点靠近，但是因为光线太弱，一直看不清楚是什么，随着靠近，三叔惊恐地发现那斑点的确是在移动，而且速度还不慢，那是一群海洋怪物的念头就越发强烈起来。

但是解连环好像一点儿也没有意识到，追得极快，很快，两人就游到了那光点上方三十几米处。三叔的恐惧到达了极限，他一下子冲过去，拽住了解连环，不让他继续靠近。

解连环不知道出了什么事情，吓了一跳，停了下来。

三叔用手电做着动作，解连环也挥动着回复，但是两人都无法理解对方想表达的意思。

三叔懊恼极了，真想马上打开探灯说个明白，但是又怕这么近的距离，万一照出来下面真是鲨鱼之类的东西，那连逃命的机会都没有。

正在他焦虑地琢磨到底怎么让解连环明白自己的意思的时候，突然一道白光亮起，解连环竟然打亮了探灯，显然他也郁闷得够呛，实在忍不住想问问三叔为什么要拉住他。

三叔吓了一跳，一边去捂灯，一边低头向下看去。

白光的尽头，下面的黑暗中，朦朦胧胧地照出了个白色的、裹在破败纱衣中的人状物体。随着三叔越来越适应探灯的光线，他看得越来越清晰，浑身的毛孔都收缩了起来。

那竟然是一具悬浮在水中的古尸，摆着一个诡异的姿势，面目模糊不清，庞大的白色纱衣犹如巨大的水母裙摆，漂散在水中，好像一朵来自幽冥的巨大花朵。

深海

第十五章 · 浮尸

　　幽暗的水深处，那具白纱围裹的古尸不知道在水中泡了多少年，白纱早已经破败，分不清是男是女，因为距离尚远，尸体的样貌也是一片模糊，看不出保存的情况。

　　三叔冷汗直冒，不过立即镇定了下来，既然是沉船墓，有一具悬浮的尸体在这里，也不算奇怪。

　　然而等三叔逐渐放开了遮住探灯的手，就看到在冰冷的白光下，那古尸边上的黑暗中，又出现了另外一具古尸，同样的装扮，阴沉沉地隐藏在阴沉的海水中。

　　三叔有了不祥的预感，他继续移动探灯，果然发现下面的黑暗中，竟然漂浮着大量的白纱古尸，足有三四十具之多。无数飘舞的白色纱衣，真的让人有一股冰彻心扉的寒意。

　　因为探灯的关系，现在已经无从知道那微弱的绿色荧光到底是从这些古尸的什么地方发出来的，而最让人感到毛骨悚然的是，古尸群并不是静止的，僵硬的尸体悬浮在水里，竟然还在缓缓地移动。

三叔的心都要从喉咙里跳出来了，在不透气的头盔里，他的脑袋上全是冷汗，心说幸好他拉住了解连环，要是刚才直游过去，贴到这群古尸边上才开灯，自己不被吓死才怪。这些尸体肯定在这里泡了近千年，普通的早就泡化了，怎么可能还悬浮在水中，难不成已经成了粽子？

自己下来的时候一点儿准备也没有，根本没想过会面对如此险恶的局面，连黑驴蹄子都不曾带上一个，说来也是冤枉至极，跟着解连环，三叔也早已忘记这一切是自找的。

再看解连环，也是一脸的惊恐，可见刚才毫不在意地靠近的行为，应该也是不知真实情况造成的，看样子老外并没有告诉他会看到什么。

三叔思绪如电，闪电间已经预见了好几个情况，此时远处的古尸群却渐渐漂近，不紧不慢，白纱缓慢地漂动，要不是四周黑暗和模糊不清的五官，如此情景真如天宫之中仙人踩云而行的场景。

三叔看着看着，突然就灵光一闪，意识到了什么。

他压低身形，潜水几米，使得自己靠得更近，仔细去看。

古尸似乎没有完全腐烂，五官虽然模糊，但是还能看出人的样貌来。一具具呈现各种姿态，有的如托盘，有的如吹箫，有的如弹琴鼓瑟，洋洋几十具，虽然僵硬如铁，但是姿势之优美，无与伦比。三叔明白他看到什么了。

在很多古墓的壁画上都会描绘这么一幅画面，那就是墓主人尸解升天，天上天门大开，群仙集会相迎，祥云缭绕，神鸟飞扬，天光普照。在这样的壁画中，必然会在墓主人踏的云梯之旁的上方画着"天师舞乐图"，画中必有无数的天乐老仙，鼓瑟齐鸣。

但是这里的墓主人显然是觉得一幅"天师舞乐图"不过瘾，这几十具古尸所形成的景象正是真实化的天师舞乐，鼓瑟齐鸣，这简直太不可思议了。

他顿时就明白为什么解连环会寻找这些古尸，因为天师舞乐的路线就是墓主人尸解升天的仙路，跟着古尸，就肯定能找到墓主人的所在。

浮
尸

一边的解连环缓过劲来，示意三叔跟上去，因为紧张，他的动作都变形了。

三叔努力安抚自己的心跳，他知道自己肯定进了了不得的地方，此时反倒不慌了，因为既然知道了这个地方，古墓又不会跑，现在这样的准备显然是不充分的，他有了十足的借口，可以说服自己退出去。

现在想来，他们所处的地方，根本就是一片无尽的深渊，那几十具古尸往哪里漂去，要漂多久，根本无法猜测，如果贸然跟去，不知道还要浪费多少时间，氧气也不充裕了，的确是相当不明智。

三叔完全醒悟了过来，他阻止了解连环，示意他回去，不要再进行下去了，现在的情况再继续深入太危险，老命还是重要。

然而解连环此时又突然下定了决心（神经质是二世祖的通病，貌似我也有这样的问题），不等三叔阻止，径直就往古尸去的地方追去。

三叔在后面打了几个探灯信号，想让他再等等，解连环却一点儿也没有在意。三叔一看，心说糟糕，这小子大约是想甩开自己了。

刚才胁迫解连环，两人一起下来，解连环肯定也是心不甘、情不愿的，如今应该是快到尾声了，解连环干脆就甩掉他了。

纵使和他再没感情，解连环仍旧是自己的亲戚，而且自己是所谓的哥哥，在这个问题上，中国人始终有着血缘情结和护幼情结，三叔此时不可能丢下解连环不管，他只能压住满肚子的火，急追上去。

（说到这里，已经不知道多少次听到三叔提起自己的"不得已"以及"没办法"，重复得我都能听出来异样，似乎他在潜意识里非常不情愿跟着解连环去。事实上，以我对三叔个性的了解，三叔在那个时候，还不是那种能够控制住自己好奇心的人。我在这里已经感觉到，解连环之后的死，三叔可能要负主要责任。

我之所以这样认为，是因为在我小时候，三叔带过我一段时间。那个时候，他就因为别人叫他下地而无法顾及我，就把我用绳子拴在路边整整晒了一天，晒得我差点儿中暑。事后他用很多盐水棒冰贿赂我隐瞒了这件事情，我那时候不懂事，也就没说出去。但是从这件事情便可知道他年轻时候性格是相当顽劣的，自控能力很差。

但是想起解连环在古墓中留下的血字，我却始终无法相信三叔会特意去害他，所以听到这里，我不由自主地开始紧张起来。）

接下来的事情，节奏十分快。

三叔一边权衡着氧气的消耗，一边奋力追赶解连环。他是越想越不对，像这样的海底古墓，他到底不曾到过，实在是没有把握。

但是解连环这个时候根本已经是在逃了，在前面潜得飞快，加上三叔并不太擅长潜水，很明显跟不上他。

跟着前面的灯光，在黑暗中一直往前游了十几分钟，不知不觉地，许多悬浮物出现在了三叔的四周。三叔草草一看，都是残破的木头构件，雕窗、木梁，成千上万，全都高度腐败，上面结满了白色的海锈。

紧接着，在这些漂浮物的中间，三叔看到了一个倾斜的、巨大的、犹如怪兽一般的黑影。

在水中漂浮的"舞乐古尸"们径直朝这个东西漂了过去，而前面的解连环已经超过了它们，贴近了那个巨大的黑影。三叔借着他的灯光，一点一点看清了那东西的真面目。

那是一艘卡在礁石中的巨型古船的船头，这里所谓的"巨型"只是滥用的一个词，三叔已经无法用词来形容他看到的这艘船船头的大小。

船头残骸从礁石中延伸了出来，两边延伸二百多米。残骸已经完全变形了，扭曲的船舷上全是白色的海尘和结痂的珊瑚礁，如果不是那怪异的形状，恐怕别人会认为那是一只巨大海洋生物的头骨。

"舞乐古尸"朝着残骸飘然而下，很快就消失在了黑暗的海水中。三叔和解连环紧跟其后，在两只探灯的照射下，残骸的形状越来越清晰。

在船舷的甲板上，三叔看到一座半嵌在礁石中的木质雕花楼台，似乎是巨大木船的主体建筑，现在已经倾斜，几乎要倒塌了。楼台之上，有一扇变形开裂的汉白玉石门，洞开着，好像一张大嘴，在等待他们自投罗网。

浮尸

第
十
六
章

●

沉
船

　　如果船头和那座楼台没有破损到这种程度，这水下的情形，必然壮观犹如水晶宫一般，然而现在，整个残骸上都覆盖着厚厚的海锈与海尘，死气沉沉，特别是那楼台，已经倾斜成四十度，看上去只要再踹一脚，就会彻底崩塌。

　　就算如此，三叔他们当时也震惊得几乎窒息了，这样的情形，不要说是在海中，就算是陆地上，也没有多少机会能看到，这究竟是谁的沉船墓，竟然沉在这种地方？

　　靠近看的时候，三叔注意到嵌入礁石的那扇玉门实在巨大，两人多高，四个臂展宽，玉门左右两壁外侧的海垢下，可以隐约看出浮雕着两个门神，手中各执一斧，模样凶猛可怕，三叔认得它们，但叫不出名字。楼台没有嵌入礁石的那部分，有飞檐瓦顶，瓦片都落得差不多了，只剩下檐骨。

　　玉门半开，中间有一条两人宽的缝隙，里面幽深无比，不知道通向哪里。

一边的"舞乐古尸"已经沉入了深渊之内，完全看不到了。

解连环没有停留，游进了玉门之内。三叔咬牙用力甩动双脚，加快了速度，很快也尾随了进去。

进去之后，是一条很长的可以并排走六七个人的走廊，四周的空间一下子变得局促起来，但是探灯的光线反而变得更加充足。

刚才那种幽深冰冷、绝望恐惧的感觉，到这里稍微减轻了一点，到底看到了自己熟悉的东西，三叔稍微有所镇静。

顺着走廊一路向前潜去，因为职业习惯，三叔粗略地观察了四周的装饰，发现每寸地方，包括地面上，都雕刻着连绵群仙图。

走廊的尽头出现了一道阶梯，一直向上，三叔翻转身体，仰卧而上，游着游着，他突然大吃一惊，因为他发现自己的脑袋露出了水面。

当时他吓了一跳，这的确是十分令人吃惊的事情，在水里泡了快四十分钟，三叔压根儿没想到这古墓之内会有空气。他忙翻身趴到台阶之下，四肢并用地爬了上去。

一个在水里潜得太久的人，一旦上岸，猛地就会发现自己身子重得犹如背了铁块，更何况身上的确有负重的铅块和氧气瓶。三叔上去之后，几乎软倒，用力咬着牙，才没摔回到水里去。

他跌跌撞撞地走上阶梯，看到解连环已经把潜水器械脱了下来，一边大口地喘气，一边在用手电照四周的墓室。

三叔心说"真是个菜头，要是碰上个闷坑，你早就挂了"。不过现在看他没立即死在一旁，就说明空气应该没问题，于是坐到台阶上，也脱掉潜水的装备，一边放松肌肉，一边解下手电向四周照去。

台阶的尽头是一处砖砌墓室，典型的明代风格，高度不高，只能低头而行，宝顶上耸，呈现拱形，估计也是七辐七券的厚度。墓顶砖缝呈现铁色，灌了铁浆，砖头铺得极其精巧，宝顶的弧度没有任何的棱角越位，好像打磨过一样。

墓室的中间，青花瓷长明灯排成两列，直通到墓室的深处，那里一片漆黑，手电照去，发现墓室的中间放着一个巨大的黑色铁缸，不

沉
船

41

知道做什么用，挡住了视线。

三叔一看有些骇然了，他盗过的墓多了，知道这墓室虽然巨大，却只是平民的规格，最多是一个财主。这就非常奇怪，看外面古墓之规格如此巨大，没有几万徭役和数十年的努力恐怕建不成，如果不是皇亲国戚，哪一个平民百姓能够有此大手笔？

三叔马上就如我们一样，想到了那个时候的巨富沈万三了。

如此说来，这一次跟着解连环，竟然给他碰到个肥斗，这可是几世都修不到的福分。

他心中也兴奋起来，又转动手电，照射四周的墓墙。

墓室的墙壁上描绘着大量的壁画，同样相当壮观，三叔照了一圈，发现壁画连绵，几乎没有断裂的痕迹，且褪色也不厉害。

这里水汽弥漫，壁画能够保存得这样好，实属难得，不过北宋的时候，已经有在壁画上涂油蜡或者蛋清的保护技术，工艺相当先进，这里应该是用了这样的技术，所以现在看来，壁画的颜色少许有些混浊。

壁画上画的东西，三叔从来不看，此时看了几眼，也不得要领，只觉得和普通的古墓壁画并无两样，就把手电的光线收了回来，去照一边的解连环，想问他刚才吃错什么药了。

解连环累得够呛，一边新奇地看着四周，一边气喘如牛，显然刚才用了死力气。三叔叫了一声，他也不理，被这个墓室吸引了全部的注意力。

本来刚才他甩掉三叔，三叔心中有暗火，但是，既然已经来到了这个地方，再发作也不合适，三叔就忍了下来。

两人无话，三叔休息了一会儿便完全镇定了下来，心跳也趋于平缓，他随手开始准备进墓室的工具，同时，也留了个心眼，偷偷检查了自己和解连环的氧气瓶。

一看他就知道不太妙，他自己的倒还好，但是解连环的氧气消耗量太大了，已经少了多半。

潜水员越是经验老到，在水下可活动的时间就越长，而刚刚潜水的人，往往控制不了自己的吸气量，一发现自己在水里，就拼命地呼气，和老潜水员的消耗量比起来，可能会相差一倍多。三叔虽然潜得也不好，但是因为时常估计氧气量，所以比解连环节省得多。此时他一下子就明白，解连环出不去了。

不过随即想了想，三叔倒是释然了，反正他出不去了，自己必然还要再进来一次带他走，那就没有必要急着出去了。

此时解连环就往墓室的深处走去，他也起来跟了上去，两人走到巨大的铁缸面前。

三叔走近铁缸查看，而解连环似乎没有兴趣，径直绕了过去。

铁缸重量有五吨以上，上面浮雕着大量的铭文，应该是一种祭器，缸足已经压入地下的青砖，缸中空空如也，但是缸的底部有一突起的鱼身样子的雕刻，不知道何用。

三叔想仔细看看上面的铭文有没有自己认识的字，忽然就听到解连环惊呼了一声。

他转头一看，原来解连环已经走到了墓室的尽头，他的手电光照出了一座三阶棺床，上面有一具巨大的黑色雕花棺椁。

那棺椁几乎高到解连环的胸口，黑得非常刺眼。棺椁表面似乎打过光，上了清漆，亮得很不自然，上面的雕花虽浅，但是非常鲜明，大约是鸟篆文字。而解连环可能突然看到棺材，有点儿害怕，正在朝后退。

这棺椁气势非凡，霸气十足，应该就是墓主的棺椁了，不知道里面葬的是谁。

三叔阅棺无数，不说普通的红木稗子木，整块沉香木做的棺椁都有幸见过一回，但是像这里这具黑棺椁，他却看不出是什么材质的。他顿时好奇心起，绕过铁缸便走了过去。

走到解连环身后，他看得更加清楚，棺床用的是黄浆砖，垒成莲花圆盘形。棺床之后是一块照壁，上面写满了文字，估计是墓志，写的应该是墓主人生平。不过三叔扫了一眼后，就感觉后背发凉，注意力被那具黑色棺材吸引住了，同时他也知道了为什么解连环会吓得后退。

因为这具巨大的黑棺上，竟然躺着一个"人"。

沉
船

43

第十七章

●

哨子棺

三叔的手电照向棺材，看到那"人"的一瞬间，他几乎起了一身的褶子，头皮都麻了起来，自己也下意识地往后退了回来，把手里的刀翻了出来。

不是三叔胆子小，而是这情形实在古怪。在这么隐秘的古墓之中，竟然有"人"躺在棺材的上面，突然看到，任谁也得抖几下。

这一吓的工夫，解连环也退到了三叔的身边，想必他从来没在斗里出过事，吓得脸色都变了，退得也急，一脚就踩到了三叔的脚上。

三叔被他踩得差点儿摔倒，不过这个时候，他就着手电光看清楚了那口棺材上的情形，原来是一场虚惊，棺材上面的"人"是一具铜铸的人俑，紧紧贴在黑棺之上。

这铜人浮雕的造型很怪，行云流鬓，面貌夸张，有点儿像秦时的百戏俑，四肢犹如虫足一般粗肥短，最诡异的是那张嘴，不笑不怒，竟然是竭力张开的，好似在惨叫一般。

三叔看着，心中立即感到一股异样，一般人都讲究祥和安宁，而这铁棺和铜人配在一起，说不出的阴邪古怪，很不对劲。这确实是墓主的棺椁吗？

他用手电往四周照了照，这墓室一目了然，再没有其他的棺椁了，显然，如果这里是主墓室的话，这确实应该就是墓主的棺椁无疑了。

三叔很相信自己的直觉，心中有点儿不安。

为了看得仔细，他推开解连环走了过去，走近一看，更加惊讶，发现这巨大的黑棺居然是一具雕花的铁棺，这个铜人似乎是后来加上去的装饰品。更奇特的是，那铜人嘴巴的位置竟然从棺盖上凹陷下去，使得棺盖上出现了一个深孔，不知道有没有穿透棺盖，通到棺材的里面。

不对！三叔看着就吸了口冷气，接着他一下子就看出了端倪，心里"哎呀"了一声，暗道糟糕。

生铁封棺，棺身带孔，这具棺材莫不是老底子老人们讲的"哨子棺"？

"哨子棺"还是1949年之前传下来的说法，扯不到百代之前，三叔也是听老头子讲的。据说那时候湘西一带有一路军阀，手下有一批翻斗的能人，为首的名叫张盐城。此人据说是曹操发丘将军的后人，有神通，他的左手五个手指奇长无比，且几乎等齐，能平地起丘，尝土寻陵，盗墓功夫甚是了得。此军阀跟随孙中山北伐，张盐城受命筹集军饷，便以古法盗墓，一路北上，也不知道多少隐秘的古墓被他翻出来，名声很大。当时湘西有"盐城到，小鬼跳，阎王来了也改道"的说法，一方面人被神化，另一方面也可知道张盐城盗墓活动的猖獗。

此人盗墓，有一套特别的套路，就是如遇到血煞阴邪之地起出的棺椁，就会用牛血淋棺，观察棺椁的反应，如果棺中有异响，则棺主可能尸变，士兵会将棺材拖出古墓暴晒后启棺；如果棺中无异动，就要看棺材的表面，大部分情况牛血不会凝结，顺棺身流至棺底，这说明没事情，开棺无恙。

但是还有一种相当特别的情况，就是牛血淋上之后，犹如淋于

沙石上一般，血液渗入棺身之内，这是比尸变还要不吉利的大凶之兆，这说明棺中的东西，可能不是人尸。

棺中不是人尸，那是什么东西？答案是，无法言明的尸体。在中国，这种东西被统称为妖。

此时张盐城便会命人就地掘坑，将妖棺沉于坑中，涂上泥浆后烧熔兵器，铁水封棺，只在棺材的顶部留下只容一只手通过的孔洞，等铁水凝结，他就以单手入棺，探取棺中之物，相传这就是他祖传的发丘中郎双指探洞的绝技。

而探洞之时，他会命人用三尺琵琶剪卡住自己的手臂，一边将"叩把"拴于马尾上，如果感觉不对，旁人可立即抽马，马受惊一跑，拉动机括，锋利无比的琵琶剪就会立即旋切，断手保命。

这样处理的棺材，因为上面有一个孔，最后会变成一个类似于巨大铁哨子的东西，所以被人们称为"哨子棺"。

张盐城一生用到这双指探洞的功夫，据说也就三次，全都全臂而退，最好的一次，他从棺中取出的是一颗二十四香的金葡萄，只有臼齿大小，据说是藏于尸体口中的。后来随着军阀混战，张盐城下落不明。

关于他的传说，老头子们一般有两种说法，一种认为他真的有发丘绝技，双指探洞是名不虚传，另一种则认为张盐城是一个骗子，利用普通士兵对棺材的迷信恐惧，将普通的棺材说成是妖棺，然后作秀，使得自己的地位得到抬高。

可事实如何，无人知晓。

我爷爷倒是相信张盐城是高人的，那是因为张盐城铁水封妖棺的做派有一些侧面的证据。据说1949年之前黄河改道的淤泥中就发现过一具和张盐城所说类似的青铜棺，棺材的顶上确实有一个手臂粗细的孔，只是无人敢伸手进去，胆大的用火钳也只从里面夹出很多黄色的淤泥。后来这棺材直接给扔进炼钢炉炼了，也不知道有没有出事。

这具铁棺，虽然精致无比，和用铁浆胡乱浇铸的棺材完全不同，但是棺材上的那一个深孔，像极了传说中的"哨子棺"。

这就奇怪了，这解连环带路的墓室应该就是墓主之地，为何棺床上的主棺椁会是这个样子？难道那墓主不是人，是个妖怪？

三叔想着就感觉到毛骨悚然，想想这古墓深陷海底深渊之中，如此诡异神秘，说不定真不是人的墓，也许是海龙王的也说不定。又想起裘德考让解连环做的事情，不由得心虚，难道裘德考知道这墓主不是人，所以才让解连环拍照片上去研究？

不过，三叔当时年少，并不会把老人说的话太当真，虽然有点儿心慌，但是并不害怕，反而好奇心起来了，心说那这里面会是什么东西呢？

此时解连环也发现了是虚惊，又走了过来，心有余悸地看着这具铁棺，看了一圈，便试着去推动棺盖。

三叔看他的脚都在抖，就知道他还在害怕，这个行为可能是为了在三叔面前表现一下，挽回他刚才被吓到的面子。

三叔感觉好笑，就用手电照射他的面孔，让他不要白费力气了。如果这是"哨子棺"，显然此棺材的加工者和张盐城是属于同宗的派系，这铁棺里面的东西绝对不是善类，而且这铁棺修筑起来根本就没有打算让别人打开，要从里面拿到东西，只有像张盐城一样，把手伸进那个棺材孔里。

说着，他就爬了上去，用手电去照那棺材上的孔，看看能看到什么。

由孔洞看下去，棺材内黑幽幽的，不甚分明，手电探孔并不是很好的办法，发散光到了一半就射不下去了，只感觉这"铸人"的喉咙之下，透出一股阴气，看一看就脖子发硬，要把手伸下去摸，真不是平常人能做到的。

三叔想起解连环从老外那里拿来的资料，就感觉自己的推测没错：那老外这么熟悉这里的结构，肯定是在他们之前已经找人进来探查过，但是进来的那人为何没有完成任务？估计那人也和他们一

样，是这一行里的老手，进来发现里面竟然是这样一具铁棺椁，知道铁棺封尸非同小可，才临时放弃的，所以这老外才找了半吊子的解连环。

如此说来，他们必然也不能碰这棺材，否则不就当了这裘德考的炮灰了嘛。

不过，如果不碰棺材的话，好像又有点儿太窝囊了，他和解连环下来，解连环空手出去还好说，自己也这么出去了，那解连环这么一说自己还有脸在？况且，这棺材看着也实在是有点诱人。

三叔拿不定主意，不过他转念一想，还是理智占了上风，心说老祖宗的经验，棺材放在最后碰，他现在应该先看看这里其他地方有什么好东西，这古墓又不会跑，明儿晚上他们带着火筷和黑驴蹄子再下来，会比现在保险得多，那也不算胆小。

这么一想他便释然了，就让解连环在这里待着，要拍照就拍这个棺椁，那老外能理解他，而他自己便开始搜索墓室的角落，寻找其他的陪葬品。

这墓室没有耳室，通体一条到底，格局十分古怪。古人讲究事死如事生，这墓室的格局一般都是按照墓主人生前的布局仿制的，也就是说，这墓主生前住的地方也是这么个情况，里面并没有普通的那种陪葬品，只有那些价值连城的巨大瓷器（这些东西放到现在价值三十多亿）。

三叔绕着墓室看了一圈，没看到能搬出去的东西，就绕了回来。棺床后面是照壁，他绕到照壁之后去看，还有一些空间，不过地面上仍旧空空如也。

他不由得暗骂了一声，心说也真是抠门，怎么什么都没有，难道那棺材这么大，还是铁的，那家伙把陪葬品全塞里面，把这棺材当成保险柜用了？

想想还真有可能，不由得有些郁闷，这时候，他忽然看见照壁的背面浮雕着很复杂的雕刻。

壁画不值钱，但是古墓的石雕价值连城，虽然这照壁很大，不太可能运出去，但是三叔还是忍不住看了一眼。

手电照过去就很让他感到意外，照壁后面的浮雕雕刻的不是一般的瑞兽云佛，或者礼乐升仙的图样，而是好几座宫殿，飞檐凤顶，雕梁画栋，雕刻得非常精细，甚至连瓦片都一片一片地浮雕了上去。每座宫殿的外观都不相同，有的是两层的，有的是一层的，视觉上也有远有近，错落有致。三叔数了一下，一共有七座，列成北斗七星的形状，每座宫殿之间都能看到有无数的亭台楼阁半隐半现，而其他的细节都被雕刻的云雾遮住了。这幅浮雕的背景是巨大的山岩，显然是一座大山，而宫殿的构图是在整个浮雕的下部分，意思很明显，这是七座修建在一个巨大山谷里的宫殿，山谷里云雾弥漫，把宫殿之外的东西遮掩得朦胧而神秘。

这浮雕是什么意思？三叔一时错愕。所有古墓中的壁画都有意义，不是有象征作用，就是歌颂墓主人生前的丰功伟绩。这浮雕是代表着神话中的仙国，还是在歌颂墓主人什么？

三叔当时不知道这里的墓主人是汪藏海，所以也无从联想，不过这精致的浮雕给他留下了非常深刻的印象。他告诉我，就是在当时，这照壁也是无价之宝，要是能带出去，他就把它放在卧室里，天天看着。

不过，这照壁过于巨大，当时想要运出去是不可能的，三叔虽然心痒难耐，但是也没有办法。他仔细看了几遍，便想让解连环过来，将这东西拍下来，以后也好在同行间吹牛。

正想开口，他忽然闻到了一股奇怪的味道，好像是什么东西烧焦了。

他愣了一下，心说怎么回事，这里是墓室，怎么会有这种味道出现？忙跑出照壁，向外看去。接着，他就看到了让他瞠目结舌的一幕。

只见解连环站在铁棺之上，手足无措，而那铁棺上的铜人嘴巴里竟然冒出来滚滚黑烟。

哨子棺

49

第十八章 ● 尿

　　三叔顿时就冷汗直冒，这棺材怎么冒出烟来？看解连环的样子，他就感到不妙，难道这小子干了什么？

　　三叔一把就将解连环拉下铁棺材，问他怎么回事。

　　解连环结结巴巴，做着古怪的动作，但是显然太紧张了，什么也说不清楚，说了半天才说出几个字："我……我……火……火。"

　　三叔看着他的动作，就看到他手里拿的东西，那是火折子的盖子——火折子是一碰就着的东西，所以一般都用芦苇的秆子包起来——一下子他就明白了是怎么回事。

　　解连环肯定是好奇这棺材里的情况，点燃了一只火折子，将其丢入了棺孔之内，然后把眼睛贴到了棺孔上，往下去看。

　　这叫作"凿壁偷光"，是从北派模仿来的功夫，也是土夫子常用的伎俩，特别是新手开棺，前走三，后走四，要谨慎再谨慎。北派的摸金贼甚至可以使用凿壁偷光，不进古墓就从棺材里拿走东西，相当了得。但这算是淘沙这一行里的旁门左道，实际用起来有很多限制，而且有很大的风险，所以一般老手是不用的。这解连环不知道是自己琢磨出来的，还是和那些半吊子学的。

凿壁偷光最大的风险就是可能会烧坏棺材里面的明器，特别是尸体干燥的情况下，尸体上腐烂的丝绸干片几乎是一点就着的东西，一旦烧起来，像古简、斗珠之类的东西一下子就没了，连灭火都来不及，所以做的人要十分小心才行，这解连环竟然想也不想就用了。

三叔懊恼地骂了一声，心说不看着这小子真是失策，这棺椁他很感兴趣，不说其中肯定有好东西，就是里面的尸体三叔也想看看，要是棺材里的东西被烧了，那实在太可惜了，说出去也得给人笑死。

想着三叔就一把推开解连环，冲到棺材边上，俯身对着那棺孔用力吹气，想把棺孔里的火吹熄掉。没想到一吹之下，黑烟更加猛烈地从棺孔里直冒出来，呛得三叔几乎呕吐。他忙闪开脸，又摸出腰间的水囊，就往那棺孔里浇去。

一路过来被海风吹得口渴，水囊中已经没有多少水了，倒了一下就没了。这点水根本没用。

三叔急得直冒汗，转向解连环，就看到他腰间的水囊还有点儿鼓，人还在那里发愣，气得大骂："你愣着干什么？把水囊给我！"

"水？哦！水囊！"解连环这才反应过来，忙解下水囊。三叔一把抢过来打开，一下子倒进去了一半，只见那黑烟一晃，不但没有把烟压下去，反而有火苗从棺孔里蹿了出来。

三叔一看不对，怎么是这个动静，一闻那水囊，不由得大骂，里面竟然是烧酒，再一看那棺材，铁棺的棺孔口都烧了起来，浓烟几乎弥漫了整个墓室。

当时他一下子就蒙了，也不知道该怎么办。这火在铁棺之内已经烧得很大，伸手进去灭火也不可能了，况且要着了什么道，连命都可能没了，用水，少量的水根本不起作用，然而要是不去管，这棺材算是完了。这种烧法，连玉石都能烧裂了，这墓主人一看就知道不俗，要是东西烧了，棺材里面真有夜明珠什么的，自己不得郁闷死？

（其实当时只要拿什么东西塞住那棺椁的孔就行了，但是情急之下，三叔他们根本没想到。）

看着火越来越大，棺材孔里噗噗地冒出黑烟，他和解连环心急如焚。

就在三叔心里绝望，心说油斗成焦斗的时候，突然，一边的解连环做了一个让人目瞪口呆的举动。他一下子跳上棺椁，半跪下来，解开裤腰带，运气走尿，往那棺孔里灌了一泡黄汤，一时间尿臊、尸臭、火燥混在了一起，极度难闻。

那完全是急疯了的想法，因为他动作太出乎意料，三叔根本来不及阻止，等反应过来的时候，已经晚了。

三叔一下子就蒙了，自古下斗，南派虽然豪放不羁，有着一死万事消，开棺随自在的随意性，但是基于这种活动的危险性，在实际的做派上，南派也是十分小心的。像这样往棺材里灌尿的作孽行为，解连环恐怕是第一个，也亏得解老爷子不在场，否则非气死不可。

不过，解连环的这泡老尿还是有点儿威力的，很快，里面的烟就小了下来。

尿完之后，解连环自己也蒙了，一屁股坐倒在棺材上。

三叔眼泪都下来了，看着铁棺上的铸人，擦了擦头上的冷汗，只觉得背脊发冷，心里有几分不祥的预感。

哨子棺里鬼吹哨，大凶之物，如今给烧了一把又被灌了一口黄尿，这一次梁子结大了。不说是粽子，就是一活人，你用火烧他嘴然后再浇他一嘴尿，他也得和你拼命啊。

他冷汗淋漓地看着这铁棺材，就琢磨着会发生什么，有什么东西会从那个洞里出来吗。

烟越来越小，逐渐看不到了，看来火确实是灭了，两人都死死看着那棺材，一直到一点儿烟也看不到。

然而，棺材里一点儿动静也没有，好像刚才的事情从来没发生过。

三叔擦了擦头上的汗，松了口气，心说黄王保佑，看来解连环命不错，这棺材虽然是哨子棺，却也是一具死棺。

死棺，也就是这棺材里面的粽子早就化了，只剩下一些没有威胁的腐骨。古墓中大部分的棺椁都是死棺材，要不然，盗墓这一行恐怕早就没人干了。

死棺是没有危险的，刚才烧了一把火，又灌了一通尿，如果不是死棺材，肯定就出事了，这么久没动静，应该可以确定了。

又等了一会儿，还是如此，三叔才最终泄了劲。他一屁股坐在地上，解连环看他放松了，知道没事了，也一下子坐了下来，哭了起来。

三叔摇头苦笑，心说真是作孽啊，自己竟然和这种货色一起下地，命都短了几年，以后千万不要了，也亏得没有危险，不然这一次真的可能被他害死。

想着，三叔忽然心中一动，心说既然没危险了，那岂不是不用等到明天，今天就可以摸东西了？

来回这里一次，还是要冒点儿风险，到底是文锦的队伍，不太方便。而且棺材这洞的位置，摸进去，如果对着脑袋，那摸脑门和脑袋两边，还有胸口，肯定能摸到。要是对脚，也有脚底，那是放玉器的地方，都可能会有好东西，虽然不会太多，但一次就能带走。现在如果把东西摸出来，那明天就不用下来了。

虽然洞里全是尿，但是盗墓的什么恶心的东西没见过，况且还是自己的，就算拉屎进去，他照样也敢伸进去摸。

一方面是盗墓贼特有的贪欲，另一方面却是对这个洞的恐惧。三叔在那里天人交战，但是很快，贪欲就赢了，胆子不大也不敢干这一行，三叔对自己说，就赌上一把再说。

想着他就站起来爬到了棺材上，对棺材拜了拜，撸起袖子一咬牙，一闭眼，就将手伸进了那个棺孔之内，向下摸去。

可手刚入棺材孔一寸，里面的温度传上来，三叔就后悔了。当年

尿

53

传说张盐城靠的不是运气，而是手指上的真功夫，如今自己就这么贸然地将手伸进去，这实在是太莽撞了。

他想缩回来，但回头一看，就见解连环在下面目瞪口呆地看着他，这时候回不得脸来，只好硬着头皮继续往下摸。

单手探洞，有一种无法形容的感觉，手越往里伸他的心跳就越快，然后手指越麻，表面上他的脸上什么表情都没有，其实当他的手碰到尸体的时候，后背都湿透了，伸在里面的手指抖得一点儿力气也没有。

这种经历可以想象，我听的时候，都感觉到浑身发抖，就算是找一只普通的箱子，挖个洞让人把手伸进去，都会有一种莫名的恐惧感，何况是一具棺材。

三叔摸到尸体之后，按了几下，发现手指黏糊糊的，头皮就越发发麻。凭手感，那应该是古尸的嘴，摸了几下，他只感觉那应该是一具发黑发肿的尸体，怪异地张着嘴，姿态似乎和棺材上的铜人一模一样，不过摸不清楚细节。让他感觉到十分不安的是，他摸到火折子正掉在古尸的嘴巴里，还烫得很。

他心说这也真是作孽，随即咬牙把手指往里探，他先是把火折子拨到一边，然后摸到一块坚硬的圆环状东西。

是压舌头的玉饼，三叔心里窃喜，说道："有了，这东西烧不坏！"一下子捏住，就想把那东西从洞里弄出来。

可是才接触了一下，三叔就感觉不对，这玉饼的重量惊人，提起了半分就提不动了，再用力，就感觉整个铁棺轻微一震，却有一阵"咯咯咯咯"沉重的发锈金属的拖动声从脚底传了上来。

三叔的脸色顿时大变，心说，糟糕了，是个机关！

第十九章 ● 机关

转瞬之间，那机关搅动声就从棺材的底部一路传了出去，没等三叔反应过来，就听他们出水方向的黑暗处"咣当"一声，似乎有什么沉重的东西掉进了来时他们看到的巨大铁缸之内。在封闭的空间内，这一下声音极响，震得他心都缩起来了。

三叔忙将手抽了出来，也顾不得污秽，往身上一擦，就转动手电向铁缸的方向照去，心说糟糕了。

这里不比地上，如果有落石压住墓道，或者墓顶灌下黄沙，还有时间可以反打盗洞出去，可这里是海底的珊瑚礁盘内，一旦有任何机关将他们困住，那是必死无疑，连办法都不用想，直接挑自己陈尸的位置就可以了。

一边的解连环也吓了一跳，因为震动是从棺材里传出去的，他以为棺材会有异变，一下子退出去很远。

虽然三叔已经对解连环恨之入骨，恨不得一刀切了他，但到底是自己的亲戚，也不能放着任由他乱跑，就喝住解连环，让他别动，自已跳下铁棺，小心翼翼地往那铁缸处靠去，想看看这机关到底触动了什么，什么东西掉到缸里去了。

铁缸离他不到二十步，很快他就来到铁缸的一边，此时已经听不到机关运行的机械声，似乎机关已经停止运行。三叔咽着唾沫往铁缸的上方一照，发现铁缸之上的墓室顶上设有翻板，这在我们这儿叫"鬼踏空"。墓室顶上这样的机关内往往放置着极其重的乱石，一旦触发，重物砸下来，一下子就能把人砸成肉饼子。如今从上面掉下来的却不是巨石，而是两条巨大的铁链，一直垂到铁缸之内。

三叔看了一愣，心说这是什么机关？好像并不是用来防范盗墓贼的那种陷阱。那触动机关的地方在棺椁里，东西掉入这铁缸内，砸不死人啊，这掉下来的会是什么？

想到这墓室中不符合常理的地方，三叔心中就更加疑惑。他定了定神，掏出匕首咬住，爬到了铁缸之上，小心翼翼地顺着铁链往下看去。

一看，他看到了一个奇怪的东西躺在铁缸底部，仔细一看，发现那是两只黝黑的鬼爪一样的琵琶锁，锁着一具骸骨，肢体和铁链条纠结在一起，手脚都断了，看上去似乎是一个殉葬的奴隶。

骸骨极其魁梧，身着破烂不堪的青铜鳞甲，头骨奇异，那琵琶锁正锁着骸骨的锁骨，一条锁骨已经断裂，另一条还牢牢地挂在上面。

三叔大为惊讶，心里琢磨，用琵琶锁穿着锁骨，是古代的一种酷刑，用来限制犯人的自由。古代武功高强之人，一般的锁具困不住，就会使用锁骨的方式禁锢，锁骨穿孔之后极其脆弱，一旦过度用力就会骨折，锁骨之所以称为锁骨，也是这个原因。

骸骨已经腐烂殆尽，连骨头都起了死鳞，似乎一碰就会碎裂。三叔用手电仔细照去，看到这骸骨头骨的形状异于常人，不说头骨的大小，其长度就比普通人长了一倍。三叔说不出像什么，直觉是一个大香蕉。

这古墓之内竟然困有这样一副奇怪的骸骨，当真是离奇到了极点。看墓室的结构，显然骸骨早就吊在墓顶之上，一碰棺材内的机关，这具骸骨就会陡然掉下，当真巧妙。

可这到底是为了什么？如果是防盗的机关，可怖虽然可怖，却没杀伤力，能够来到这海底墓室之人，难道会被死人骨头吓走吗？而这吊着的骸骨，显然不是普通尸体，又到底是什么呢？

三叔想象力极度匮乏，心中骇然之际更是没有什么头绪，不过脑子转得很快，刹那间想到，这骸骨如此骇人，难不成是尸变了的粽子？铁链有碗口粗细，且带着琵琶锁，显然锁着的东西生前力大无穷。早就听闻苗疆有能人在阴地养小鬼和走尸，难不成这里的墓主用琵琶锁锁了一具已经尸变的尸体，用来当看门狗？

骸骨已经腐烂殆尽，就算确实是粽子，也不足为惧。三叔心中好奇，他胆子也算大，为了仔细观瞧，就爬上铁缸，一边还招呼解连环过来把这东西也拍下来，他回去好问问。

解连环却没有回应他，三叔自然不在意，就往缸内爬去。不料铁缸的内部沾着一层从墓顶上飘下来的灰尘，他的湿脚踩上去，突然滑了一下，整个人在缸壁打了个圈儿，一下子就摔到骨头堆里去了。

那骨头本来就已经粉脆，刚才掉下来的时候又散了架，如今一撞更是几乎变成碎片。三叔赶紧手忙脚乱地坐正，端好手电去照，就看到自己正摔在骸骨的怀里，畸形的头骨就垂在他的脑袋边上，被他撞得碎裂了，露出了里面的颅腔，一大团好比蜂巢一样的东西就粘在颅腔的内部，上面全是一颗一颗好比珍珠一样的虫卵。

第二十章 ● 虫脑

这些虫卵粘在颅腔的内侧，颜色是灰色的，一颗一颗，密密麻麻，细看之下非常恶心，犹如蜂巢中的蜂卵一般。

三叔不若常人，此时也不害怕，反而更起了兴趣，就爬起身来，仔细去看。

虫卵在手电的照射下，呈现出一种模糊的半透明状。三叔用匕首碰了碰，硬如甲壳，似乎已经干透了。

这是什么东西？他心说，这东西的颅腔里竟然有这么多的虫卵，难道这些是寄生虫？

古尸体内有寄生虫，那倒也说得过去，楼兰古尸身上就发现寄生虫。不过一般寄生虫都是在五脏六腑里的，怎么会在颅腔里出现虫卵？而且把卵产满了颅腔，这是什么虫子啊？也太厉害了吧……

当时三叔在科学知识方面是十分贫乏的，在文化方面，大多也是和文锦学的一些用来撑面子的东西，说到虫子或者古代的虫子，他的脑海里出现的同样是毛虫之类的形象。他想着，还推断着，这种虫子寄生的时候，肯定寄主已经死了，否则脑袋里长虫，恐怕会痛得死掉，这也许是食腐昆虫的卵。

这可是个大发现，三叔心说，他记起文锦和他讲的，对考古发现的非物质价值。在考古中，如果发现了前人没有发现的古籍或者风俗以及墓葬痕迹，都属于重大发现，这种发现对三叔来讲当然狗屁不是，但是对整个考古界来说，意味着巨大的名声和地位，是名留史册的东西。

他自己对这个东西一点儿兴趣也没有，不过当时他在热恋之中，一下子就想到了文锦，心说要是把这东西给了文锦，这丫头也许会觉得有用，更何况这东西又不值钱，放在这里也没用。

想着他就掏出了一个牛皮袋，那是潜水时打捞东西用的袋子，底下有可以塞住的孔，出水的时候水会流出去，三叔将孔关闭，将那头骨摘了下来，连同其他一些碎骨头，都塞了进去，鼓鼓囊囊，就背到了自己身上。

做完后他爬出了铁缸，去找解连环。此时经过两次惊吓，他已经毛了，贪欲也吓没了，这棺材也不敢碰了，这个墓室太邪门，他一刻也不想再待下去。如果解连环东西拍完了，他们应该立即退出去。

此时他已经忘记了解连环氧气瓶里氧气不够的事情，如果他还记得，他就应该知道出去这事已经不好办了。

然而等他爬出铁缸，回到铜人铁棺面前的时候，一下子就发现了不对：第一，他看不到解连环，他不在原来的位置，手电扫了一圈也没有；第二，解连环的手电掉在地上，照着一边的壁画，正在忽明忽暗地闪烁。

三叔只愣了不到一秒，汗就出来了，因为这种场景他看得太多了，在古墓里，只要一有人出事，手电肯定掉到地上，以往"夹喇嘛"的时候，栽的人多了，所以他一看到手电掉在地上，心就一下子绷紧了。

难道解连环在自己到缸里去的时候出了什么事情，触动了什么

虫脑

59

机关?

刚才没听到什么声响啊，不过自己在缸里，的确也没有注意外面发生了什么。

什么叫经验？这就是经验了。如果是我，肯定会跑过去把手电捡起来，然后叫几声。然而三叔已经确定出事了，虽然不知道是什么事情。他再次翻出匕首，整个人开始进入一种紧张状态，往铁棺的方向走去，去找解连环。

他进铁缸的时间不长，解连环如果中招，也应该倒在铁棺附近。

他小心翼翼但是迅速地绕到铁棺之后，果然，他一下子就看到解连环倒在了铁棺的后面，蜷缩成了一团，一动也不动。三叔用手电照了照他的脸，没有反应，又扫了一圈，没有发现边上有什么异物。

奇怪，好像没有机关触动的痕迹，他怎么就倒下了？三叔有点诧异，又看了看四周，确实没动静，他就快步上前，将解连环扶了起来。

解连环已经失去了知觉，死沉死沉的，身上都瘫了，三叔一搭脖子，发现他没死，再一摸他的几个要害，发现他的后脑勺滚烫，翻手一看，全是血。

三叔一下子就蒙了，怎么可能？这家伙看上去竟然像是给人打晕的。

可是，这里是古墓之内啊，没有任何古墓的机关设计是将人打晕的，粽子也不可能这么好心只是打晕你，能打晕人的，只有另外一个人啊。

想着，三叔忽然感到一股极度的寒意，忙转头看向四周的黑暗，心说不会吧，难道这里还有其他人？

第二十一章 ● 黑暗中的第三个人

三叔一想到这点，虽然不敢相信，但还是出了一身冷汗。他放下解连环，迅速地看了一下四周。

扫过一圈之后，什么都没有看到，安静的墓室里什么都没有。而当手电昏黄的光线扫过墓室的墙壁，三叔感到有一股莫名的寒意侵入自己的五脏六腑。

三叔和我们是不一样的，作为从小就在地下玩耍的人，死人并不可怕，因为死人只是物体，虽然有危害，但是不会暗算别人。然而，活人就不同了，三叔一想到这墓室里可能有第三个人在，一下子就害怕起来。

解连环后脑挨的这一下重击，可大可小，现在我们看的电视剧和电影里，想要一个人晕倒，只要拿什么东西在他后脑上敲一下就好了。实际上，三叔这种人知道，把一个人敲晕的力度和把人敲死的力度是相同的。你一下敲下去，对方是死是活完全是看运气，如果你稍微敲轻一点，最多把人敲迷糊几秒，真正不把人敲死而敲晕的方

法，是敲人的后脖子，会功夫的人连敲也不用，只要用手捏一下人就会晕了。

所以解连环挨的这一下，情况到底怎么样，他也不是很清楚，只知道如果是人打的，对方这一下下去，显然是下了杀手的。摔跤是绝对摔不到这么重的，摔死也是内出血，头皮绝不会破成这样。

但是，怎么可能会有第三个人在这里呢？

如果说这里是陆地上的古墓，那碰到个把熟人虽然不常见，但也是说得通的事情，可是这里是海底，难道正巧有另外的人也知道这里，潜了进来？

不可能啊，这样的可能性也太低了。三叔脑子转得很快，他一下就想到了一个可能性。

难道是自己和解连环下水的时候，给船上的人看到了，有人跟着他们下来了？

现在一想这倒是有可能的，这附近不太可能有别的船了，而自己抓住解连环的时候，确实闹腾了一下，难道当时有人给吵醒了，没叫他们，反而一路尾随过来了？

一路过来海上漆黑一片，海黑海黑，那就是一片混沌，什么也看不清楚的黑暗，如果有人跟踪，决计是发现不了的。况且两人只顾赶路，根本没有想过这些事。

说实话，三叔当时是不把考古队的那一批队员当回事的，他想，就是被发现了，文锦也能给他瞒过去，那批人就算再怀疑，也不能怎么样，所以他和解连环下水的时候，并没有太在意会不会有人知道。但是实在没想到，有人会偷偷跟下来。

会是哪个呢？考古队里的人大部分他都认识，虽然说有几个陌生面孔，但是他平日里看人也颇准，除了解连环之外应该无人可疑啊。如果是船夫呢？倒也有可能。难道说自己下水被船夫看到了，于是他好奇跟了出来？

不过，到这里来必定要用潜水器械，那几个船夫游泳厉害，但是潜水器械这种东西，应该不会操作啊！

这么说来，应该还是考古队里面的人，是哪个呢？

三叔想不出来，心里就说：不管如何，他要是偶然跟来，此时应该会叫出声来交涉，如此不出声，还下了这么重的手打晕了解连环，并且刚才没有听到任何大叫，应该是偷袭，这肯定有问题，等我先制住他再看看他到底是什么人物。

这些思绪如闪电一般从三叔脑子里闪过，一想到这一点，他就把手电关了。四周一下子暗了下来，只剩下解连环那个摇摆不定的手电的光线，然后他就矮身趴到地上，向边上滚去。

这是为了不让对方知道自己的位置，敌明我暗是最好的，而趴下来是三叔特有的习惯性动作，那是怕对方听到声音扔东西过来。比如陈皮阿四那种人，你如果站着，就是光听心跳，他就能打中你。

滚了十几步后，三叔感觉大约已经远离了铁棺，就凝神静气，努力去听周围的声音。

墓室里原本就极安静，可以说掉根针都听得见，三叔一下子安静下来就显得更静了，他听到了自己的心跳声，好比打雷一样。

在心跳声之外，三叔果然听到了一些莫名的声音，十分轻，听不出方向，但是确实就在四周，好像是呼吸声，又好像是极其轻微的摩擦声，他的冷汗一下子就出来了。

果然有人。

三叔暗骂了一声，闭上了眼睛，努力去听那声音，想辨别声音的方向。

然而，只听了一下，那声音就消失了，好像对方知道他发现了自己，屏住了呼吸。

三叔心跳加快，然后慢慢地站了起来。如果那人在附近，要是不小心给踩到，那自己趴着就处于劣势了。

刚刚起到一半的时候，三叔忽然听到了就在自己的左后方有一声关节响的声音，离得极其近。他一下子就有点慌了，把身子转了过

去，想往后退一点儿，远离那个声音。

就在那一刹那，三叔感觉到脸边闪过一丝微风，他心说不好，想低头已经来不及了，黑暗中传来一股劲风，一个人猛地扑了过来，一下子将三叔扑倒在地上。随即，三叔感觉到自己腰间插的手电被人拔了出去，接着那人力道就松了。三叔猛地弓起身，想挣脱，可下颌突然一麻，是被人用手电狠狠地砸了一下，顿时满口都是血。

"对方看得见我！"刹那间三叔闪过这个念头。

在一片漆黑中能够准确地扑杀过来，而且一下子就能抽出自己的手电，显然对方看得很清楚。

这是怎么回事？难道对方有一双猫眼？

惊骇之余，三叔用力把头摆向另一侧，但对方的第二下还是准确无误地砸了下来，一下子砸在三叔的鼻子上。这一下砸得极重，三叔的头都抬不起来了，嘴巴里一股咸味涌了上来。

这次三叔真毛了，他自小就是孩子王，除了被爷爷打，什么时候吃过这样的亏。他马上就起了杀心，一抬头，匕首就划了过去。

然而什么也没有划中，反而下巴上又给狠狠打了一下。这都是杀招，三叔的下巴连痛都感觉不到了，接着他拿着匕首的手就被人死死地抓住了。

这样躺着力气使不上来，手被按在地上，三叔大骂了一声，猛地抬头就是一口口水，连着嘴巴里大量的血就喷了出去。

凭着身上的感觉，他知道对方闪了一下，就是这一刹那的工夫，三叔整个人扭了起来，一下子挣了出去。对方没有想到三叔能挣脱，忙俯身再用膝盖去压，这却中了三叔的圈套了。

普通人打架，一人被另一人压住，一旦对方的力道松了，第一个念头肯定是挣脱出去。然而别人在你上面，想再次制住你非常容易，所以三叔佯装挣脱，等那人再次压下来的时候，三叔另一只手已经抓住了自己那个装着人头骨的隔水袋，抢起来就砸了出去。

那一下也不知道砸在了什么地方，只听对方一声闷哼，翻了过去。三叔哈哈一声，一个翻身就爬了起来，抄起隔水袋就往对方闷哼的方向砸了过去。

可惜那里面的骨头已经碎得不成样子了，隔水袋甩过去也没有什么威力，三叔也不管有没有砸中，跌跌撞撞地就往解连环手电的地方冲了过去，抓起手电就朝身后照去。

之前考虑的在黑暗中对峙已经没用了，对方竟然能够看到他，那自己刚才那种关手电然后趴倒翻滚的动作就是搞笑了，现在要制住对方，只有把对方逼出来。

然而手电闪电一般扫过一个半径之后，三叔什么人也没有看到，袭击他的人不见了。

三叔当时已经是火头上的状态，也没有什么冷静可言了，一看人躲起来，破口大骂，端着匕首就去找，才绕了棺材一圈，就听到他出水的地方，传来了一声入水声。

跑了？三叔跳了起来，急追过去。冲到入水口，看到那人已经下水了，水面上还荡着波纹。三叔愤怒得想一头跳下去，然而一看水在手电照射下是黑的，万一对方埋伏在那里，自己下去岂不是吃不了兜着走？只得硬生生忍住，指着水大骂了一通。

因为不知道是谁，三叔索性把船上除了文锦之外的所有人全都骂了个遍。

然而骂着骂着，他就觉得不太对劲，身边似乎有什么奇怪的嗞嗞声，听得耳朵发痒。

三叔把手电照向发出声音的地方一看，顿时浑身冰凉，几乎没晕过去。

原来自己的氧气瓶栓不知道什么时候被人拧开了，氧气正在嗞嗞地往外冒。

第二十二章 ● 抉择

说到这里，三叔就长长地叹了一口气，捏了捏自己的眉心，似乎下面的事情并不想说起。

而我听到这里，也是一身的虚汗，三叔停下来，我也正好可以喘口气。

这事情真是惊心动魄，一路听来我都有点儿窒息的感觉，特别是听到发现了第三个人的时候，我都感觉自己像在听评书一样，原来事情竟然是这么发展的。

这个人是谁呢？我心说。从行为来看，此人相当决绝，氧气瓶栓是不可能给碰开或者自己松开的，现在被拧开了，肯定是这个人干的，而且，非常有可能是尾随三叔进来的时候就打开了，里面的氧气必然所剩不多了。

这海底墓室离海面有着相当长的距离，没有氧气，三叔和解连环必然会被活活困死在这里。这个人回到船上，想必也不会把三叔的事情说出来，因此，船上的人是绝对不会发现这个古墓的，自然就不可能过来救他们。这是非常恶毒的杀招，显然他一定是要三叔和解连环死在里面。

这样一说起来，三叔当时的情况其实比我们还要糟糕，他只有一个人，而且深入海底的距离比我们厉害得多。

不过三叔现在坐在我面前大刺刺地抠脚喝茶，显然他最后还是找到办法出来了，这我倒不需要太紧张。

两人都定了定神，三叔缓了一下，就继续说了下去。

当时，看到那情形，他的脑子立即就炸了，忙上去拧上了气栓，拧好后，浑身已经吓得冰凉了。

那一瞬间，他以为自己完了，肯定死定了，而且还是他最害怕的死法，在封闭的古墓里活活困死。他为自己的大意后悔，又是满心的憎恨。对三叔来说，死在古墓里就死在古墓，如果是中机关而死，那是命，没有办法，但是给人害死，他是大大地不甘心，实在是懊恼极了。

他立即去看氧气表，看了之后牙都咬到牙龈里去了。他自己的氧气瓶，可能是因为气栓的防漏作用，没有漏光，还剩下十分之一的氧气，解连环的氧气瓶里也剩下一些，不过那几乎就是一点点，估计呼吸个三四十下就没了。

这可能还是放气的时间比较短的缘故，要是晚几分钟，可能就是个空瓶子了。

这点儿氧气，几乎和没有差不多。进来的时候，三叔用了一半，而解连环用了多半，现在剩这点儿氧气是远远不够出去的。

想到这个，三叔就绝望了。他看着四周漆黑一片的墓室，一股极度的恐惧侵袭过来，心说，难道自己真的会被活活地困死在这里？

三叔越想越害怕，而且是真的害怕，不是紧张或者焦虑。他当时立即有了一个念头，他不能死在这里，要死也应该死在别的地方，那一刹那，他几乎想一头跳进那个入水口淹死自己。

不过三叔到底是枭雄，这种恐惧感很快就被他压下来了。他拍了自己一个嘴巴，骂了声没出息，然后冷静了下来，开始思考应该怎么办。

我、胖子和闷油瓶被困住的时候，因为一点儿氧气也没有，所以只能把希望寄托在寻找氧气瓶上，然而三叔当时还有氧气，而且氧气的量不多不少，非常尴尬，所以他所有的思维，很快就被这些氧气的量吸引了。他首先开始考虑，仅靠这点氧气有没有一点儿可能撑到外面去。

算来算去，其实都不可能，因为氧气太少了。虽然刚才进来的时候，他一直很小心谨慎，速度并不快，如果出去的时候快一点儿，能够缩短很长的时间，但是，进来的时候用了五份氧气，现在出去只有一份，也就是说，出去的速度必须是进来的五倍。

进来的时候，大概是三十分钟，那出去只有六分钟，他又不是鱼，怎么可能做到？

这下三叔又有点儿难受，他马上又拍了自己一个嘴巴，把自己的恐惧拍掉，逼着自己继续往下想。

那六分钟能到哪里呢？从这里出去大概就要三分钟，六分钟，只能到那片巨大深渊的出口，这已经是最快的速度了。

一旦进入深渊的出口，那么大概只需要十分钟，就一定能出去，也就是进来时的半小时路程，如果运气好，则可以在十六分钟内游出去。而且，他看了看表，马上就要退潮了，到时候那洞口会露出海面一些，洞的上方会进入一点儿空气，这样，也许不用到洞口就能呼吸到空气了。

因此只要能得到够呼吸十分钟的氧气就行了。

可是，这十分钟的氧气去哪里找呢？这里可是一点儿办法都没有。三叔抓耳挠腮，条件反射地到处去看，希望能看到什么给他启发的东西。

可是，古墓之中会有什么启发，难道会发现一个明清时候的陶瓷氧气瓶不成？

这想了还是等于白想，三叔懊恼地用力拍了一下入口的水面。这时候，他看到下面黑黑的海水里映出了自己的倒影。他把手电偏了偏，倒影清晰起来，他一下子就发现了能提供给他十分钟氧气的东西。

三叔也真是突发奇想，他当时看到的，就是他身上的潜水服。

那么，潜水服怎么当氧气瓶呢？三叔想得十分巧妙，他把潜水服的袖子和裤管子都扎起来，然后用力一兜，把里面充满气，之后把领口也扎起来，那潜水服就变成了一个气囊。他跳入水里，解开一个袖子，当成氧气管吸。

一下去，他就发现还真管用，他吸了三四分钟才觉得空气混浊起来。

有门儿，有门儿！他大喜，立即上来，跑去把解连环的衣服也扒了下来，做成了另外一个气囊，然后把两个水囊充满气，心说十分钟有了！

想着他一刻也等不下去，立即就拖着所有的东西，准备下水出去了。

三叔的性格不像我，不会犹豫，也不会选择保守的方式，所以他当时没有一点儿犹豫。

不过，就算这些氧气能够撑到外面，那也只有一个人能勉强出去，这个人一定要拿走两只氧气瓶，另外一个人必须在这里等那个人回来接他，如果那个人死在半路上，那就没人会回来了，这个心理压力是巨大的。

三叔当时并没有觉得这是一件多么严重的事情，心说反正解连环的氧气本来就不够，现在只不过是更严重了而已。而且，此时他也根本没心思管解连环，他自己已经进入了一种极度亢奋的状态。

他将解连环摆到棺台上，然后拿刚才用来砸人的装着人头骨的隔水袋给他当了枕头，让他的姿势舒适一点儿，就回到入水口，想也没想就下了水。

抉
择

69

事实如三叔所料，六分钟过后，他已经进入了那深渊之内，氧气竟然还有一点儿。

此时三叔的心已经安定了下来，心里还真佩服自己，心说：这样都困不死我，我回到船上，那个暗算我的王八蛋不给吓死？

由于身后拖着两个巨大的气囊，三叔不由自主地往上浮去，这也给他省了不少力气。他凭着记忆，往这个深渊的出口游了过去。然而，让他没有想到的是，等他游到他认为的那个出口所在的位置时，他却愣了。

那里什么都没有，只有一片凹凸不平的珊瑚礁石。

嗯？三叔纳闷，再往边上照，一路照过去都没有看到出口。

他一下子就凉了，事情没他想的那么顺利，看样子自己好像记错了出口的位置！一紧张，一出冷汗，三叔去看氧气表，只见氧气表的指数已经在零以下了。

第二十三章 ● 上帝的十分钟

三叔慌了，但是他知道这个时候绝对不能紧张，他把身上的氧气瓶解开，踢了开去，然后接上了解连环的，继续寻找出口。

其实此时情况已经十分糟糕了，三叔用手电往四周照的时候，发现四周一片幽深的黑暗，他连来时的方向都搞不清楚了。

看来自己想得太天真了，三叔暗骂了一声，一阵比困死在古墓里还让人恐惧的剧烈的心跳开始出现。他意识到，自己可能死定了。

不过这一次极度的恐惧之后，三叔反而平静了下来，心说自己还有十分钟的时间，希望也许就在这十分钟里，如果找不到，也好，不过是早死晚死的问题。

他凭借直觉，再次开始搜索，很快，解连环的氧气瓶也空了。他将气囊解开，开始吸气囊里的空气。然而，四周还是一片漆黑，这种感觉让人非常无奈，就像你急切地要找一个东西，但怎么找也找不到，三叔开始绝望起来。就在这时，祸不单行，忽然，解连环的手电闪了闪，竟然熄灭了，四周一下子变得一片漆黑。

三叔一看，心说：看来是上天要我死，我也没有办法了。但就在这个时候，他忽然看到，自己前方的黑暗里出现了绿色的光点。

哎呀，是"舞乐古尸"！三叔打开腰间的探灯，朝那里照去，果然看到那群古尸又漂了回来，而且离他非常近，只有五六米。

三叔心里涌出一丝希望，心说对了，这群古尸的运行轨迹经过那个出口，跟着这些尸体就能找到那个出口了。

于是他游了过去，游入了那群古尸之内，跟着它们前进。

一靠近他就发现，古尸好像是在跟着一股水流走，他也冲入这股水流，开始自动往前漂去，同时用探灯照上面的情况。

然而，让他焦虑万分的是，这尸体漂得极慢，很快，他就把第一个气囊全部吸光了，但还是没有找到那个出口。

三叔对我说，当时他已经快疯了，但是毫无办法，只能继续跟着，寄希望于奇迹了。或者说，当时他已经没有心情害怕，也无法去想氧气的事情了，只希望自己能立即看到那个出口。

不过，等他终于看到那个出口出现在头顶的时候，第二个气囊也几乎空了。气囊里的空气最多能撑两分钟，这要是进入就等于自杀，如果顺着水流下去，倒是还有希望能回那个墓室。

三叔看了看出口，又看了看下面的黑暗，当时就做出一个决定，无论怎么样也要搏一下，下去，只不过是死得晚一点儿，两分钟，虽然不可能，但是也要试试，他不想等死。

他深吸了一口气，就往上游去，可是游出水流的一刹那，因为外面水流速度慢，他被卷了一个跟头，一下子就撞到了一具古尸的身上。

这水流的力量是相当大的，三叔控制不住姿势，忙抱住了那具古尸，用力稳定身体。

这时候，他忽然灵光一闪，看到那古尸的嘴巴里竟然有气体喷出来。嗯？他愣了一下，一按那古尸，立即发现，这不是真人，而是一个用竹子之类的东西编的，外面糊了石胶和泥浆油的人俑，而且，很明显是空心的，里面有空气！

不会吧，三叔想着，立即拔出匕首，一刀捅了进去，气泡马上就从破口喷了出来。

三叔像吸血一样扑上去，吸里面的空气，只吸了一口，他就知道有门了，虽然里面的空气极度难闻，但不是毒气，能呼吸。

这样想着，他扯起两具古尸就退离了那道水流，进到出口之内。

说起来匪夷所思，谁也不相信，然而三叔真的就这样成功地捡了一条命回来。

他回到船上，当时天已经白了，太阳快升起来了。他一回到船上，将器具放好，就看到了一具湿的装备放在角落里，这下子他马上就确认了，要置他于死地的人肯定就是考古队里的。

然而他回到卧舱，发现所有人都睡得死死的，他一个一个看了一遍，根本无法看出哪个人有异样。

如果是在平时，他肯定一个一个绑起来问了，现在碍于文锦的面子，他不可能这么干，只得忍下来，也佯装睡觉，一直到两个小时后天亮才佯装发现解连环不见了，于是他们开始寻找。他本想引他们发现那个礁洞，没想到的是，却在那附近找到了解连环溺毙后的尸体。

三叔对我道："我不知道他是怎么出来的，看当时的情况，有可能是他醒了之后，发现氧气瓶不在，只剩下自己一个人，在恐慌下强行出来然后溺死的。我实在是没有想到，他竟然会那么蠢，不过现在想想，说起来也算是我害了他的性命。"

我听了长叹一声，对三叔说："你上来之后，应该马上下去救他的，那样就不会出这种事情了，你竟然还能睡觉。"

三叔点头，也叹气道："当时我是感觉马上下去救人太危险了，我不知道是船上哪个人想要我的命，再进去恐怕还是会着了别人的道儿，反正他们醒来之后，马上就会发现解连环不在，肯定会去找。我已经将来时的充气艇留在那礁石处，到时候只要将他们引到那里去，然后趁乱进洞，来去最多也只要半个小时，否则我一个人带着两套器具连夜出海，不仅会让人怀疑，而且救出解连环之后，事情也不好交代。"三叔摇头继续说，"现在你知道为什么这事情我不想提了吧，这是你三叔我最后悔的事情。"

说起这个，我想起了那血书，这下就清楚了为什么解连环会认为是三叔害了他。后脑挨了偷袭，解连环肯定不知道是谁干的，他不可能想到古墓里还有第三个人跟了进来，那醒来之后第一个想到的就是三叔了，然后一看自己的潜水设备没了，自然会以为是三叔要杀他。

千古奇冤，我一下子就想到了金庸小说里那些解也解不开的误会，还以为是文学夸张，没想到竟然真的会发生。

最后解连环是从哪里拿到的蛇眉铜鱼，尸体又怎么出现在礁洞附近，已经无从考证。想必他在绝望之中找到了什么出路，但是水下古墓，就算能出来，也逃不过那一段海水，解连环终究没有逃过他的宿命。

解连环误会三叔这件事情还是不要对三叔讲比较好，免得他听了之后不舒服，我心里暗自打算。

三叔接着道："接下来的事情，我在济南已经和你说过了，当然，当时我并不想让你知道解连环的死和我有关，所以我和文锦他们第二次进海底墓穴，后面的事情，我没有说。其实我当时进去确实是装睡，因为我怕他们会到达那间墓室，我不知道解连环会留些什么在里面，所以想在他们到达之前进去看看。另外，我知道下来之后，那个攻击我的人肯定会露出马脚，我想靠这个把他找出来，给解连环报仇。"

此时，我就想起了闷油瓶和我说过的事情了，一想之下，似乎提出探索古墓的是闷油瓶自己，心里豁然，问三叔："那你有没有看出来到底是谁？是不是那个张起灵？"

他的身手、背景都十分神秘，如果是他的话，事情也比较好解释。

三叔皱起了眉头："他们出去之后，我跟在他们后面，此人确实相当可疑，但是有更加可疑之人。总之，看到后来，我也弄不清楚了，我是看谁都可疑。不过我个人认为，以那小哥的身手，我这点三脚猫的功夫，恐怕当时就直接给打死了，不太可能是他。"

我也意识到了，于是点头。闷油瓶平时看上去柔柔弱弱的，睡不醒的样子，他要发起狠来，就是直接去拧别人的脖子，那是最快的杀人方法，三叔肯定不是他的对手，于是又问："那接下来呢？"

"接下来……那小哥带着那帮人出去之后，我就偷偷跟在后面。我当时并不知道那水池底下还有通道，他们进入那个水池的墓室之后，我以为他们兜了一圈儿之后会出来，就待在甬道的黑暗中。等了一会儿，他们竟然没出来，我心中一动，怕他们遇到危险，就跟了进去。后面的事情，那小哥应该和你说过了，我只是跟在后面，他说得应该比我更清楚一点儿。"

我这时候想起了一个细节，问道："那他说你装娘儿们照镜子来引导他们过奇门遁甲，也是真的？"

三叔"咦"了一声："什么娘儿们？"

我把闷油瓶当时说的情况重新说了一遍，三叔顿时睁大了眼睛："有这种事情？"

我咧嘴，心说：别说你不知道。然而三叔真的倒吸了一口冷气，站起来来回踱了几步："他真的这么说？"

"当时的环境决定我肯定不会听错。"

三叔眯起眼睛，让我详细地再说一遍。我就努力回忆闷油瓶和我说的事情，仔细地说了一遍。

三叔听完，摸着下巴，连连摇头："不对，不对！他骗人！"

"骗人？"

"我在石阶上，雾气太浓，并没有看到当时的情况，我可以用文锦保证，我绝对没有下到下面去，也压根儿不知道这里面有什么机关。那小哥一面之词，你不能就这么信他。"

我皱起眉头："但是当时的情况，我不认为他有必要骗我们啊。他甚至可以不和我们提这件事情，我们也拿他没办法。"

三叔拍着脑袋，想了想，就道："说得也是，那假设他说的是真的，也有问题，你看这小子说的，'我'蹲在那里，他看的只是'我'的背影，他们所有的判断完全是靠那个背影。整个过程中，除了那个霍玲有可能看到了'我'的脸，其他人完全就只是凭借一件潜水服就判定了那个人是我……"

我"哎呀"了一声，脑子里回忆当时的话，发现的确如此："这么说，这个引他们通过暗阵的人不是你，是另一个和你背影甚至相貌都有点儿相似的人？"

三叔点了点头，脸色变得非常严肃："如果那小哥说的是真话，绝对就是这样。而且，你没发现吗？那小哥没有看到我的脸，他本来是有机会看到的，但为什么没有看到？"

我回忆了一下闷油瓶说的情节，突然就一个激灵："霍玲，他被霍玲拦了一下！"

三叔点头道："对，就是这个细节，我一直不知道这些，真没想到，竟然在那极短的几分钟里还发生了这样的事情……"

我感觉到头疼起来，确实，当时的情况如此混乱，能见度也极低，闷油瓶的确有可能会看错。而且，这样看的话，那个人是三叔的这个结论，自始至终都是霍玲提出来的，只有她一个人看到过那人的脸啊。如果她和那个人是同伙的话，这就可能是一个巧妙的骗局，那闷油瓶和其他人可能都错怪三叔了。

我一下子又想到闷油瓶当时说过"如果这人真的是你三叔"这句话，他是否也在怀疑那个人不是三叔？

不过一想又不对，闷油瓶看到三叔，不仅只有这一次，他在昏迷前也看到过三叔，而且看到了三叔的脸，这靠背影是骗不过去的，这又怎么解释呢？

我把这个问题提了出来，三叔就叹气道："这我就不知道了，也许是那小哥在意识模糊之际看错了。你想，他一路进来都以为是在追我，那个时候迷迷糊糊的，可能出现了幻觉。"

　　我摇头，对他说："这太牵强了，小哥那样的人，不太可能会迷迷糊糊看错吧？"

　　三叔正色道："如果是这样的话，那么，他肯定是在说谎了，因为我没有骗你。"

　　听到这句话，我心中就长叹，我最害怕的事情来了。一直以来，听到三叔和闷油瓶经历重叠的部分我就非常紧张，怕出现那种牛头不对马嘴的情况，那样就说明他们两个中肯定有一个在说谎。

　　不过一路听过来，我却发现两人的话大体都能对上，我已经有点儿安心了，心想就算不是百分之百的真相，也应该接近事实了。可是，这事情一路下来，眼看就要通了，却在最后遇到了这么一个卡，真是让人难受。而且这个卡非常关键，如果三叔不在里面的话，那迷倒他们的就另有其人，三叔就完全清白了；如果三叔在里面的话，那就完全相反，三叔就是心怀叵测的大奸角。就这么一点，却代表着两种完全不同的结果。

　　两人之中，我还是比较相信闷油瓶，因为他是在完全没有必要和我说的情况下叙述的，他骗不骗我对他一点儿意义也没有。不过，三叔这次的叙述和以往都不同，非常清晰，也找不到破绽，如果他在骗人，是没法把谎话编到这种程度的，我感觉他这次也不太可能会骗我。而且，只剩这么一点儿矛盾了，他若要骗我，可以轻松地瞒过去，不需要说出和闷油瓶相反的事实啊。他可以说自己跟进去了，然后也晕了，醒来的时候他们都不在了，这我也根本找不出破绽来。

　　这似乎是一个罗生门，完全没法解开其中的奥妙，似乎两人说的都是真的。

　　想到这里，我突然有了一个奇怪的念头，表面证据优先，那么既然我认为三叔没有骗我，闷油瓶也没有骗我，会不会有这么一种情

况，他们两个说的事情都能成立呢？

这是有点儿胖子的思维方式，简单明了，把事情分成三条，否定了前两条，那最后一条再不可能，也只有成立。

我把我的想法说了。三叔也在思考，一想就摇头道："怎么可能？如果要这两种说法都成立，那当时墓里，必须要有两个我才行。"

"两个三叔？"我心中琢磨，心说这好像绝对不可能，三叔又没有孪生兄弟，也不会分身，这个假设没有逻辑性。但是，如果要按照胖子的思维考虑的话，就不需要考虑逻辑性，而是要把所有的可能都列出来，枚举法。

我拿出一张纸，就开始写可能性，然而想了想，发现在他们两个都没有说谎的前提下，只有一个结果，就是三叔是在奇门遁甲阵的外面，而闷油瓶在里面看到的，是一个和三叔相貌相似的人。

那么问题其实不是如何产生两个三叔，而是这个相貌相似的人是从哪里来的？用枚举，也就是几个，一个是这个人是从海上来的陌生人，一个是这个人一直藏在古墓里，这两个很勉强，那么最有可能的，就是这个人应该是那十个人中的一个。

这倒有根据，回忆闷油瓶的叙述就可以发现，在当时他们发现三叔的两个情况都很奇特，完全有可能是和他们一起下海的某个人干的。

可是从来没有听三叔提过队伍中有人和他很像，现在再谈论这个话题，如果有的话，他怎么都该想到了。而且照片我也看过，不过那照片那么模糊，看上去每个人都差不多，不好作数。

那么，会不会是易容呢？我想起那小哥的手段，然而一想，就知道不可能，一次易容要准备三到四天，化装要五到六小时，当时那种情况，他怎么可能来得及？

想到这里又到了死胡同，我不由得沮丧，长叹了口气。

三叔看我的表情变化，就问我在琢磨什么，我把自己的推论过程说了一遍。三叔听了就笑，说我怎么学那胖子的思维，那胖子脑子是歪的。

可是才笑了几声，他好像就想到了什么，脸色一变，然后吸了一口冷气，道："哎，也不是，难道这事情是这样的？"

我忙问他："怎么了？"

三叔脸色苍白道："你别说，这胖子有两下子，给你这么一分析，我好像明白这事情是怎么回事了，但……如果真的是这样的话，这事情就非常不对劲了，甚至有点儿诡异了。"

我忙让他快说，三叔就道："你说那古墓之中还有一个人，和我长得相似，很有道理，但是我感觉这个人也不需要太过相似。你想那小哥中毒了，必然神志不清，而且昏迷前就那么几秒钟，只要有几分相似，就可能会看错。"

我点头："对，可是，你们那队伍中会有这种人吗？要是有这种人，你可能早就注意到了吧。毕竟世界上有两个人相似是很奇特的事情。"

三叔的表情很古怪，他吸了口气，摇头道："你想错了，其实世界上有一种情况下两人相似是不奇怪的，而当年的考古队里确实就有这么一个人和我有七分相似，但是，所有人都不觉得奇怪。"

我"啊"了一声，心说不会吧，忙问道："是谁？"

三叔瞪着我回答道："当然就是解连环。"

第
二
十
四
章
　●
死
而
复
生
的
人

　　我一下子就起了一身的鸡皮疙瘩，几乎缩在了那里，实在没想到三叔会说出这个人的名字来。

　　花了好长时间我才反应过来，结巴道："怎么可能？"

　　"怎么不可能？我们是表兄弟，当时很多方面很相似，特别是那个年代，大家穿的、发型几乎都一样，要说这个事情能成立的话，只有他符合条件。"

　　"可是，当时他不是已经死了吗？"我咋舌道。

　　三叔很有深意地吸了口气，往后躺了一下，皱眉道："确实，他当时肯定死了，尸体被发现的时候已经僵硬了，都泡得胀起来了，那个样子绝对不可能救活。但是，除了这个解释，我想不出其他的办法可以证明我和那小哥都是清白的。话说回来，运解连环尸体的船后来也没有回码头，连同那些渔夫一起，就这么消失在海上了，他也算是失踪了。"他顿了顿，又道，"其实，有时候我也想过，自己是不是太小看解连环了。"

"什么意思？"我感觉到有点儿发寒，"你是说，他诈死？"

三叔点头："我调查过所有人的背景，都没有可疑之处，我就想到过这一层，会不会解连环当时没死，他潜了回来，和霍玲搭档，完成了这个阴谋。这样，所有的事情都能解释了。不过，当时检查他尸体的人是我，我也记得很清楚，那尸体绝对不可能是诈死的，所以我后来把这个可能性排除了。不过，现在听你这么一说，我又感觉如果他没死，倒是能解释所有的事情了。"

我摇头道："既然你确定他死了，我们就不要去想这个可能性了，这解连环总不是僵尸，那肯定是有别的原因。"

三叔叹了口气，让我暂且别想这件事情了，现在我们的资料太少，那小哥也不在身边，讨论这个是不会有结果的，还是待会儿再说，等说完之后，我们从头分析一下，说不定会有什么收获。

我也感觉是这样，一面是三叔的说辞，一面是闷油瓶的说辞，全部都是说辞，没有第三方的东西，要琢磨也只有干想，于是就让三叔接着说下去。

这之后的事情，三叔就说得很简短。他从海底墓穴出来之后，就开始调查整件事情。因为在解连环那里得知了裘德考的计划，所以他把解开谜题的关键放在调查这个人身上，同时寻找失踪的那些人的下落。之后他与裘德考有了数次接触，然而裘德考始终没有透露给他什么消息，直到在七星鲁王宫，裘德考再次失败之后。

当时裘德考发现自己全军覆没的地方，有三叔的这一伙人竟然能够全身而退，没有受到多大的损失，他开始意识到也许自己的方法根本就是错误的，于是他和三叔见面，两人有了一次长谈，就是刚才三叔和我说的那些内容。

然而三叔确实是裘德考的煞星，他和裘德考约好合作，再次进入海底墓穴，这一次，目的是拍摄壁画。然而和当年在长沙裘德考背叛爷爷时的想法一样，三叔也只是利用了裘德考的资源，他已经知道裘德考的目的。他进入了古墓，逼迫陪同的人说出了很多机密，利用这

些信息，他知道了他们的下一个目标就是云顶天宫，于是就开始与他们斗快。

这期间还有着相当多的奇遇，但是写出来未免烦琐，只要略提就可以了。

而之后阿宁他们来找我，并不是三叔安排的。他说我其实只要想想就能发现根本不可能是他让他们过来的，以我的水平，如果做他的后备肯定是死路一条，他怎么会害我？我是被阿宁骗了，当时他们认为我能从鲁王宫出来，也是一个高手，所以用了这个方法骗我。

三叔说，他当时不想告诉我这么多事情的原因，就是怕我牵扯到这件事情里来，可惜在鲁王宫的事情，裘德考肯定非常了解，所以之后，鲁王宫里其他几个能动的人他们都联系过了，我是骗来的，胖子是买来的，那小哥可能也是知道了这个事情之后，才决定混进我们队伍的。

之后的事情我就很清楚了，他拿到壁画之后，为了比阿宁他们早点儿到达云顶天宫，就直接出发了，但是一个人倒这么大的斗总是心虚的，就留了口信给潘子。他并没有准备让我也去，但是显然那个楚哥泄露了消息，将事情告诉了陈皮阿四，这老头就硬插进来，还让楚哥将我也拉了进来，准备到时候用我来胁迫三叔，当时那一批人都很厉害，他们特地找我这个软脚虾来当备用轮胎。

三叔说到这里就摇头，说："合作这么多年的人，一看自己的生意不行了，马上投靠了陈皮阿四，真不是个东西。现在坐牢，也是报应。"

裘德考背叛了爷爷，三叔背叛了裘德考，楚哥背叛了三叔，然后阿宁背叛了我们，人，真是可怕的动物。

云顶天宫中他的经历也十分恐怖，到底他是一个人。他顺着那些壁画提供的线索一路过来，但是最后中了招，被我们救了，要说起细节来也十分精彩，但是，这里也没有必要细说，三叔也就草草地说了过去。当时因为之前的那些叙述我已经听得浑身冒冷汗了，所以我也没有多想，很久以后我才感觉到，也许三叔在这里还隐瞒了什么，但那是很久以后的事情了。

第二十五章 ● 重启

三叔说到这里，他所知道的来龙去脉都已经叙述出来了。

说完之后，两人都松了一口气，三叔大概是感觉放下了一桩心事，而我则好像是看完了一部电影。

我们两个都安静了下来，三叔出去上厕所了，我则闭上了眼睛，将刚才听的事情从头到尾想了一遍。几分钟后，我已经把事情理得十分清晰了。

虽然整件事情并不是百分之百的明朗，但是，裘德考和三叔的前因后果，大部分都清楚了，不知道的，也就是两三件事情。

三叔方面，在海底墓穴中的经历，是三叔噩梦的开始，也是他从一个草寇逐渐成熟起来的契机。为了寻找消失在古墓中的考古队，可以说他投入了自己的所有。那些钱和时间就不说了，就是一个云顶天宫，为了拖延阿宁他们的进度，他竟毅然舍弃了自己的事业，除了少数几个特别忠心的，在长沙的伙计全都散了。三叔应该说是老九门的后裔里数一数二的人物，现在一切都烟消云散了。

　　如今自己也落得个半死不活的境地，他这个年纪，其实早就该退休了。当然最倒霉的就是我，受着精神和肉体的双重折磨，然而听到后来，就发现这事情似乎和我一点儿关系也没有。现在想想，感觉三叔当初骗我也许真的是善意，如果我当初知道这里面的水这么深，恐怕自己也不肯踏进来。

　　三叔给我的最重要的信息就是：当时在他们的船上，除了他和解连环之外，似乎有第三个知道海底古墓存在的人，这个人显然和霍玲有关系，而且这个人显然想干掉他和解连环。

　　而这个人肯定是在那十人之内，因为最后进海底古墓的时候，海面上已经没有船了，而下去的就只有那几个人。

　　那么，他们一共十个人，除去三叔、文锦、闷油瓶、霍玲、解连环（死了）和一个送他回去的人，那就只剩下李四地等四个人。如果闷油瓶说的是真的，那这个人应该就是四个人之一，这四个人中应该还有一个是女人，那其实可供选择的只有三个人。

　　如果不是解连环的僵尸归来的话，这个神秘人必然就在这三个人当中了。当然，这里还有一个疑问，就是闷油瓶在昏迷前看到的到底是谁。这个问题十分诡异，如果勉强用看错了解释，虽然说得通，但是总归感觉有点儿问题，我回去还要好好地想想。

　　裴德考方面，就是裴德考在西沙考古那一年的事情，裴德考不肯说，显然这事情十分关键，涉及核心的秘密。而他之所以肯将之前的事情说出来，现在看来，这些事情都无关紧要，当时他追求的，只是战国帛书的含义，是学术上的事情。

　　但是显然，现在他的目标已经变了，我在这里就发现了一个三叔没有想到的地方——裴德考的目的是什么？这在现在也是一团迷雾，拍摄死人，拍摄壁画，进鲁王宫、云顶天宫，这肯定不是学术研究了，他到底想干什么呢？

　　裴德考已经是一个九十多岁的老人了，他还在做这件事情，显然不是为钱或者名誉、地位这些东西了，这真是有点儿离奇。

三叔上厕所回来，我就把自己想到的事情和他说了。他点头，对我道："这点我其实想过，但是这件事情实在太复杂了，我没法说。你看，这裴德考开始西沙计划之后的事情，我就完全看不懂了。不过，你要是仔细感觉，还是能感觉出一点儿线索来。鲁王宫、海底墓、云顶天宫，都是汪藏海到过的地方，表面上看，很明显，他们好像是顺着汪藏海的足迹来走，我就感觉，他们是不是在找什么东西，一件汪藏海可能留在这些古墓中的东西。"

　　"留在古墓中的东西？"我想了想，"难道是蛇眉铜鱼？"

　　当年汪藏海为了将东夏的秘密流传下来，通过这种方式，将隐藏着秘闻的蛇眉铜鱼藏在大风水的宝眼中，希望日后能够被盗墓贼发现，所以那几个古墓中都藏有蛇眉铜鱼。

　　三叔摇头说不清楚，感觉不太像，好像是别的什么，他们反复进海底古墓，似乎就是为了拿到汪藏海到过哪里的线索，然后去找。

　　"其实你三叔我才不在乎他们想干什么呢。你三叔我只想知道，他们失踪在西沙的海底，到底是出了什么事情，文锦他们到哪里去了。我盯着裴德考，就是因为这西沙的事情肯定和他的目的有关，可惜，这事情越查越复杂。"三叔说着就叹了口气，"到了后来，我都不知道自己在查什么，我只能尽量比他们快，想早一步找到他们要找的东西，这样就能威胁那个老鬼把事情说出来了。可惜，你三叔我到底老了，很多事情已经力不从心了。"

　　我拍了拍他，安慰道："那大风水的线头已经完结了，到了云顶天宫已经是终点了，显然那一次阿宁他们的目的是九龙抬尸棺，但是当时局势混乱，他们没有得手，我想他们可能会再次进去。不管怎样，云顶天宫应该是最后一站了，他们进去，无论找到找不到，这事也应该到尾声了。三叔，你也别太执着了，有些事，你已经尽力了，就别想太多。"

　　三叔苦笑："尾声？我一开始也是这么想的，不过，现在看来，这么说还太早。"说着就拿起阿油瓶寄来的录像带，拍了拍，"这事情肯定还没完，看看里面是什么东西再说吧。"

第二十六章 ● 出院

　　和三叔的聊天持续了将近两个小时，开水都喝掉了两壶，讲完之后，两人都感觉十分疲惫，不论是精神还是身体。三叔的身体还没有完全恢复，说完就感觉头晕，我也不想打扰他，给他处理了一下贴身的东西，换了热水和茶叶，就自行离开了。

　　三叔派出去买录像机的伙计还没有回来，我估计买那东西确实够呛，停产太久了，就算能买到也不一定能放。

　　刚才听的时候已经忘记录像带这回事了，现在又想了起来，不由得感到一阵恐惧。之前听三叔叹气，说这事情还得接着折腾，他的语气疲惫而又无奈，感觉很不舒服。

　　关于闷油瓶的事情，我们的了解几乎是零，他当时是偶然在船上，还是有目的地混在考古队里，连这一点我们都不知道。而且闷油瓶这个人不比三叔，他不想说的事情，怎么逼他都没用。三叔虽然告诉了我一点儿他的事情，但是从这个层面上来看，三叔说的那些远远不能说是事情的真相，他其实知道的比我多不了多少。

一想到这个，刚刚感到轻松的心情又有点儿压抑起来。

处理完事情，三叔那个伙计才回来，并没有买到东西，现在市场都关门了，也只有明天再想办法。

很久没和三叔说话，又解开了心结，我的心情好转起来，晚上就和三叔他们偷跑了出去，找了一家大排档，好好地喝了一通。吃病号饭吃了这么长时间，总算是吃到有味道的菜了，三叔很高兴，一手烟一手酒，总算也舒坦了一回。

回去的时候，他就去办理出院手续，说再也不在医院里待了，让我帮他订好宾馆的房间。

我喝得有点儿上头，回到宾馆，帮三叔订了个套房，就好好地洗了一个澡，给自己泡了一杯浓茶，准备睡觉。

不过洗了澡之后，突然就睡不着了，我就打开了电脑，调出三叔在西沙出发前的那张老照片来看。

我看过很多次这张照片，然而黑白的照片，除了能认出几个熟悉的人之外，其他人很难分辨清楚，而且三叔也没有和我说过谁是谁。照片上，三叔清瘦而内敛，一点儿也看不出他是一个土夫子，而闷油瓶也像极了一个普通的学生。我尝试找了一下解连环，确实发现了一个和三叔有点儿相似的人，不知道是不是他，不由得感慨，谁能想到这张普通的照片下面，藏了这么多的事情。

看了半天，发现根本没办法在照片上看到什么，我就用酒店的电话拨号，上了闷油瓶寄快递的那个公司的网站，输入了单号，查询这份快件的信息。

很快查询结果就出来了，我拉到发信地点这一栏，不是空白的，有三个字的城市名称：格尔木。这录像带是从一个叫格尔木的地方寄出来的。

我愣了一下，心说那是什么地方？随即Google了一下，就更吃惊了，那竟然是一个西部城市，位于青海省。

青海？闷油瓶什么时候去了那里？我疑惑起来，这家伙动作也够快的，一下子就跑到大西部去了，难道去支援西部的倒斗事业了？不过青海不属于土夫子的范围，那地方是少数民族的聚居地，只有倒卖干尸的和国际文物走私犯才去那儿。他去那儿能干什么？去帮人打井吗？

而且还寄了录像带给我，这好像八竿子也打不到一块儿。

我查了格尔木的一些资料，了解了一点儿它的历史，就更加惊奇——格尔木是一个新城市，解放军修路修出来的城市，四周全是戈壁。闷油瓶在那里，我真的想不出他能干什么，而且他还从那里寄了录像带过来，这录像带里到底是什么内容呢？

我有点儿烦躁起来，对那录像带的兴趣一下子更浓烈了。

喝了几口浓茶，压了压酒之后，我把今天听到的信息汇总一下，发给了阿宁那边的几个人。我和这些人混得熟，希望他们也帮我看看，也许能得到什么有用的反馈。虽然三叔不让我对别人说，但是我想说给裘德考的人听，问题不大，而且其中比较敏感和重要的内容我都隐瞒了。我还问了他们，最近是否有计划再次进云顶天宫。

做完这些事，酒精就开始发挥作用了，我很快就软倒，模糊地睡着了。这一觉睡得格外安心，也没有做梦，一直睡到大天亮，我被电话吵醒。

我接了电话，是三叔的伙计打来的，他说他们已经出院了，三叔在我隔壁的套房，录像机也买到了，让我过去一起看。

第
二
十
七
章　●　画
面

　　录像机是那个伙计从船营区的旧货市场淘来的，我到三叔房里的时候，那伙计正在安装。我看到沙发上还摆着两台一模一样的备用，是怕万一中途坏掉耽误时间。不过幸好，那个年代的进口货质量还不错，三台测试了都能用。我掂量了一下备用的一台，死沉死沉的，那年代的东西就是实在，不像现在的DVD，抢起来能让狗当飞碟叼着玩儿。

　　安装录像机的这段时间里，三叔一直都没有开口，只是让我坐着，自己一支接一支地抽烟，心里不知道在琢磨些什么。

　　我因宿醉引起的头疼也逐渐好转，人也有点儿紧张，不时有乱七八糟的猜测，猜测这带子里录的到底是些什么画面。我想到过西沙，但是他们去西沙时，不可能带录像设备（那个时候这种设备相当珍贵，国内普遍用的还是胶片摄像机，还是手动的），所以录像带里的内容肯定不是西沙那时拍摄的东西。同样，也不可能是青铜门后的内容。排除了这两个地方，录像带中会有什么？真的是毫无头绪。

电视机和录像机接好了，打开电源，我挑出其中一盘，打算放进去。不过放进录像机的口子之前，我又犹豫了，心里不知道为什么慌了一下，看了一眼三叔。

三叔对我摆摆手，道："放进去啊！看我干什么？你还怕他从电视里爬出来？"

我这才推了进去，录像机"咔嗒"一声开始运转。我坐回到床上，很快，屏幕上闪出了雪花。三叔停止了抽烟，把烟头扔进痰盂里，我们两个加上他的伙计都有些紧张地坐了坐正。

雪花闪了十几秒，电视上才开始出现画面。电视机是彩色的，但是画面是黑白的，应该是录像带本身的问题，画面一开始很模糊，后来逐渐清晰起来。

那是一间老式结构的房间，我们看到镜头在不停地晃动，显然举着摄像机的人或者放置摄像机的物体并不是太稳定。

三叔和我面面相觑，这好像是民居的画面，真是没想到会看到这个。难道会是自拍秀？等一下闷油瓶一边吃面一边出来，对着镜头说"好久不见，你们过得如何"云云？

在窗户下面，有一张相当老式的写字真，看着有点儿像革命电影里的老家具，上面堆满了东西——文件、台灯，还有一部电话。

电话的款式比较老旧，但不是老到掉牙的那种，这段录像拍摄的时间应该是在20世纪90年代以后，当然现在仍旧有很多的家庭还在使用这种老式电话，所以到底是什么时候也不好判断，只能肯定不会比90年代更早。

接着画面就一直保持着这房间里的情景，就好像静物描写一样，我们等了一段时间，就意识到摄像机是固定在一个位置拍摄的，类似于电影中的固定镜头，并不会移动。

这样的话，这静止的画面就不知道会持续多久，我们也不能傻看着，三叔就按了快进。快进到大概二十分钟的时候，一下子，一个黑色的影子从房间里闪了过去。

我和三叔都吓了一跳。

三叔赶紧回倒慢放，原来是一个人从镜头外走进了镜头里，我们还听到有开、关门的声音，应该是有人从屋外回来。仔细一看，走进来的是个女人，年纪看不清楚，模糊地看看，长得倒有几分姿色，扎着个马尾。

三叔一下子紧张起来，他走上前去，几乎贴到电视屏幕上了。

可是那女的走得飞快，一下子就从屏幕穿了过去，跑到了另外一边，从屏幕里消失了。

我看三叔的脸色突然不对，想问他怎么回事，他却朝我摆了摆手，让我别说话。

时间继续推进，五分钟后，那女的又出现在了屏幕上，已经换了睡衣，接着她径直走到屏幕面前，屏幕开始晃动，显然在调整摄像机的角度。

这样一来相当于一个特写，那女人的脸就直接贴近了电视机。我看到那女人相当年轻，长相很乖巧，眼睛很大，是总体看上去有点儿甜的那种女孩子。

三叔也正贴近电视，一下子就和电视里的那女孩子对上了眼。我没想到的是，一瞬间，三叔先是愣了一下，然后突然浑身一抖，几乎把电视机从柜子上踢下来，一声大叫后后退了十几步。

他的伙计赶紧扶住电视机，我去扶他，只见三叔指着电视里那张脸，发着抖大叫："是她！霍玲！是霍玲！"

我们被三叔这突如其来的反应吓得够呛，他的伙计赶紧丢下电视机去扶他，我则过去摆正电视机，唯恐摔下来坏掉。

然而他的伙计根本扶不住他，三叔一边叫一边直往后退，一下子就撞到沙发上，撞得整个沙发都差点儿翻了，自己一滑就摔倒在地。这一下显然撞得极疼，他捂住自己的后腰，脸都白了。虽然如此，他的眼睛却还是牢牢地看着电视机的屏幕，眼珠几乎都要瞪出来了。

这下我也有点儿惊讶，这个女人竟然是霍玲？

画面

91

按照闷油瓶的叙述，霍玲是一个干部子女，当年西沙考古的时候，是同时下到海底墓穴的几个人中的一个。关于她的资料极少，我不知道她是那张黑白合照中的哪一个，自然也认不出来。这样一个人，竟然会出现在闷油瓶寄来的录像带中——真有点儿不可思议……

而且，让我感到异样的是，这录像带是怎么来的？从她调整镜头来看，显然她知道摄像机的存在，自拍也不是这样拍的，这应该是一种自发的监视，这无疑是监控录像。她为什么要拍这样的录像？而这带子又是怎么到闷油瓶的手上的？闷油瓶又为什么把这带子寄给我呢？

这里面有戏了，我心里嘀咕起来，三叔说得对，看来整件事情还远远没有完。

此时屏幕上那女人已经调整好了摄像机，屏幕已经不抖了，她也重新远离镜头，坐到了写字台边上，支起一面镜子梳头，因为是黑白的画面，加上刚才的晃动，画面变得有点模糊。

三叔逐渐冷静下来，但是脸色已经铁青，神情和刚才已经判若两人。他的手死抓着沙发的扶手，浑身轻微地发抖，显然十分紧张。

我为了确定，就问三叔："这女的就是你们一起下到海底里去的那个霍玲？"

三叔一点儿反应也没有。我没有办法，和他的伙计对看了一眼，伙计也不知道该怎么办。

录像中的霍玲不停地梳头，她的马尾解开后，头发颇长，我都不知道她到底要梳到什么时候。大概有二十分钟，她才停下手来，重新扎起马尾。

梳完头后，她站起来，有点儿迷茫地看了看窗外，然后"噔噔噔"跑到了摄像机照不到的地方，接着又跑了回来，可是等她跑回来，我发现她的衣服竟然变了。

也就是说，她到了里屋，换了一身衣服。

接着，让我感到匪夷所思的画面就出现了。

她出来之后，又跑到了摄像机前，似乎是不满意角度，又调整了镜头。画面又开始晃动，她那白色的脸充斥着整个屏幕。

　　三叔发出了一声很古怪的呻吟，似乎她的脸十分可怕。

　　我以为她换衣服是要出去，或者做饭之类的，屋里肯定又会很长时间看不到人，于是拿起遥控器，准备快进。这时候，却看见她又坐回到了写字台边上，拿起梳子，解开头绳，又开始梳头！

　　"这女的有神经病！"一边的伙计忍不住叫了起来。

　　三叔马上做了个手势让他别出声，眉头紧紧地皱了起来。

　　她是背对着我们梳头的，看不到她的表情，镜子中只有一个模糊的影子，动作也几乎一致，频率都似乎一样。我看着看着，简直怀疑她的头是铁头，要是我给这么梳，脑袋早就梳成核桃了。

　　这样的画面使我感觉气氛变得有点儿诡异，我忍耐着。大概又是二十分钟的时间，她才重新扎起头绳，站了起来，"噔噔噔"跑到镜头外面去了。

　　我和那伙计都松了口气，心说总算完了，要再梳下去，我的头也要开始疼起来了。

　　然而没等我们舒展筋骨，她又换了一身衣服跑了出来，凑到摄像机面前，第三次开始调试角度了。

　　我一下子就迷糊了，简直丈二和尚摸不着头脑，这个霍玲究竟是干什么的？这也太夸张了，难道她爱好这个……或者，难道她要自杀了，所以不厌其烦地换衣服调角度，接着难道她又要去梳头了？再这样梳下去，梳子都要磨成毛刷了。

　　就在这时候，画面突然一停，回头一看，原来三叔按了暂停，黑白的画面顿时定格在那张脸的特写镜头上。

　　三叔脸色铁青，嘴唇还有点儿发抖，他凑近仔细看了看，哑声道："天，她也没有老！"

画面

93

第二十八章 · 第十一个人

三叔说的，我也早已经观察到了，只是没有说出来，一方面，录像带并不清晰，我不知道自己有没有看错；另一方面，我相信他很快就会意识到。

果不其然，三叔暂停了画面凑过去看，我也凑了过去，想看个仔细，确定一下。

看了几眼，我就断定，毋庸置疑，霍玲在拍摄带子时的年纪不会超过三十岁，倒不是说她长得年轻，而是那种少女的体态，不是装嫩的女人能够装出来的，而且，我不得不说这霍玲实在长得很乖巧，难怪迷得考古队里的几个男的神魂颠倒。黑白屏幕的表现力比彩色的要差很多，但是她那种有点儿迷茫的眼神和精致的五官还是能给人怦然心动的感觉。这样的相貌，想来必定是十分自信，自幼在众星捧月中长大，遇到闷油瓶这样的闷王不理睬她，她的反应倒也合乎逻辑。不过现在看来，这些反应也可能是装出来的，如果真是那样，想必这个女人也是厉害角色。

三叔的脸色很难看，窝进沙发里喷了一声："一个是这样，两个也是这样，难道失踪的这帮人全都会这样？他们之后到底遇到了什么事情？"

我想了想就摇头，对三叔说也不能这么武断，我们并不知道录像拍摄的具体时间，看电话的款式也许是20年纪90年代前后，那离她在海底墓穴失踪也没过多久，我们不知道霍玲当时几岁，如果她当时只有十七八岁，那就算过了十年也只有二十七八岁，不能断定说她没有变老。

三叔沉吟了一声，显然没有太在意我的话，而是将录像继续放了下去，我们继续往下看。

然而，让我们想不到的是，继续放了才没几分钟，画面突然就跳起了雪花。

我们以为是带子的问题，等了一会儿，仍然是雪花，三叔快进过去，一直到底，全都是雪花。

"怎么回事？"三叔有点儿愠怒，他不擅长和电器相处，以为机器坏了，就想去拍。

我阻止住他，将带子拿出，扯出来看了看，发现带子没有任何霉变，于是就知道怎么回事了："被洗掉了。"

从刚才画面的连续性来看，后面应该是有内容的，如今突然变雪花，显然是被洗掉了。

带子拿来一直就没人动过，录像机也是刚刚买来的，不可能是误操作，那带子应该是在寄出来之前就被洗掉了。然而如果是故意的话，为什么不把前面的也洗掉，非要留下那么匪夷所思的一段？难道后面的内容我们不能看吗？

我和三叔面面相觑，都完全摸不着头脑。闷油瓶是什么意思？难道是要我们？这也不太可能啊，这小哥不像是那么无聊的人啊。

三叔想了想，又让我把带子放了进去，倒回去重新看，想仔细看看其中是否有刚才没有发现的东西。因为前面有一段是快进的，不仔细看看终归有点儿心虚。

这一次我们是实打实一秒一秒地看下来的，房间里鸦雀无声，如果眼神有力量的话，那电视机可能会给我们瞪爆了。然而，一路看下来，眼睛都瞪得血红，仍旧没有发现任何能够让我们产生兴趣的线索。

之后我们又播放了另一盘录像带，然而，这一次更离谱，完全就是一盘空白的带子，里面的内容全部是雪花。我们来回看了两次雪花，只觉得人都晕了起来。

刚开始看带子的时候十分兴奋，看完之后却是万般沮丧以及迷惑。我刚开始甚至以为可以看到青铜门里的情形了，然而，没有想到的是，里面竟然是这么莫名其妙的画面。

关掉机器，我和三叔就琢磨这究竟是怎么回事。然而两人想了半天，发现这事情完全没有入手的地方。

我告诉三叔昨天我查到的信息，这带子是来自青海的格尔木，因此，可以这么认为，闷油瓶在青海给我们寄出了这一份包裹。那么，他现在人一定是在格尔木这个城市。那是否可以认为，这两盘带子是他在格尔木找到的，然后，寄给了我们？

这也无法完全肯定，不过，从这个带子里倒是能知道一个问题，就是那批人在海底墓穴中失踪，显然并不是死亡了，他们在20世纪90年代还活着，但是，行为有一些反常。这批人中的大多数应该是死在了云顶天宫里，这个我没和三叔说，怕他崩溃，因为里面可能会有文锦。

之后我们又逼着自己看了几遍，实在是看不出问题来，三叔还要继续看录像带，我就先回去补回笼觉了。后来三叔将带子翻录了一盘，将母带还给我，说自己去研究。过了几天，潘子听说三叔醒过来了，就到了吉林，将他接走了。

这一次三叔的生意损失巨大，伙计抓的抓，逃的逃，三叔在长沙的地位也一落千丈。不过三叔自己并不在乎，对他来说，钱这种东西，也只是个符号而已。临走前三叔对我说，这事情如果还有下文，让我也不要去管了，我之前完全是命大，而且身边有贵人在保我，事不过三，老天不会照顾我这么久，好好做好自己的铺子是真，以后他的那些产业说不定还要我去打理。

我表面点头，心说：得了吧，你那种生活我恐怕无命去消受，还是干我的老本行比较实在。

话休絮繁，三叔走了之后，我也预备着回杭州，只是也没在吉林好好儿待过，于是时间往后拖了几日，联系了附近的几个朋友，一来是放松一下，二来是叙叙旧。

我有几个大学同学在长春，他们赶了过来，几个人到处走走，聊聊以前的事情，我的心情才逐渐积极起来，后来又去周边的城市走了走，逛了逛古玩市场，帮他们挑了点儿古董，一来二去，又是两个星期。

经历了这么多事情，我变得有点儿不拘小节，以前花钱还还个价儿，现在只觉得一手交钱，一手交货的简单，不过这么着，身边的钱就日渐少了下去。

几个朋友都奇怪我的变化，铁公鸡也会拔毛？实在想不到，都问我受什么刺激了。

一次吃饭的时候，我就挑着精彩的，和那几个人说了我经历的事情，也算是吹个牛。说完之后，竟然没一个信的，其中一人就笑道："你说下到海底的那几个人，是否就是你让我查的那张照片里的？"

我听他说，这才想起来，以前我在网络上找到过一张照片，下面有"鱼在我这里"，当时我就托他帮我查过，后来只查出是在吉林发上网的，后面就不了了之了。

现在想来，倒也奇怪，网络这个东西真正发展起来也就是这几年，到底是谁发的呢？

既然想起来了，我就问他后来还有没有查到更多东西。他摇

头，显然并未把我的事情放在心上，只是说道："这样的照片太普通了，而且年代太过久远，那个年代的资料一般也不会弄网上，我只能通过技术手段，那个IP地址是唯一能查的东西。我感觉，你如果真的要查，不如去国家档案局，查查哪一支十一人的考古队伍在二十年前失踪了，可能会知道更多东西。"

我沉吟了一声，这倒也有道理，一旁有个人更正道："你记错了，我也看过那照片，是十个人。"

他摇头道："不对，我感觉是十一个人。"

我心里一跳，问他："为什么？"

他笑道："照片里是十个人，但是，不是还有一个拍照片的人吗？你们难道没想到？"

第二十九章 ● 尾声

　　说话的那个朋友是我的学长，我和他也不是很熟悉，只是一批人经常在一起玩儿，比较聊得来，属于君子之交的那种，互相有需要就帮帮忙，不是好到非要黏在一起的那种朋友。我当时找他帮忙，是因为他似乎是干技术工作的，我这个做古董的和他一点儿交集也没有，他具体是干什么的，我也不清楚。

　　如今他一语惊醒梦中人，听到这"十一个人"的理论，我当即就是一身的冷汗，连脸色都白了。

　　是啊，我怎么没有想到？

　　那个年代是没有傻瓜相机的，在海南的渔村也绝对不会有照相馆，能够使用相机的人，的确应该是考古队里的一员。我只稍微想了想，就发现他说得非常有道理，我看过很多西沙考古的资料，里面都有照片，一般这样的情况，都有宣传方面的人跟着记录。

　　可是为什么在三叔的叙述中，却始终只提到十个人，从来没有提到过这第十一个人？是这个宣传的人没有跟他们出海，还是三叔另有隐瞒？

看我的样子，那几个人哄堂大笑，那人道："算了，别想了，到底几个人，去他们老单位查查不就知道了。考古研究所一般隶属于文化系统，当时他们是哪个研究所派出去的，档案应该还在，我们国家的很多档案都是永久保存的。"

我也不言语，反正这也只是个推测，倘若有时间，倒是可以去查查。不过，如果查出来是十一人，我要如何面对三叔的解释？是不是要全盘推翻他？这样的痛苦未免太大了点儿，想到这里，还是不去查了。

盗墓笔记 肆

蛇沼鬼城（中）

第一章 ● 稀客

回到杭州之后，天气还是非常寒冷。

铺子里一如既往地冷清，王盟看到一脸疲惫的我回来，竟然没有在第一时间认出来，以为是顾客，我也只能苦笑。

那些朋友和我讨论的结果对我打击非常大，搞得我心神不宁，又不能再次去问三叔，免得他老人家说我三心二意。心中的苦闷没地方发泄，我只得天天待在铺子里，和邻铺的老板下棋。话说今年事儿多，各铺的生意都不好，大家都吃老本，过着很悠闲的生活。

说来也奇怪，到了杭州之后，烦人的事情想得也少了，大概是这个城市本身就非常让人心宽。

我有很长一段时间没有见到三叔了，胖子来找过我几次，托我处理东西。这小子也是闲不住的人，虽然家财万贯，但挥霍得也快，竟然说没钱了，一问才知道，在北京置了铺子，花得差不多了。这年头确实不像以前，有个万把块就一辈子不愁了。不过，他好几次带着几个一口京腔儿的主顾来，倒也是匀了不少货，想必局面打开了，也是赚了不少。

这一天，我正被隔壁的老板杀得只剩下一对马，还咬牙不认输，打算准备坚持到晚饭时再赖掉，忽然听到有人一路骂着过来，抬头一看，竟然又是胖子，这家伙的生意也太好了。

隔壁老板和胖子做过生意，敲诈了他不少，看到胖子过来就开溜了，我一边庆幸不用输钱了，一边就问他发什么火。

胖子骂骂咧咧，原来带着两只瓷瓶来杭州，半路在火车上碎了一只，又没法找人赔，只能生闷气。

我和他熟络了不少，多少也知道点儿他的底细，就笑着奚落他，放着飞机不坐，挤什么火车，这不是脑子进水吗？

胖子骂道："你懂什么，现在上飞机严着呢，咱在潘家园也算是个人物，人家雷子都重点照顾。这几年北京国际盛会太多，现在几天一扫荡，老子有个铺子还照样天天来磨叽，生意没法做，这不，不得已才南下发展，江南重商，钱放得住。不过你们杭州的女人太凶了，胖爷我在火车上难得挑个话头解解闷儿，结果就给甩了嘴巴子，老子的货都给砸碎了。谁说江南女子是水做的，这不坑我吗？我看是镪水。"

这事儿胖子念叨很多次了，我知道是怎么回事。火车上一女孩子，胖子看她瘦不拉叽的，还化着浓妆，嘴巴还不是很干净地埋怨车里味道难闻。当然，胖子的脚丫是太臭了，他听着就窝火，也是太无聊了，嘴里就寒碜她，说："大妹子，您看您长得这么漂亮，怎么就这么瘦呢？您看您那俩裤管儿，风吹裤裆吊灯笼，里面装俩螺旋桨，放个屁都能风力发电了。"

这没说完就给人扇了一个嘴巴。我听着就乐，对他说："人家不拉你去派出所算不错了，你知道不？这世界上有一种罪叫作性骚扰，你已经涉嫌了。"

胖子还咧嘴，说："就那长相，哎呀，说我流氓她，警察绝对不能信，我绝对是受害者。"

我给他出了个主意，说："以后你也不用亲自来，你不知道这世界上有种东西叫快递吗？你呢，自己投点儿小钱，开个快递公司，多多打点，这物流一跑起来，一站一站，一车装上几件明器还不是小菜一碟儿？"

胖子在经营方面是死脑子，听不得复杂的东西，就不和我扯这个了，他唏嘘道："说起赚钱，不是你胖爷我贱，这几个月我也真待得腻烦起来了。你说钱赚回来，就这么花多没意思，咱们这帮人还得干那事儿，对吧，这才是人生的真谛。对了，你那三爷最近还夹不夹'喇嘛'？怎么没什么消息？"

我说："我也没怎么联系，总觉得那件事情之后，和三叔之间有了隔阂，他不敢见我，我也不敢见他，偶然见一次也没什么话说。"

胖子也不在意，只道："要还有好玩的事儿，匀我一个，这几个月骨头都痒了。"

我心道"你说来说去，不还是为了钱吗"，心中好笑，说："你这胖子秉性还真是怪，要说大钱你也见过，怎么就这么不知足呢？"

他道："一山还有一山高，潘家园豪客海了去了，一个个隐形富豪，好东西都在家里压着砖头呢，这人比人，气死人啊。都说人活一口气，有钱了这不想着更有钱吗！"

我哈哈大笑，说："这是大实话。"

正说着，打铺子外突然进来一个人，抬脸就笑，问道："老板，做不做生意——"

胖子正抠脚丫子呢，抬眼看了看来人，"哎呀"了一声，冷笑道："是你？"

我回头一看，来人竟然是阿宁，如今身着一件露脐的T恤和牛仔裤，感觉和海上大不相同，我倒有点儿认不出来了。

阿宁和我几乎没有联系过，我也算是打听过这人的事情，不过没有消息，如今她突然来找我，让我感到非常意外。

阿宁没理会胖子，瞪了他一眼，然后风情万种地在我的铺子里转了一圈，对我道："不错嘛，布置得挺古色古香的。"

我心说这是古董店，难道用超现实主义的装修吗？戒备道："你真是稀客了，找我什么事情？"

她略有失望地看了我一眼，大概是感觉到了我的态度，顿了顿，道："你还真是直接，那我也不客气了，我来找你请我吃饭，你请不请？"

第二章 ● 新的线索

　　杭州楼外楼里，我看着阿宁吃完最后一块醋鱼，心满意足地抹了抹小嘴，露出一个很陶醉的表情，对我们道："杭州的东西真不错，就是甜了点儿。"

　　我心中的不耐烦已经到了极点，但是又不好发作，只得咧了咧嘴，算是笑了笑，就挥手买单。

　　说实话，作为一个相识的，请她吃一顿饭也不是什么太过分的事，我也不是没有和陌生人吃过饭，但是一顿饭如涓涓细流，吃了两个小时，且一句话也不说，一边吃一边看着我们只是笑，真的让我无法忍受。

　　同样郁闷的还有胖子。胖子对她的意见很大，原本是打算拍拍屁股就走的，但我实在不愿意和这个女人单独吃饭，所以死拖着他进了酒店，现在他肠子都悔青了。

　　我们两人也没吃多少口，胖子就一直在那里喝闷酒，两人都紧绷着脸。我心里一边琢磨她到底来找我干什么，一边想着应对的方法，甚至都想到了怎么提防那女人突然跳起来扔袖箭过来。

服务员过来结了账，看着我们的眼神也是纳闷和警惕的。

两个小时没有对话，脸色铁青，闷头吃喝的客人在楼外楼实在是少见。总之，这是我这辈子吃得最郁闷的一顿饭。

服务员走远之后，胖子看着桌子上的菜，冷笑了一声："看不出你吃饭也是狠角色。怎么，你这么为你们公司卖命，你们公司连个饱饭也不给你们吃？"

"我们一年到头都在野外，带着金条也吃不到好东西。"阿宁扬起眉毛，"和压缩饼干比起来，什么吃的都是好东西。"

胖子冷笑了一声，朝我看了看，使了个眼色，让我接他的话头。

我咳了一声，也不知道怎么说，不过阿宁显然是来找我的，让胖子来帮我问，肯定是不合适，于是硬着头皮问阿宁："我已经请你吃过饭了，我们有话直接说吧，你这次来找我，到底有什么事？"

阿宁翘起嘴角："干吗老问这个，没事就不能来找你？"

这一翘之下，倒也是风情万种，我感觉她看我时眼睛里都要流出水来，胸口马上堵了一下，感觉要吐血，下意识地就去看胖子。胖子却假装没听见，把脸转向一边。

我只好把头又转回来，也不知道怎么接下去问，"嗯"了一声，半天说不出话来，一下子脸都憋红了。

阿宁看着我这个样子，一开始还很挑衅地想看我如何应付，结果等了半天我竟然不说话，她突然就笑了出来，好笑地摇头说道："真拿你这个人没办法，也不知道你这样子是不是装的。算了，不要你了，我找你确实有事。"

说着，她从自己的包里掏出一包四四方方的东西，递给我："这是我们公司刚收到的，和你有关系，你看看。"

我看了一下，是一份包裹。我一掂量，心里就咯噔了一声，大概知道了那是什么东西。这样的大小，这样的形状，加上之前的经历，实在是不难猜，于是不由自主地，我冷汗就冒了出来。

胖子不明就里，见我呆了一下，就抢了过去，打开一看，果然是两盘黑色录像带，而且和我在吉林收到的那两盘一样，也是老旧的制式。

我虽然猜到，但是一确认，心还是吊了起来，心说怎么回事，难道闷油瓶不止寄了两盘？寄给我们的同时，还将另一份寄到阿宁的公司？那这两盘带子，是否和我收到的两盘内容相同？

这小子到底想干什么？

"这是前几天寄到我们公司上海总部的，因为发件人比较特殊，所以很快就转到了我的手上。"阿宁看着我，"我看了之后，就知道必须来找你。"

胖子听我说过录像带的事情，如今脸上已经藏不住秘密了，直向我使眼色。我又咳了一声，让他别这么激动，对阿宁道："发件人有什么特别的？带子里是什么内容？"

阿宁看了一眼胖子，又似笑非笑地转向我，道："发件人的确非常特别，这份快递的寄件人——"她从包里掏出了一张快递的面单，"你自己看看是谁。"

我看她说得神秘兮兮的，心说发件人应该是张起灵啊，这个人的确十分特殊，我现在都怀疑这个人根本不存在于这个世界上，但是阿宁又怎么知道他特殊呢？

于是我接过来，胖子又探头过来，一看，我愣住了，面单上写的寄出这份快递的人的名字，竟然是——吴邪——我的名字。

"你？"一边的胖子莫名其妙地叫了起来。

我马上摇头，对阿宁说："我没有寄过！这不是我寄的。"

阿宁点头："我们也知道，你怎么可能给我们寄东西。寄东西的人写这个名字，显然是为了确保东西能到我的手里。"

胖子的兴趣已经被勾起来了，问阿宁："里面拍的是啥？"

阿宁道："里面的东西相当古怪，我想，你们应该看一下，自己去感觉。"

我心里已经非常疑惑了，此时也忘记了防备，脱口就问阿宁："是不是一个女人一直在梳头？"

　　阿宁显然有点儿莫名其妙，看了我一眼，摇头道："不是，里面的东西，不知道算不算是人。"

第三章 ● 录像带里的老宅

在吉林买的几台录像机，我寄了回来，就放在家里，但我不想让阿宁知道我实际的住址——虽然她可能早已经知道——所以差遣王盟去我家取了过来，在铺子的内堂接好线，我们就在那小电视机上播放那盘新的带子。

带子一如既往是黑白的，雪花过后，出现了一间老式房屋的内堂。刚开始我心里还震了一下，随即发现，那房子的布局已经不是我们在吉林看的那一盘里的样子，显然是换了个地方，空间大了很多，摆设也不同了，不知道又是哪里。

当时在吉林的时候，和三叔看完了那两盘带子，后面全是雪花，看了很多遍也没有发现任何蛛丝马迹，此时有新的带子，我心想也许里面会有线索，倒是可以谨慎点儿再看一遍。

王盟给几个人都泡了茶，胖子不客气地躺到我的躺椅上，我只好坐到一边，然后打发王盟到外面去看铺子，一边拘谨地尽量和一旁的阿宁保持距离。不过此时阿宁也严肃了起来，面无表情，和刚才完全就是两人。

内堂中很暗，一边有斑驳的光照进来，看着透光的样子，有点儿像明清时候老宅用的那种木头花窗，但是黑白的也看不清楚，可以看到，此时的内堂中并没有人。

胖子向我使眼色，问我这个和闷油瓶给我的录像带里的内容是否一样。我略微摇了摇头表示不是，他就露出了很意外的表情，转头仔细看起来。

不过，后面大概有十五分钟的时间画面一直没有改变，只是偶尔抖一个雪花，让我们心里跳一下。

我有过经验，还算能忍，胖子就沉不住气了，转向阿宁："我说宁小姐，您拿错带子了吧？"

阿宁不理他，只是看了看我。我却屏着呼吸，因为我知道这一盘应该同样也是监控的带子，有着空无一人内堂的画面是十分正常的，阿宁既然要放这盘带子，必然在一段时间后，会有不寻常的事情发生。

见我和阿宁不说话，胖子讨了个没趣，喝了一口茶，就想出去。我按了他一下，让他别走开，他坐下，东挠挠西抓抓，显得极度不耐烦。

我心中有点儿暗火，也不好发作，只好凝神静气，继续往下看，看着上面的内堂，自己也有点儿不耐烦起来，真想往前快进一点儿。

就在这个时候，阿宁突然正了正身子，做了一个手势，我和胖子马上也坐直了身子，仔细去看屏幕。

屏幕上，内堂之中出现了一个灰色的影子，正从黑暗中挪出来，动作非常奇怪，走得也非常慢，好像喝醉了一样。

我咽了口唾沫，心里有几个猜测，但是不知道对不对，此时也紧张起来。

很快，那灰色的影子明显了起来，等他挪到了窗边上，才知道为什么这人的动作如此奇怪，因为他根本不是在走路，而是在地上爬。

这个人不知道是男是女，只知道他蓬头垢面，身上穿着犹如殓服一样的衣服，缓慢地、艰难地在地上爬行。

让我感觉奇怪的是，看他爬行的姿势，十分古怪，要不就是这个人有残疾，要不就是这个人受过极度的虐待。我看到过一个新闻，在一些偏远的农村里，有村汉把精神出了问题的老婆关在地窖里，等那老婆被放出来的时候，已经无法走路了，只能蹲着走，这个人的动作给我的就是这种感觉。

我们都不出声，看着他爬过了屏幕，无声无息地消失在了另一边。接着，屏幕中又恢复成了一个静止的、安静的内堂。

整个过程有七分钟多一点儿，让人比较抓狂的是，没有声音，看着这样的一个人无声无息地爬过去，非常不舒服。

阿宁按着遥控器，把带子又倒了回去，然后重新放了一遍，接着定格住，对我们道："后面的不用看了，问题就在这里。"

"到底是什么意思？"胖子摸不着头脑，问我，"天真无邪同志，这人是谁？"

"我怎么知道！"我郁闷道，原本以为会看到霍玲再次出现，没想到竟然不是，这就更加让我疑惑了。看着那佝偻的样子，如果确实是同一个人寄出的东西，那录像带应该还是霍玲录的。难道，霍玲到了这一盘录像带里已经老得连站也站不起来了？

胖子又去问阿宁，到底是怎么回事，这拍的是什么东西？

"你们感觉自己看到了什么？"阿宁问我们。

"这还用问？这不就是个人在一幢房子的地板上爬过去吗？"胖子道。

阿宁不理他，很有深意地看着我，问道："你说呢？"似乎想从我身上看出什么东西来。

我看着阿宁的表情，奇怪道："难道不是？"

她有点儿疑惑又有点儿意外地眯起了眼睛："你……就没有其他

什么特别的感觉？"

我莫名其妙，看了眼胖子，胖子则盯着那录像带，在那里发出嗯嗯的声音，我摇头："没有。"

阿宁盯着我看了好久，才叹了口气，道："那好吧，那我们看第二卷，我希望你能做好心理准备。"

说着，她把第二盘带子也放了进去，这一次阿宁没有让我们从头开始看，而是开始快进，一直快进到十五分钟的时候，她看向我，道："你……最好深呼吸一下。"

我被她说得还真的有点儿慌了，胖子则不耐烦，道："小看人是不？你也不去打听打听，咱们小吴同志也算是场面上跑过的，上过雪山，下过怒海，我就不信还有啥东西能吓到他。你别在这里煽动你们小女人的情绪，小吴，你倒是说句话，是不是这个理儿？"

我不理他，让阿宁开始，在自己铺子的内室里，我也不信我能害怕到哪里去。

阿宁瞪了胖子一眼，录像又开始播放，场景还是那个内堂，不过摄像机的镜头好像有点儿震动，似乎有人在调节它。震动了有两分钟，镜头才被扶正，接着，一张脸从镜头的下面探了上来。

刚开始对焦不好，靠得太近看不清楚，但是我已经看出那人不是霍玲。接着，那人的脸就往后移了移，一个穿着灰色殓衣一样的人出现在镜头里。他发着抖坐在地上，头发蓬乱，但是几个转动之下我还是看到了他的脸。

与此同时，胖子惊讶地大叫了一声，猛地转头看我，而我也感觉有一股寒意从背脊直上到脑门，同时张大了嘴巴，几乎要窒息。

屏幕上，那转头四处看，犹如疯子一样的人的脸非常熟悉，我足足花了几秒钟才认出来——那竟然是我自己！

第四章 ● 完全混乱

我们三个人安静了足足有十几分钟，一片寂静，其间胖子还一直看着我，但是谁也没说话。

电视机里的画面被阿宁暂停了，黑白画面上，定格的是那张我熟悉到了极点的脸，蓬头垢面之下，那张我每天都会见到的脸——我自己的脸，第一次让我感觉如此恐怖和诡异，以至于我看都不敢看。

良久，阿宁才出了声音，她轻声道："这就是我为什么一定要来找你的原因。"

我不说话，也不知道怎么说，脑子里一片空白，根本不知道该如何反应。

胖子张了张嘴，发出了几声无法言语的声音，话才吐了出来："小吴，这个人是你吗？"

我摇头，感觉到了一阵一阵的眩晕，脑子根本无法思考，用力捏了捏鼻子，对他们摆手，让他们都别问我，让我先冷静一下。

他们果然都不再说话，我真的深呼吸了好几下，努力让自己平静下来，才问阿宁："是从哪里寄过来的？"

"从记录上看，应该是从青海的格尔木寄出来的。"

我深吸了一口气，果然是从同一个地方寄出的，看带子的年代，和拍霍玲的那两盘是一样的，不会离现在很近。那么这两盘和我收到的那两盘之间应该有什么联系，可以排除不会是单独的两件事情。

但我脑子里绝对没有穿着那样的衣服，在一座古宅里爬行的记忆，这实在太不可思议，我心里很难相信屏幕上的人就是我，一时间我就感觉这是个阴谋。

"除了这个，还有没有其他什么线索？"我又问她。

她摇头："唯一的线索就是你，所以我才来找你。"

我拿起遥控器，倒了回去，又看了一遍，遥控器被我捏得都发出了啪啪的声音。看到特写的那一瞬间，虽然我有了心理准备，但心里还是猛地沉了一下。

黑白的屏幕虽然模糊不清，但是里面的人绝对是我，不会错。

胖子还想问，被阿宁制止了，她走出去对王盟说了句什么，后者应了一声，不久就拿了瓶酒回来。阿宁把我的茶水倒了，给我倒了一杯酒。

我感激地苦笑了一下，接过来喝了一大口，辛辣的味道冲入气管，我马上就咳嗽起来。一边的胖子轻声对我道："你先冷静点儿，别急，这事儿也不难解释，你先确定，这人真的是你吗？"

我摇头："这人肯定不是我。"

"那你有没有什么兄弟，和你长得很像？"胖子咧嘴问我，"你老爹在外面会不会有那个啥——"

我自己都感觉到好笑，这不是某些武侠小说中的情节吗，怎么可能会发生在现实中？我苦笑着摇头，又喝了一大口。

阿宁看着我，看了很久，才对我道："如果不是你，你能解释这是怎么回事吗？"

我心说"你问我，我问谁去"，心里已经混乱得不想回答她了，事情已经完全超出了我能理解的范围，一时间我无法理性地思考。最重要的是，我摸不着头脑的同时，心里还有一种奇怪的感觉，但是我又抓不住这种感觉的任何线头，这让我非常抓狂。

一边的胖子又道："既然都不是，那这个人只可能是戴着你相貌的面具……看来难得有人非常满意你的长相，你应该感到欣慰了，你想会不会有人拍了这个带子来要你玩儿？"

我暗骂了一声，人皮面具，这倒是一个很好的解释，但是所谓的人皮面具，要伪装成另外一个人容易，要伪装成一个特定的人，就相当难，可以说几乎是不可能的。如果有人要做一张我的相貌的人皮面具，必须非常熟悉我脸部的结构才行，而且了解我的各种表情，否则就算做出面具来，只要佩戴者一笑或者一张嘴巴，马上就会露馅。

这录像带里的画面肯定隐藏着什么东西。就算真的是有人戴着我的相貌的面具，也会出现大量的问题。比如，这个人到底是谁？他从哪里知道了我的相貌？他用我的"脸"又做过什么事情呢？怎么会出现在录像中？录像中的地方是哪里？又是什么时候拍摄的？和霍玲的录像带又有什么联系呢？

事情不是那么简单。

我甚至有种错觉，心说又或者这个人不是戴着人皮面具的，我才是戴着人皮面具的。

我摸了摸自己的脸，竟然想看看自己是不是吴邪，然而捏上去生疼，显然我的脸是真的，自己也失笑。

霍玲的录像带以及有"我"的录像带，以张起灵的名义和吴邪的名义分别寄到了我和阿宁的手里，这样的行为总得有什么意义。一切的匪夷所思一下子又笼罩了过来，那种我终于摆脱掉的，对三叔谎言背后真相的执念，又突然在我心里蹦了出来。

晚上，还是楼外楼，我请胖子吃饭，还是中午的桌子。

整个下午我一直沉默，阿宁后来等不下去了，就留了一个电话和地址，回自己住的宾馆去了，让我如果有什么想法就通知她，她明天再过来。

我估计就一个晚上，我也不会有什么想法，也只是应付了几声，就把她打发走了。胖子本来打算今天晚上回去，但是出了这个事情，他也有了兴趣，准备再待几天，看看事情的发展。他住的地方是我安排的，而且中午没怎么吃饭，就留下来继续吃我的贱饭。

那服务员看着我和胖子又来了，但是那女人不在，脸色一直怪怪的。要是平时，我肯定要开她的玩笑，可是现在实在是没心情。

当时阿宁刚走，胖子就问我："小吴，那娘儿们不在了，到底怎么回事，你可以说了吧？"

我朝他苦笑，说我的确是不知道，并不是因为阿宁在所以装糊涂。

胖子一脸的不相信，在他看来，我三叔是大大的不老实，我至少也是只小狐狸，那录像带里的人肯定就是我，我肯定有什么苦衷不能说。

我实在不想解释，随口发了毒誓，他才勉强半信半疑。此时酒菜上来，胖子喝了口酒，就又问我："我说小吴，我看这事儿不简单，你一个下午没说话，到底想到啥没有？你可不许瞒着胖爷。"

我摇头，皱起眉头对他道："想是真没想到什么，这事儿我怎么可能想得明白？就连从哪里开始想，我都不知道，现在唯一能想的，就是这带子到底是谁寄的。"

下午我想了很久，让我很在意的是，第一，从带子上的内容来看，"我"与霍玲一样，也知道那摄像机的存在，显然，"我"并不抗拒那东西。

第二，霍玲的那盘带子，拍摄的时间显然很早，20世纪90年代的时候应该就拍了。如果两盘带子拍摄于同一年代，那阿宁带子里的"我"也应该是生活在90年代，而那个时候，我清清楚楚地记得，我还在读中学，不要说没有拍片子的记忆了，就算相貌也是很不相同

完全混乱

的。我是个阴谋论者，但如果我的童年也有假的话，我家里从小到大的照片怎么解释呢？我的那些同学、朋友又怎么解释呢？

现在看来，我最想不通的是，是谁寄出了这两盘带子给阿宁？他的目的是什么？难道他只是想吓我一跳？实在是不太可能。

胖子拍了拍我，算是安慰，又自言自语道："冒充你寄东西给阿宁的，会不会也是那小哥？"

我叹了口气，心说这谁也不知道，想起阿宁对包裹署名的解释，心里又有疑问，如果阿宁的包裹是用化名寄出的话，是否我手上的这两盘带子用的也是化名？使用张起灵这个署名，也是为了带子能到达我的手上，寄出带子的，不是他而另有其人？

毕竟我感觉他实在没理由会寄这种东西过来，录像带和他实在格格不入啊。

不过不是他又会是谁呢？内容和西沙那批人有关，难道是西沙的那批人中的一个？他的目的是什么呢？

我问胖子："对了，胖子，你脑子和别人不一样，你帮我思考一下，这事情可能是怎么回事，就靠你的直觉。"

"直觉？"胖子挠了挠头，"你这不是难为胖爷我吗？胖爷我一向连错觉都没有，还会有什么直觉。"

我心说也是，要胖子想这个的确有点儿不靠谱，毕竟他和闷油瓶不太熟，对西沙的事情也不了解，至少没有我熟悉。

说起闷油瓶，那我又算不算了解这个人呢？我喝了口酒开始琢磨。

闷油瓶给我的整体感觉，就是这个人不像是个人，他更像是一个很简单的符号。在我的脑海里，除了他救我的那几次，似乎其他的时候，我看到的他都是在睡觉。甚至，我都没有一丝一毫的线索去推断他的性格。

如果是普通人，总是可以从他说话的腔调，或者一些小动作来判断出此人的品性，但是偏偏他的话又少得可怜，也没有什么小动作，简直就是一个一点儿多余的事情都不做的人。只要他有动作，就必然有事情发生，这也是为什么好几次他的脸色一变，所有人头上就开始冒汗的原因。

想了想，我又对胖子道："那就不用直觉，你就说说，你对这件事情有什么感觉，有什么不对劲的地方，哪怕一点儿也好，给我点儿提示。"

胖子叹了口气，对我道："你真给我们无产阶级丢脸，我感觉是没有，不过，不对劲的地方倒是真有一个。你刚才说的时候，我注意到了个细节，不知道你注意到没有？"

"什么细节？"我问他。

"你不是说，那小哥寄给你的录像带有两盘吗，其中一盘是有个女人在梳头，另一盘是空白的，什么都没有？"

我点头，确实是这样。

胖子就道："这就不对了，要是空白的，他寄给你干吗？这不是没有道理吗？他干吗不直接寄第一盘，何必要凑齐两盘？"

我叹了口气，当初我也考虑过这个问题，但是因为整件事情非常匪夷所思，所以这些小方面的不合情理的地方，我也没有精力细细去想，当时感觉，应该是对方别有用意，只是我并不知道他的用意而已。

胖子听了就摇头，说不对："这事情如果照你这么想，那也太没有头绪了。咱们生活在真实的世界里，这不是悬疑小说，不应该有这么没头没脑的事情发生。我看咱们可能把事情想得有点儿太复杂了，也许对方寄这录像带来，有着十分简单的理由。"

我脑子有点儿抗拒思考，不想去想，就让他说说他的想法。

胖子道："倒也不是想法，只是感觉到你想问题的方式不对，似乎是给人绕糊涂了。咱们直接点儿想，对方寄了两盘带子给你，一盘有内容，一盘没内容，也就是说，其中一盘完全可以不需要寄，而对方却还是寄出了，对不对？"

我点头。胖子道："那不就是了。这在这件事情中很正常，因为寄带子的人让人感觉到匪夷所思，我们主观就认为他做任何事情可能都有着深意。但是如果不这么想，假设寄东西的那小子是个普通人，你认为普通人在这种情况下会不会这么做？我想总不会吧，要是我寄带子给你，我干吗还搭一盘空白的寄过来？这不是有毛病吗！我感觉这里肯定有文章，你再想想看，是不是有道理？"

我点了点头，胖子永远会给人惊喜。确实，这个问题我想得没这么深。我靠到座椅上，想着胖子的话，陷入了沉思。

一个普通人在什么情况下会用这种方式寄东西过来？一盘有内容的录像带加上一盘没有内容的录像带，这样的组合，是什么用意呢？

不要把问题复杂化，我告诫自己，用直觉去想，想想自己以前借录像带的时候，什么情况下会做这种事情呢？

一想还真想到点儿以前的事情，我心里一跳，感觉到好像确实有一段时间自己也做过同样的事情。

一边的胖子正在吃东坡肉，看我的样子，就问道："怎么，想到什么了？"

我歪了歪头，让他别说话，自己心里品味着刚才想到的东西，想着想着，以前的记忆就出现了。我沉吟了一声，突然就意识到是怎么回事了，猛地站起来，对胖子道："嘿！原来这么简单！别吃了！我们马上回去！"说着就往外跑去。

胖子肉吃了一半，几乎喷了出来，大叫："又不吃？中午都没吃！有你这么请客的吗？"

我急着回去验证我的想法，回头对他说："那你吃完再过来。"

胖子原地转了个圈，拿我没办法，只好跟了过来，临走对服务员大叫："这桌菜不许收！胖爷我回来还得接着吃，你们给我看好了，要是少根葱我回来就拆你们招牌！"说着就跟我出了门。

第五章 ● 录像带的真正秘密

楼外楼离我的铺子不远，我急匆匆地跑回去，王盟是五点一刻下班，绝对不多留半分钟的人，门早就锁了。我开了锁进去，来到内堂，阿宁带来的带子被她带回去了，我就翻出了我自己那两盘带子。胖子紧跟着我进来，帮我接通电源。

但是我没打算再看一遍，而是翻了几个抽屉，找出了一把螺丝起子。

胖子看不懂了，问我干什么，我心里翻腾着，也顾不得回答他，就开始拆卸那带子。

如果我想得没错的话，这事情还真的是十分十分简单，甚至我都做过很多回了。

两盘带子，其中一盘录像带是空白的，那就是说，里面的内容根本就不重要。对方要寄给我的，是录像带本身，而不是让我看里面的内容，所以里面是空白，或者有影像，一点儿关系也没有。那他寄来这盘带子，只有一个理由，一个简单到不能再简单的理由，而我的推测也非常容易验证。

以前中学的时候，我捣鼓过不少这东西，拆起来也不难，三下五除二就把带子分离了开来，然后我小心翼翼地拿起一边，一抖，旁边看着的胖子就惊叫了一声。

录像带的里面，一面塑料壳的内面果然贴着一片东西。

"你奶奶的熊，你怎么想到的？"胖子惊讶道。

我咧嘴，也顾不得笑，拍他道："那是你想到的。"撕下那东西，一看之下，我"哎呀"一声，只觉得心都扭起来了。

那是一张便笺纸，上面非常潦草地写了十几个字。

青海省格尔木市昆仑路德儿参巷349-5号。

识字的人一看就知道了，那是格尔木市的一个地址。

"丫的。"我不由自主地就冒了句京腔，擦了擦头上的汗，心中有一种喜悦，总算给我料中了一件事，原来真的是我想得太多了。

这是一石二鸟，一来可以保护这东西不受长途运输的破坏；二来如果这东西给人截获了，一时间对方也想不到它里面藏了东西，特别是，如果录像带的内容足够吸引那个截获者的注意力。

我心里明了，可以肯定对方要防范的那个截获者就是我的三叔。因为里面的内容只有三叔看了之后才会吃惊，事实上也是，他的确被录像带里的内容吸引了所有的注意力。

这事情只要推断一下就很明显，因为如果他直接寄这地址过来，按照当时的情况，这东西必然会落到三叔手里，和最开始的那份战国帛书复印件一样。

想通了这些，我就非常神清气爽，马上又拆掉了另一盘带子。这一盘带子里却不是纸片，而是一把老旧的黄铜钥匙，而且是20世纪80年代最流行的四八零锁的那种钥匙。

拿起来展开，可以发现钥匙有点儿年头了，铜皮都发黑了。钥匙柄的后面贴着胶布，上面写着一串模糊的数字：306。

　　"看来对方是想邀请你过去。"胖子在边上道，"连房间都给你开好了。"

第六章 ● 来自地狱的请柬

　　我看着那地址和钥匙，就在那里发愣。胖子说得对，我刚才也在想这个事情，看样子寄录像带的人真的是想让我找过去，这钥匙应该就是纸上地址所在的门钥匙。那这样看来，我过去对方可能不在家，他是想让我自己参观？

　　我突然有了一个奇怪的念头，难道那房子是那小哥的家，他知道自己可能回不来，所以托人把他家的钥匙寄给我，算是留遗产给我？

　　如果真是这样，那也许到他家里去，还能知道他的过去呢。不过，这怎么想也不太可能……

　　另外，这样的话，阿宁那两盘带子里难道也有东西？

　　当天晚上，我辗转难眠，靠着床沿，一根一根地抽烟。我平时只有郁闷的时候才会抽一根，但是现在怎么抽都没用，心里还是难受。

　　回想整件事情，从最初我收到录像带开始，到现在发现录像带里的东西，不过几个月时间，然而每多一次发现，就让事情变得更加扑朔迷离，更加复杂。

事实上，录像带的秘密虽然被我发现了，但是，真正让我心烦意乱的，还是录像带的内容。不管对方是想用其中的内容来作掩护，还是只不过随手拿了两盘，里面的内容绝对会吸引观看者的所有注意力。而这些内容是无法伪造的，他这样的人也不可能会熟悉录像带的录制方式，那么，他是从哪里搞到的带子？

这样的录像带，我可以肯定不止这几盘，按照录像带能记录的时间，记录满一天就需要八盘左右。寄给我的一盘是空的，一盘是有内容的，这说明对方在拿录像带的时候有很多选择，那至少说明那个地方可能还有其他录像带。

里面的"霍玲"和"我"监视着自己的行动，显然有不得已的目的，不会是为了好玩儿。

当然，最让我在意的还是阿宁的那两盘。我一直自诩为一个局外人，一直认为自己是一个添头，跟着三叔，第一次是自己率性而为，第二次是形势所迫，第三次是莫名其妙地听从安排。每一次，只要说一个"不"字，就没有我的事了，所以事情突然发展到似乎连我也牵扯了进去，我就有点儿找不着北了。

不过，这一次胖子的提示让我犹如醍醐灌顶，我已经感觉自己考虑问题的方式似乎太过复杂了，也许正是因为有这种自己困扰自己的习惯，才使得原本十分简单的事情变得很复杂，或许事情本身就如这件事情一样，一点儿曲折都没有。

我想了很多，此时又想到当日李沉舟和我说的，这件事情也许和我有莫大的关系，想想三叔处心积虑地骗我，他既然不想让我参与这件事，又为什么要让我跟着上雪山？李沉舟的话其实非常有道理。

我又回忆了我的过去，记忆中有可能使得自己和这件事情沾上关系的，真的是一件都没有。小时候，我的父亲平平淡淡，凡事都以家庭为己任；我的爷爷叱咤风云，是家里的主心骨；二叔沓啬言语，一本正经；三叔游戏人间，顽劣不化。所有的所有，构成了我童年的记

忆。他们虽然秉性不同，但是都对我很好，连二叔也只有看着我的时候才会笑笑。

可以说我的童年虽然不是非常幸福，但是，应该和我这个年纪的人的童年一样，毫无特别之处。

再到这几年，所谓的大学，更是平淡到了极点，记忆也更加清晰，实在是没有在一个黑暗的屋子里穿得像个死人一样爬来爬去的经历。

我一个晚上没睡着，一直看天花板看到了天亮，胡思乱想，越想就越郁闷。整件事情仿佛是一张天罗地网，将我罩在里面，我无论从哪里走，都只能看到无数的窟窿，被网绳挡着过不去。

造成这样的局面，也是我的性格决定的，我那种犹豫不决又不死心的性格，导致事情越搞越复杂。或许我考虑问题不应该如此被动，有时候不要等别人给你线索了再去琢磨，别人给你的线索，一来不知道是真是假，二来总是不太及时且有很多干扰。

想到这里，我忽然皱了皱眉头，想起我那几个朋友在临走的时候给我的建议，他说："事情变得如此错综复杂的原因，就是你老是执着于从你三叔那里得到答案。你想，既然你三叔骗过你，就肯定不希望你知道一些事情，那么你三叔就不可能和你说实话，谎言生谎言，你再问只会让自己觉得世界上任何东西都变得不可信，乱七八糟的信息越来越多。你要了解事情的真相，不如自己去寻找答案。比如你说探险队是十个人还是十一个人，你去查查当年相关的资料，总比分辨你三叔说的是真是假要可行得多吧。"

现在想想，他确实说得没错。

好吧！我心里对自己说，既然这事情和我还有了关系，那我就真谁也不信了，这次我就谁也不告诉，自己一个人去格尔木查查看，这到底是怎么回事。

第七章 ● 鬼楼

要么不做，要么就别磨蹭，第二天，我就确定了去格尔木的行程。

我从来没有去过那一带，找了我在旅行社的朋友询问了路线。那朋友告诉我，去格尔木没有直达的航班，所以我只有先飞到成都双流机场，然后再转机。机票让他去搞，连当地的酒店都可以搞定。我就让他帮我处理，因为这里也不能说走就走，于是我订了两天后的航班。

这一次不是去倒斗，只是去格尔木的市区逛一逛，而且时间也不会很长，所以我只带了几件贴身的衣服和一些现金，总共就一个背包，还是扁扁的。

胖子当天就回北京了，我也没和他说起这件事情，既然决定谁也不说，那么胖子也不例外。

这两天时间里，我跟王盟打了招呼，让他处理铺子里的事情，家里含糊地交代了一下，又把一些关系理了理，两天后，我就上了飞机。

一路睡觉，到了成都双流机场之后已经睡得很舒服了，飞格尔木的几个小时就在飞机上想事情。当天晚上八点多，我就到达了被誉为"高原客栈"的格尔木市。

这是一座传奇的城市，格尔木在藏语里的意思是"河流密集的地方"，虽然一路飞过来全是戈壁，但是也可以想象当时城市命名时的样子。我在飞机上看的资料说，这座城市是当年"青藏公路之父"慕生忠将军把青藏公路修路兵的帐篷扎在了这里，扎出来的一个城市。城市只有五十多年的历史，早年繁华无比，现在，地位逐渐被拉萨代替了，整个城市处在一个比较尴尬的位置。

下了飞机之后，非常丢脸的是，我起高原反应了，在机场出口的地方直接晕了两三秒。那种感觉不像以前在秦岭时那种力竭的昏迷，而是一种世界离你远去的感觉，一下子所有的景色都从边上变黑，接着我就趴下了。好在两三秒钟后我马上醒了过来，此时我已经躺在了地上。更丢脸的是，我在买药的时候才知道自己已经在青藏高原上了，对中国的地理不熟悉，竟然不知道格尔木是在青藏高原上！搞得卖药的还以为我是坐错飞机了。

在路边的藏茶摊上用五毛一碗的藏茶把药吃了，我就到了朋友给我安排的宾馆安顿了下来，顾不得头痛脑热的，又马不停蹄地出发，直接上了出租车，拿出那个地址，就让司机将我带过去。

然而司机看了地址之后，马上摇头说那地方是个很小的巷子，车开不进去。那一带全是老房子，路都很窄，他能带我去那一带附近，想要再往里去，就得我自己进去问人了。

我一听那也成，就让他开车，一会儿工夫，我就来到城市的老城区。

那司机告诉我，格尔木市是一个新建的城市，路一般都很宽。当年的老城区都扩建了无数次，但是到处都有这样的小片地方，因为位置尴尬，就遗留了下来。这些平房大部分是20世纪六七十年代盖起来的，里面到处是违章建筑，我的那个地址，就在其中的一条小巷里。

我下了车，天已经是黄昏的末端了，昏黑昏黑，只夹着一点点夕阳的光。

我抬头看去，背光中只看到一长排黑色瓦房的影子，这里都是20世纪六七十年代建的筒子楼，这个时间看过去，老城区显得格外神秘。

走进去，四处看了看，我就发现这里其实也不能叫作老城区，只不过是城市扩张后残存的几段老街，这些建筑一没有文物价值，二没有定期检修，看上去都有点儿摇摇欲坠，想必也不久于人间了。而老城区里也没有多少人，只见少有几个发廊，穿行于房屋之间，老房子老电线，黑黝黝的，和发廊的彩灯混在一起，感觉相当怪。

我在里面穿行了大概有两个小时，走来走去，然而确实如那个出租车司机所说，里面的格局太混乱了，很多巷子是被违章建筑隔出来的，连路牌都没有，问人也没有用，几个路过的外来务工人员都笑着善意地摇头，大概意思是他们也不知道这地方在哪里。

有地址也找不到地方，这种事情我还是第一次碰到，一边走一边苦笑，感慨世事多变。就在我绕得晕头转向的时候，后面骑过来一辆黄顶的三轮车，那车夫问我要不要上车。我走得也累了，就坐上让他带着我逛。

车夫是汉族人，大约也是早年从南方过来的，听我是南方口音，话就多了，和我说了他是苏北的，姓杨，名扬，人家都叫他二杨，在这里踩三轮十二年了，问我想到什么地方去玩儿，格尔木没啥名胜古迹，但是周边戈壁的大风景他都熟悉。

我心里觉得好笑，心说，"你老爹要是给你取个三字名儿，你就能改名儿叫恒源祥了"。

不过他说到这个，我就心中一动，心想这些车夫在这里混迹多年，大街小巷大部分都烂熟于心，我何不多问几句，也许能从他嘴里知道些什么。

于是便把地址给他看了，问他知不知道这个地方。

我本来没抱多少希望，但是我话一说完，"恒源祥"就点头说知道，说着就踩开了。不一会儿，他就骑到了一条非常偏僻的小路上。

路两边都是老房子，昏黄的路灯下几乎没有行人，他停车的时候我真的很恐慌，感觉像要被劫持了。他见我的样子也直笑，对我说，我要找的地方到了。

我抬头一看，那是一栋三层的楼房，有一个天井，路灯下，楼房一片漆黑，只能看到外墙，里面似乎一个人也没有。整幢房子鬼气森森的。

我哑然，问车夫这里到底是个什么地方。他道，这里是建于20世纪60年代的一个疗养院，已经荒废很长时间了。

　　我下了车付了钱，在门口对了对已经模糊不清的门牌，发现字条上写的地址确实是这里，心里就有点儿发毛，心说这不是我们小时候经常去探险的那种没人住的鬼楼吗？怎么会有人让我到这种地方来？难道里面还有人住？

　　那车夫还在数我给他的零钱，我转头问他，这里面住的是什么人。

　　那车夫就摇头，说他也不清楚，只知道这个疗养院是20世纪60年代盖起来的。在80年代中期的时候，疗养院撤掉了，这里改成了戏楼，所以他也来过，当时的河东、河西就这么几片地方。

　　我还比较走运碰上了他，要是其他那些北方来的三轮车夫，保管找不到这地方。

　　我听得半信半疑，车夫走了之后，整条街上就剩下我一个人。我左右看看，一片漆黑，只有这栋楼的门前有一盏昏暗的路灯。我有点儿害怕，不过一想自己在大半夜时连古墓都下去过，这一幢老房子怕

什么，随即推了推门。

楼外有围墙，墙门是拱形的红木板门，没有门环，我推了几下，发现门背后有铁链锁着，门推不开，不过这点儿障碍是难不倒我的。我四处看了看，来到路灯杆下，几下就爬了上去，翻过了围墙。这是小时候捣蛋时的身手，看来还没落下。

围墙内的院子里全是杂草，跳下去可以知道下面铺了青砖，但是缝隙里全是草。院子里还有一棵树，已经死了，靠在一边的院墙上。

走到小楼跟前，我打开打火机照了照，才得以了解它的破败。雕花的窗门都已经耷拉下来了，到处是纵横的蜘蛛网，大门处用铁链锁着，贴着封条。

我扯开一扇窗，小心翼翼地爬了进去，里面是青砖铺的地，厚厚的一层灰，门后直接就是一个大堂，什么东西也没有，似乎是空空荡荡的。我举高了打火机，仔细转了转，发现有点儿熟悉，再一想冷汗就下来了。

这个大堂就是阿宁的录像带中"我"在地上爬行的地方。

来对地方了，我对自己说。我站到了录像带中录像机拍摄的角度去看，那些青砖，那些雕花的窗，角度一模一样。我越来越确定我的想法，恐惧和兴奋同时从心里生了出来。

继续往里走，在大堂的左边有一道旋转的木楼梯，很简易的那种，但好歹是旋转的，通往二楼。我蹑手蹑脚地走过去，朝楼上望去，只见楼梯的上方一片漆黑，并没有光。

我掏出了口袋里的钥匙，306，那就应该是三楼的。

这多少有些异样，我低头照了照楼梯的踏板，发现踏板上盖着厚厚的尘土，但是在尘土中能看到一些脚印，显然这里还是有人走动的。

我轻轻地把脚放在踏板上踩了踩，发出咯吱的声音，但是应该能承受我的体重。我咬紧牙小心翼翼地往上走去。

楼上黑黑的，加上那种木头摩擦的咯吱声，让我感觉有点儿慌慌的，但是这里毕竟不是古墓，我的神经还顶得住。

一直往上，到了二楼，我发现二楼的走道口给人用水泥封了起来，没有门，是整个封死了。按照楼下的空间，水泥墙后面应该还有好几个房间，似乎给隔离了起来，水泥工做得很粗糙。

我摸着墙壁，感觉有点儿奇怪，难道这房子的结构出现了问题，这里做了加固？

不过奇怪也没用，我此时也没有多余的精力考虑这些问题，继续往上走到三楼。我看到一条漆黑的走廊，走廊的两边都是房间，但是所有的房门下面都没有透出光来，应该是没人，而空气中有一股很难闻的霉变的味道。

我凝神静气，小心翼翼地走进走廊，绕过那些蜘蛛网，看到那些房间的门上有被尘埃覆盖的油漆的门牌号。我一路读下去，感觉自己有点儿像那些欧美悬疑片里的主角。不久，我便来到了走廊的倒数第二间的房门外。我举起发烫的打火机，照了照门上，只见门楣上有很浅的门号：306。

那一刹那，我开始想敲门，一想又觉得好笑，于是在门口犹豫了一下，就掏出了钥匙，往门上的钥匙孔里一插，随即一旋转，咔嗒一声，门随着门轴尖锐的摩擦声，很轻松地被我推开了。

房间不大，里面很黑，进去后霉变的味道更重了，先是从门缝里探头进去看，发现房间的一边可能有窗户，外边路灯的光透了进来，照出了房间里的大概轮廓。房间里贴墙似乎摆着很多家具，在外面路灯光形成的阴影里看不分明，不过，一看就知道没有人。

我深吸了口气，小心翼翼地走进去，举起已经发烫的打火机，在微弱的火光下，四周的一切都清晰起来。

这是一个人的卧室，我看到角落里放着一张小床，霉变的气味就是从这床上发出来的。走近看发现床上的被子都已经腐烂成黑色了，味道极其难闻，被子鼓鼓囊囊的，乍一看还以为里面裹着个死人，不过仔细看就发现只是被子的形状而已。

在床的边上有一张写字台，古老得类似于小学时候的木头课桌，上面是一些垃圾、布、几张废纸和一些从房顶上掉下来的白石灰墙皮，都覆盖着厚厚的灰。

在写字台的边上是一个大柜子，有三四米宽，比我还高，上面的木头大概是因为受潮膨胀，门板都裂开了，抬头往上看，就可以看到柜子上面的房顶和墙壁的连接处有大量的霉斑和水渍，显然在雨天时这里会漏水。

这地方看来已经荒废很久了，破烂到这种程度，应该有五年以上了。不过房子虽然老旧，却也是普通的老旧而已，寄录像带的人把我勾过来干什么呢？他想让我在这房子里得到什么信息呢？

此时忐忑不安的心情也随着我对环境的适应而逐渐平静了下来。我将打火机放到桌子上，先是开始翻找那张木头写字桌的抽屉，把抽屉一只一只地拉出来，不过里面基本上都是空的，有两只抽屉垫着老报纸，都发霉了，我碰都不敢去碰。

抽屉里没有，难道是床上？我走到床边，先看了看床底下，全是蜘蛛网，什么都没有，然后到边上拉出一只抽屉，用来当工具，把黏成一团的被子从床褥上拨开了，想看看里面是不是裹着什么东西，然而拨了几下，被子里直冒黑色的黏水，竟然还有虫子在里面，霉味冲天，我几乎恶心得要吐了。

好不容易把被子全拨弄到地上，却也没发现什么东西。其实我拨了几下也意识到里面不会有东西，谁会把东西藏在这么恶心的地方。

这两个地方都没有，那么只剩下这个大柜子了。不过这柜子有锁，虽然柜子的门开裂了，但是要打开这柜子，还是需要点儿力气的，而且没有工具是不行的。

我手头什么都没带，只好就地去找，最后在窗台找到了个东西。那是老式窗的插销，能拔出来，虽然都锈了，但是老式插销是实心的，很结实。我拔出了一个，用来当撬杆，插进那些开裂的柜门板缝里，把缝撬大到能让我伸手指进去，然后一只脚抵住一面，把手伸进缝里，用力往外掰。门板发出恐怖的摩擦声，给我扯得弯了起来，接着就发出断裂的爆裂声，整块板就这样被硬生生地掰断了，门上的灰尘都溅了起来，眯得我睁不开眼睛。

楼里相当安静，我弄出的这些动静听上去就格外吓人。门板断裂的那一刹，那刺耳的声音把我也吓得一身冷汗，好久才缓过来，然后拿起打火机，往柜子里照去。

我对柜子里有什么东西一点儿预判也没有，感觉最大的可能还是什么都没有，所以也没有做太多的心理准备，然而一照之下，我就吃了一惊。

柜子里确实什么都没有，空空荡荡，但柜子靠墙那面的板已经不翼而飞，露出了被柜子遮住的水泥墙，而在水泥墙上，竟然有一个黑幽幽的半人高的门洞，门洞里连着往下的水泥楼梯，不知道通向哪里。

第九章 · 线索

　　我感觉越来越古怪，显然，这里有一道暗门，有人用一个去掉了背面板子的柜子当掩护，挡住了它。只要打开了这只柜子，就能看到后边的暗门，这种方法不算高明，但是好处在于设置方便，而且便于出入。

　　可是这里怎么会有这样的构造？看来这疗养院不简单啊，这里以前到底是用来干什么的？这水泥楼梯下又是什么地方呢？

　　看着手里的钥匙，显然对方寄了这个房间的钥匙给我，就是想让我发现这道暗门，那么，下面应该有答案。

　　我擦了擦头上的冷汗，走进柜子里，探进暗门，顿时一股奇怪的味道从下面传了上来。

　　我转过头把最浓烈的味道让了过去，然后适应了一下，用打火机往下照。

　　楼梯深不见底，而且又曲折，显然颇长，不知道是通向二楼还是一楼。

看着楼梯，想到现在已经是半夜，我身在一幢鬼屋里面，又发现这不知道什么时候安置的暗道，心中不免有些害怕。然而毕竟我是下过斗的人，在这种地方，知道外面就是大街和发廊，心中自然会稍微坦然一些。

我只犹豫了一下，就定住了神，一只手小心翼翼地举着打火机，矮身进到这个门洞里面，顺着楼梯向下走去。

既然已经到了这一步，对方指引我寻找的东西必然就在这楼梯下面，我也不好退缩。来到了格尔木，自然要看看对方的目的到底是什么。

才走了几步，我就感觉到一股难言的阴冷从楼梯前方的黑暗中传了过来，让人有点儿不寒而栗。我哈了一下，发现有白气从我嘴巴里呼出来，这下边的温度看来确实很低。

从打火机的光线看去，楼梯两边都是水泥毛坯墙，水泥是黄水泥，20世纪60年代的那种军用品种，上面隐约还能看见一些红油漆刷的标语，都褪色得只有几个轮廓了。在阶梯的顶上，还能看到垂下的电线，被蜘蛛网包着，看上去就像蛇一样。

比起古墓里的青砖墓瓦，这些东西要亲切得多了，我一边暗示自己，一边尽量放松心情。虽然如此，我还是觉得下面黑暗处的楼梯转角会有什么东西探出头来，毛骨悚然的感觉竟然一点儿不比古墓里弱。

很快就走下了第一段，楼梯转了一个弯，继续向下，脚步出现了回声，听起来毛瑟瑟的。我感觉了一下高度，这里已经是二楼了，就是被水泥封闭的那个楼层。然而，这里并没有任何门洞，四周还是封闭的水泥墙，显然出口并不在这里。

看来和那二楼没有关系，我心道，深吸了一口污浊的空气，又往下走了一层。

还是同样的情况，出口也不在一楼。楼梯继续转了一个弯儿往下，仍旧黑漆漆的看不到底。

下面就是地下了啊，我心说。这时候心里出现了一个念头：难道这楼梯是通到地下室去的？

难道，这里是以前的地下军事掩体？

我记得在杭州有一个著名的704公馆，也是以疗养院的名义修建的，其实里面机构纵深，神秘异常，据说地下也有巨大的建筑群，用来应对紧急情况。

不过，看这暗门的样子，又感觉不像。那暗门就是一个简陋的门洞，如果是特地设置的军事掩体的入口，至少应该会有铁门吧。

我边走边胡思乱想，继续往下走去，不知道是温度继续下降，还是我的冷汗给我的感觉，我忽然觉得极度寒冷，牙齿都打起牙花来了，但咬牙又下了一层。楼梯到这里就中止了，楼梯的出口就在面前，我小心翼翼地走出去，发现外面似乎有一个很大的空间。

我举起打火机，照了照出口两边，发现这是一个水泥加固过的地下室，非常简陋，潮气冲天，地上还铺着青砖，四周空空荡荡。

这肯定不是军事掩体，我心里确定了，看这水泥的样子和地上的青砖，像是农村里生产大队自己胡乱盖起来的那种地窖。这里的手工太粗糙了，不会是专业的军工部队盖出来的。

这是什么地方？难道真的是个地窖？闷油瓶让我过来是看他的腌白菜入味儿了没有？

我被自己的念头逗乐了，继续往这个地窖的中心走去。走了没几步，我就隐约看到，地下室的中间有一个巨大的影子横倒在地上，看上去非常怪异。

我朝那个影子走过去，用打火机一照，人就僵住了，只见地窖的中央停着一具巨大的纯黑色的古棺。

第十章 • 计划

　　打火机的光线十分微弱，能照到两三米外已经很不错了，在这种光线下，赫然看到一具棺材，我还真是吓了一跳。

　　反应过来之后，我就感觉非常奇怪，这真是闻所未闻的事情，这里怎么会有一具棺材，而且是古棺？

　　一座20世纪六七十年代建造的疗养院，有地下的隐秘设施，这说起来已经有点儿不可思议了，现在在这个地方还出现了一具棺材，这太让人匪夷所思了。这里面装的是什么人？难道是当年死在这里的什么人？

　　我看了看身后，来时的楼梯口就在身后，不至于找不到，就靠过去看那具棺材。

　　远远看过去就知道这不是现代人的棺材，棺材是纯黑色的，横在地下室的中央，好比一只巨大的长条石礅，有这样大小和形状的应该是棺椁。民国以后的棺材就没有棺椁了，这棺椁看式样应该有相当长的历史，至少有五百年，而且看大小，恐怕不是普通人家用的，至少

也是士大夫用的。

我上前摸了一把，上面有细细的花纹，冰凉刺骨，像是石棺，不知道是什么石料。一摸之下，石棺上厚厚的灰尘被我摸出几个印子，露出了一些细小的花纹。

我拿打火机靠近仔细地看，棺椁的盖子上有敲凿损坏过的痕迹，盖子和椁身的缝隙里也有撬杆插入的迹象。显然我不是第一个发现这具巨大棺椁的人，有人曾经想撬开它。我有经验，所以对这个特别敏感。

古棺不可能平白无故地出现在现代建筑的地下室里，那肯定就是有人将这具棺椁搬到这里来的，但不晓得是什么原因。

地下室里的温度十分低，我喘着气逐渐冷静下来，用力舒缓我的心跳，一路下来都是在极度紧张中度过的，虽然自己压抑了恐惧，但是心中还是相当不舒服。我一边深呼吸，一边就开始琢磨。

有人寄了录像带、地址和钥匙将我引到这座破旧的疗养院里来，指引我发现了这一个暗门，通过暗门后的楼梯我发现了这个地下室，地下室里还放着一具石棺。

这已经超出了任何恶作剧的范畴，对方是不是想告诉我这疗养院里发生过的一些匪夷所思的事情？

看来，这封闭的楼层和地下室以及这石棺的背后，肯定有着相当复杂的故事。

我推了一下石棺的盖子，当然没有用大力气，只是想试一下能不能推开。好在和我判断的一样，石棺纹丝不动，显然没有工具打不开它。

我松了口气，在这种场合开棺，而且是一个人，我从来没有经历过，打不开，也不用硬着头皮逼自己上了。

我又仔细地看了一遍石棺的细节，发现没有什么值得注意的，我就绕过石棺继续往前走，一直走到地下室的尽头，看到一扇小铁门，很矮。我推门进去，后面是一条走廊。

我只走了几步，就发现这里的结构和楼上是一样的，一条走廊，两边都是房间，只不过这条走廊一路延伸，没有尽头，似乎是通到其他地方去，而且走廊两边的房间都没有门，十分简陋。

我拿起打火机走进第一个房间，照了照，就看到了两张写字台靠墙摆在一边，四周有几个档案柜，墙上贴满了东西，地下、桌子上，全是散落的纸。

这里似乎是一个办公室。我心中越发奇怪，办公室怎么会设置在地下？这也太怪了。地下室里，一边是一具棺材，一边是一间办公室，难道当年格尔木的丧葬办是设在这儿的？

我边纳闷边走到写字台边，想看看上面有什么线索。

走近一看，我忽然就愣了一下，不知道为何，看到这写字台摆放的样子，心里有一种异样的感觉，好像这房间在什么地方看到过。

我举高打火机，回忆了一下，顿时倒吸了一口冷气，立即就认出来了，这间房间，竟然就是录像带中霍玲所在的那一间。

写字台的摆设，地面和墙上的感觉，一模一样。我走到写字台边上，甚至看到了那面她梳头时照的镜子，还是放在录像带里的那个位置上。

我的心一下子就狂跳起来，忙深吸了一口气，按捺住自己的情绪，心中的诧异已经到达了顶点。

看录像带的时候，我还只是以为霍玲是在什么民居里，没有想到，竟然会是在这种疗养院的地下室里，而且我竟然还找到了这个地方。显然这都是真的，录像带里记录的内容是真的。

当年霍玲就在这里，用录像机拍摄过自己，她在这里不停地梳头，而"我"，也很有可能真的爬过头顶的大堂。

一刹那，我的眼里甚至出现了她的虚影，我和她的世界好像重合在了一起，录像带里的情景在我面前闪动了一下。

可这到底是怎么回事呢？一个女人在一间疗养院的隐秘地下室里不停地梳头，而一个和我相似的人在疗养院的大堂里如残疾人一般地

爬行，这些事情都真实地发生，并且被记录下来了，这到底是为了什么？镜头之外的这个疗养院里到底发生过什么事情？

我脑子有点儿发木，晕了起来。显然寄录像带给我的人，目的就是引我看到这个房间，可是我看到了之后，反而更加疑惑了，感觉自己好像在拼一幅空白的拼图一样，完全没有可着手的地方。

再一次深吸了几口气，我镇定了一下，接着，就拿起打火机开始观察四周。我必须查看一下这里，看看有什么线索。

第十一章 ● 盗墓笔记

这是一个神秘疗养院的神秘地下室，一个神秘的女人在这里有过一些匪夷所思的行为，那么，既然她在这里生活过，总会留下蛛丝马迹，如果能找出一点儿，也许就能明白一些事情的真相。就算都是没有用的资料，我也能知道她当时的生活和精神状态是怎么样的。

我对这个疗养院里发生的一切，几乎一无所知，所有的线索对我都是重要的。

我开始搜索，只要是能看的东西，我都要去看一看。

这里的楼层很低，我的身体在这里相当压抑，但是打火机的照明却比较管用，能照出很远。我大概地看了看四周，好决定从哪里开始查起。

在录像带模糊的黑白影像里，无法自由地观看房间的全貌和细节，但现在可以了，看到的东西就更加直观一点儿。我先想象了真实的霍玲梳头的样子，相当恐怖，忙摇头转移注意力。

我手里的这一款zippo打火机能够持续燃烧照明，但是已经烫得我只要再往上捏一点儿就捏不住了。我从桌子上找了块破布，包住继续使用。

在微弱的火光下，我先是看了墙壁。这个房间四面墙壁上都刷着白浆，现在都被灰尘覆盖了，在门边的墙上钉着一根插着衣钩的木棍，那是用来挂衣服的地方。木棍的下面贴着报纸，防止挂着的衣服碰到墙壁上的白灰。木棍过去，就是一个已经没有门的柜子，这应该就是霍玲放衣服的地方，现在里面什么都没有。我走近看时，就发现柜子好像被什么东西抓过，满是刻痕。

再边上的墙上就什么也没有了，只有挂在上面的电线，已经全是灰色的了，一边还有一个连通隔壁房间的门洞，不知道是修筑的时候没有封起来，还是后来给人砸出来的，对面的房间里空空如也。

在柜子的对面摆着写字台，有两张并排放着，上面堆满了东西，似乎都是一些报纸和我看不清楚的垃圾。在写字台边上的墙壁上贴着大量的纸，都布满了灰尘。

我吹掉灰尘，一张一张地看过来，发现墙上贴的内容非常琐碎。我看到了20世纪90年代的电费单，一些顺手写下去的、毫无意义的号码。这些已经和墙壁成为一个整体的纸，应该都是当时顺手当电话记录本的，因为我记得电话就放在这个位置，不过现在已经没了，只剩下一根截断的电话线。

这些东西无法给我任何的信息，我只能知道她在这里生活的时候也是用电的。我叹了口气，接着开始翻找桌子上的文件。

那些纸都在灰尘里，一动就有漫天的烟尘，我也管不了这么多了，一张一张地翻开。纸的里面已经烂了，有很小的蚰蜒被我惊扰出来，不过这些东西和长白山的雪毛子比就是小弟弟。我很快就把纸翻了出来，从里面抽出了几个本子。

拿出来抖了一下，我发现这好像是本稿纸簿，以前没电脑的时候用来写稿的。上面写了什么东西？

我翻了开来，看到第一页上，就三行字——

后室2—3。

编号012～053

类：20、939、45

这是什么意思？我心说，好像是什么档案的编号，难道是什么手写的文件或者典籍？

翻过第一页一看，却发现不是。第二页上，竟然是一幅图画，还是圆珠笔画的，画得相当潦草，一下子竟然没法看出画的是什么。

我定了定神，仔细地去辨认，看了五六分钟才看出来，这竟然是一幅古代人物画，只不过此人显然不会画画，这人物画得几乎走形，看上去异常诡异，那古代人物，不像人，反倒像只长嘴的狐狸。

人物的四周还画着很多匪夷所思的线条，我看出那鬼东西是个人后，这些线条的意义也显现了出来，应该是人物画的背景，大约是山水庙宇树木之类的东西。

我不由得失笑，心说这是什么，难道是霍玲的素描？她的爱好倒也挺广泛。

将这页翻过去，一连又翻了三四十页，全都是这样的图画，没有文字内容，我便放下，又看了另外一本。也是同样，除了第一页上的内容不同之外，里面都是差不多的图画，也不知道是什么东西，我就堆在一边，继续翻那些纸头。结果下面没什么，只发现里面有几团类似于抹布的东西，连一张有内容的纸都找不到。

我又骂了一声，心说看来他们离开的时候，可能将那些有信息的东西都带走了。

不过我不死心，我就不信能带得什么都不剩下。我坐到霍玲梳头的那个位置上休息了一下，就拉开面前的抽屉，想看抽屉里是什么。

那是写字台中部，台面下最大的抽屉，我拉了一下，就感觉到有门儿。抽屉竟然是锁着的，而且感觉沉甸甸的。

一般搬家之后不会把废弃的家具锁起来，而且这手感表明里面可

能有东西了，我兴奋起来。这种锁可难不住我，我站起来，拆了一个门后的挂衣钩过来，插进抽屉缝里用力往下压，一下就把抽屉的缝隙给压大了，锁齿脱了下来。我一拉，就把抽屉拉出来了。

拿起打火机一照，我就"Yes"了一声，抽屉里果然放满了东西。我将打火机搁在抽屉边上，开始翻找。

这肯定是一个女人的抽屉，里面有很多琐碎的杂物，很乱，显然离开的时候已经把有用的东西带走了，剩下了木梳、20世纪90年代那种饼一样的小化妆盒、一沓厚厚的《当代电影》杂志，这些老杂志历史很悠久了，记得我小时候是当黄色书刊来看的，还有那种黑色的铁发卡、很多的空信封和一本空的相册。

信封非常多，但都是没有使用过的，我很耐心地一封一封展开口子看，里面什么都没有。相册里也没有照片，但可以发现原本肯定是放过的，又都被抽走了。

接着，我又翻了那些旧杂志，一页一页地翻，格外仔细，然而仍旧没有什么发现。

我倒在座椅上，也不顾上面的灰尘就靠了下去，有点儿疲惫地透过昏暗的打火机光看向桌子的对面。四周一片漆黑，安静得要命，我的心也失望得要命。显然，如果这个座位属于霍玲的话，这个女人相当仔细，而且是故意不留下线索。

四周的寒冷已经在和我打招呼了，我咬了咬牙，不能放弃，罗杰定律，不可能什么都没有留下，我肯定能发现什么！我再次鼓励自己，虽然心里已经有点儿绝望了，就把抽屉一只一只地推进去，起身去看对面的写字台。

对面没有椅子坐，我就弯下腰来，发现中间最大的抽屉还是锁着的，这有点儿奇怪。我故技重施，将抽屉撬了开来。

我满以为看到的景象会和刚才一样，自己还是得在垃圾堆里翻线索，然而出乎我的意料，这一次抽出来一看，抽屉里却十分干净，只在抽屉的正中，放着一个黄皮的大信封，鼓鼓囊囊的，有A4纸那么大，正正地摆在那里，好像是故意摆上去，等着我来看一样。

"咦？"我心中一动，意识到了什么，马上拿起来看。

这是20世纪80年代末期的那种劳保信封，材料是牛皮纸的，上面有褪了色的毛主席头像。我摸了一下，发现里面有很厚的东西，不过已经受潮了，看上去毛刺刺的，摸起来很酥软的感觉。信封上没有任何文字。

我感觉有门儿了，忙翻过来打开了信封，往里面一掏，就掏出了一本大开本杂志一样的老旧工作笔记本。

我愣了一下，翻开了封面，发现笔记本的第一页上有一段娟秀无比的钢笔行书——

　　我不知道你会是三个人中的哪一个人，无论你是谁，当你来到这里发现这信封的时候，相信已经牵涉事情之中了。

　　录像带是我们设置的最后一个保险程序，录像带寄出，代表着保管录像带的人已经无法联系到我。那么，这就代表着我已经死亡，或者"它"已经发现了我，我已经离开了这个城市。

　　无论是哪种情况，都意味着我可能将在不久之后离开人世，所以，录像带会指引你们到这里来，让你们看到这本笔记。

　　这本笔记里，记录着我们这十几年的研究心血和经历，我将它留给你们，你们可以从中知道那些你们想知道的东西。

　　不过，我要提醒你的是，里面的内容，牵涉着一些巨大的秘密，我曾发誓要把这些带入坟墓之中，然而最后还是不能遵守我的诺言。这些秘密，看过之后，祸福难料，你们要好自为之。

陈文锦

1995年9月

第十二章 · 文锦的笔记

看到这一行字，我深深地吸了一口气，心中的惊骇简直无法形容。

这段文字的内容，倒还不是让我最惊讶的，说实话，我在看到那本笔记的一刹那，也想到过也许会看到这样的内容。让我一瞬间窒息的，是那个签名。

陈文锦！

天哪，我实在是没有想到，这东西竟然会是她留下来的，这么说，给我寄录像带、把我引到这里的，就是她？

这实在是峰回路转，又让人摸不着头脑。虽然三叔并没有说过她的任何信息，但是在我的概念里，她肯定已经死在某个地方了，怎么会在这种时候突然出现，还把我引到了这里来？

而且这短短一段话里包含的信息太多了，什么"三个人"？是哪三个？"它"是什么东西？"我们"是指谁？难道是西沙的那批人？什么研究？什么秘密？

无数的念头从我脑子里闪过，我却一个都来不及思考。我定了定神，立即把笔记翻开，往后面看了下去。

这是一本很厚的笔记，写满字的足有二十六七页，全是密密麻麻的字，写得极其工整，还有很多图画，好像是一本工作笔记。

我将打火机放到拉出的抽屉沿上，然后坐到地上，马上凝神静气地看了起来。

刚翻开第一页，扉页后的那一页，我立即被震了一下，我看到上面画了一张奇怪的图画，画得十分精细。

这张画是由六条弯曲的线条和一个不规则的圆圈组成的，我只是稍微回忆了一下，就立即发现这就是三叔给我描述的，战国帛书中翻译出来的那个图形。

我心中诧异，看来文锦他们相当厉害，要得到这个图形可是非常困难的，这么说，她也对这个图形感兴趣过。

然而，和三叔给我画的草图不同的是，这幅画上有了标注，我一看就冒了一身的冷汗。只见这六条曲线上各有一个黑点，感觉似乎就是三叔和我说的，那星盘和直线对齐而选择出的六颗星星，然而在其中四个黑点上，我看到了几个小字。

从上往下，就是——

　　长白山——云顶天宫
　　瓜子庙——七星鲁王宫
　　卧佛岭——天观寺佛塔
　　沙头礁——海底沉船墓

我看着就吸了一口冷气，心里乱了几秒钟之后，却如醍醐灌顶一样，立即就明白我看到的是什么。

晕，太晕了，难道这图形的曲线就是汪藏海定的那条大龙脉中每一条山脉的走势脉络图？

再仔细去看曲线，就发现果然是这样。因为不是在地图上看，所以这六条线根本就没法让我联想起这一点，只感觉像是叶子的经脉或者是河流的分布图，然而现在一看，我立即就看出来这其实就是一条"龙"。六条线条，就是龙头、龙尾巴、龙的四肢！每条线都是一条

山脉，而线条上的点，就是山脉上的宝眼。

那这根本不是裴德考说的什么星图嘛！

一下子我就浑身冰凉，意识到了是怎么回事。要不就是裴德考被人误导了，要不就是这老妖精骗了三叔！

再看那两条没有写字的线条。我立即就发现上面也有黑点，不过边上写的都是问号，显然，这些也应该是大风水所属的龙脉，不过上面的龙眼情况并不清楚。

这突如其来的冲击让我几乎有点儿不知所措，我实在没想到，一翻开笔记本就会受到这种冲击。我立即合上笔记，深深地吸了口气，然而手还是发起抖来，想起扉页上的那句话：里面的内容，牵涉着一些巨大的秘密。心说：你也不用在第一页就这么刺激我啊！

然而，这种震惊很快就被狂喜代替了，我咬牙拍了拍胸口，把那种窒息的感觉去掉，再次翻开了笔记。

仔细地看那幅图形，这一次，我看到了更为关键的地方。

只见在六条线条之外，被六条弯曲的线条围绕的空白处，那个圆圈的内侧，也有一个黑点。这个黑点不在任何一条线条上，独立而孤单地处在整个图形大概正中的位置上。

而在这个黑点的边上，也有一行小字：柴达木—塔木坨。

这个我就看不懂了，但是这一行小字的下面，重重地画了好几道线，还有两三个问号，显然，这张图上，这个点才是最重要的。而且，画图的时候，文锦有着什么疑问，所以一边想一边画了这些问号。

按照边上的经验来看，这一点应该也是代表一个地方。柴达木？塔木坨？难道也是一个古墓吗？我心里想，为什么这一点会在线条的外面呢？

一下子，我忽然就意识到，文锦知道的，要比我们多得多。看来这本笔记能够帮我解答相当多的疑问。想着，我立即将笔记本翻了过去，开始看后面的内容。

后面的内容，都是文字和图画混杂的，上面的字迹十分工整，写得也十分有条理。然而，字体很小，在打火机有点儿暗淡的火光下，看起来十分吃力。

我定了定神，提起精神，用心看了下去，一边看，一边越来越感觉到疑惑，同时也渐渐感觉到了失望。等到看完之后，我的疑惑和失望达到了顶点。我呆在了那里，心中的感觉很难形容。

整本笔记上的内容超过十万字，都是类似日记一样的工作记录，记录的内容非常烦琐，但是按照里面记录的内容来区分，大概可以分为三个部分。

第一部分是1990年4月2日至1991年3月6日记录的，这里无法把整本笔记都抄写下来，我只能选出最关键的章节并将其缩写出来。第一部分的内容大致如下——

1990年4月2日

我们将海底墓穴中大部分的瓷器进行了编号整理，临摹了几乎所有的瓷器，同时比对壁画，希望能够找出汪藏海的人生轨迹。通过这样的比对，我们确实发现了一些规律。壁画中记录的东西是他人生的经历，而瓷画中的内容则是他建筑工程的过程。这从我们整理出来的几个系列就可以证明，比如说进入东夏国——建筑云顶天宫，还有受到朱元璋的封赏——设计明皇宫，都得到了体现，并且按照墓室的顺序，可以很容易地区分这些事件的先后顺序，而且一一对应。

按照这样的方式推断，这些壁画都是记录汪藏海这位显赫的风水大家的功绩，记录的内容，都和他的作品相关，那些对其他人来说比较重要的，比如说婚娶、狩猎，都没有任何记录。我称这个为"汪氏相对论"。

1990年9月6日

今天，"汪氏相对论"遇到了一个难题，在汪藏海最后的壁画中，我们发现了这么一段内容：

（下面是一张草图，大约是壁画的临摹图，我看到这里，就想起刚才翻桌子时候看到的那些类似于小孩子素描的东西，原来都是他们临摹下来的壁画。

草图的内容很难描写，因为画得很糟糕，我只能大约看出，那好像是一个达官贵人送别另一个人的景象，背景是一座很大的宫门，四周整齐地横列着骆驼、马匹之类的动物，当然画得完全像狗和老鼠。我熟悉古代山水画和走兽画，这方面的知识我受过严格的训练，所以我从笔触和形态上可以猜测出这些奇形怪状的动物，其实应该是马匹或者骆驼。在宫门之后侍者成群，排成仪仗队伍，可见画中画的是一个相当浩大的场面。

之后还有两三页都是画，我没有兴趣，全部跳过去了，直接看后面的内容。）

这些壁画上画的，应该是汪藏海六十八岁以后的事情，当时他已经完成了他人生最后一个工程，而这壁画上的内容，大概是说他接受了皇帝的命令，出发前往一个地方，类似于出使他国。这张壁画的构图明显是模仿唐玄奘去西域的那些唐代壁画，非常奇特。然而，我们翻查了所有的瓷器，却始终没有发现任何能和这相对的瓷画。

有人说可能是他最后的这一次经历，没有任何建筑作品与之相对，然而也有人坚持认为，像汪藏海这样的人，不会有这种例外。没有瓷画对应，可能有什么特别的含义或者原因，也许，他的作品被他刻到了其他什么地方。

确实，后来继续研究，就发现汪藏海在最后的那几年十分神秘，完全没有任何史料留下来，他的人生，可以说最后的一段时间是空白的。

他在那几年里到底在什么地方，干了什么呢？这是一个大问题。

1990年12月6日

这几个月，我们一直调查汪藏海最后几年的行踪，终于有了线索。我们发现在最后的工程之后，汪藏海陪同皇帝在长白山有一次祭山活动，之后就没有任何文字记录了。

长白山，难道说他进山里去了吗？我们非常怀疑。

1990年12月7日

这里无从查起，我们掉转了方向，开始从皇帝那边入手。在明志中有详细的出使往来和大典的记录，我们想从其中寻找汪藏海壁画上描绘的那次大典，或者他出使别国的记录。

结果让人非常惊讶，我们发现皇帝死之前两年，一共有七次大典，其中六次都很正常，有一次却很奇怪，记录十分简单，没有任何的旁注：

"洪武二十九年，卫四十六人，士十二人，马匹一百二十六，珍珠十斗，黄金三十斤等，使塔木坨。"

大典和出使，这是唯一的两个条件齐备的记录，然而这个记录没有记录当时出使的官员，但是最让人奇怪的是，塔木坨是什么地方？

是一个国家吗？正史中没有任何记载，不过很有可能，在明朝的周边，东南亚、西域这两块地方，有着无数的小国，也许就是这些小国中的一个。不过，汪藏海去和一个小国通使节，这有点儿奇怪。他的年纪不太适合干这种长途跋涉的事情啊。

1991年2月11日

调查继续进行，其间我们进行了两次讨论。

（中间是十页废话，都是讨论和猜测，但是后面都证实是错误的，所以都删除了。）

因为《明史》在清朝经历过一次浩劫，所以这一次调查起来很困难，很久都没有结果，后来还是转换调查角度才解决了一个问题。我们对出使塔木坨所携带的东西做了比对，就发现礼品的种类表示这应该是一个西域的国家，而且从东西的数量来看，这份礼品很少，然而马匹非常多。这样看来，倒像是一支商队，而不是使节队伍。

1991年3月6日

完全没有线索，突破口也找不到了，研究停滞不前，大家心情都不好。

这就是第一部分，明显地，在这一部分前面应该还有内容，但是前面并没有发现被撕页的痕迹，看样子，这不应该是一本单独的笔记，这是一系列笔记中的一本。

第一部分里面描写的内容，是他们在做关于汪藏海的研究，发现塔木坨，然后研究塔木坨，最后研究停滞这么一个过程。从这一部分内容里可以看出很多的东西，他们在研究海底墓穴里的壁画和瓷器，而且，看似研究非常正统和系统，是经典的考古流程（那种查资料的过程看似十分枯燥，却是考古工作者日常研究的主要方式，考古，就是挖——修——查）。但是当年三叔他们去的时候，根本不可能有这种条件，汪藏海墓那么大，就这么几个人，要工作多久才能把墓穴里的东西全部记录下来啊？那么他们是在什么时候干这个工作的呢？

这是一个很大的线索，不过我没有工夫细想，就继续往下看去。当时我以为后面会继续这样的过程，然而，在1991年3月6日这一段之后，就出现了让我疑惑的一个现象。

从这一段之后，大概有六页的内容，都是收集资料的陈述，这略过去。一直往下翻，下一部分工作日记，时间却跳到了1993年1月19日。

然后，再看其中记录的内容就会发现，和前面的有了相当大的不同。这一部分的内容，是1993年1月19日一直到1995年2月8日，时间跨度比上一部分长，然而，记录下来的有用的东西并不多。内容如下——

1993年1月19日

经过了上次的讨论，汪藏海的事情清晰了起来。看来，他前往塔木坨，确实和皇帝祭长白山有关系，他应该重返了云顶天宫，之后就起程前往塔木坨。这个塔木坨必然和长白山里的情况有关。

1993年4月18日

　　从壁画中我们整理出了前往云顶天宫的三条路线，我们决定前往长白山，一探究竟。

　　1993年5月30日

　　进入长白山的范围内，天气很糟糕。

　　（之后，有十几页都是探险小说一样的行进记录，和我们进入云顶天宫的内容类似，一直到进入之后。）

　　1993年6月15日

　　和他们失去了联系，我们两人继续前进。

　　1993年6月17日

　　我们到达了天宫的底部，情况十分糟糕，其他人可能凶多吉少，我们也没有时间犹豫了，我们决定进入青铜门，看看里面到底是什么地方。

　　1993年6月18日

　　看来，我看到了终极！

　　（到这里之后就中断了，没有任何内容，下一次日记就是最后一段。显然在将近一年半的时间内，她没有记录东西。）

　　最后一条记录就是——

　　1995年2月8日

　　我们开始策划寻找塔木坨，这一切到底是怎么回事，我一定要弄清楚。

　　这就是第二部分，到了这里大概一共是三十页内容，非常明显，第一部分和第二部分之间有将近两年的内容空缺了。到这第二部分，他们直接就开始了云顶天宫的旅程，看到这里我心里的一个疑问就清楚了。看来云顶天宫里，死在黄金堆里的人，应该就是他们这一

批人，而且看他们携带的东西，这里文锦说的"我们"，应该就是西沙的那一批人了。

如此说来，他们好像没有什么其他特别的窘况，而且活得似乎还很舒坦。不过这些倒是次要的，最让我震惊的是，显然文锦也发现了那扇青铜门，并且她也进去过了。

"我看到了终极！"我看到这里就出了一身的冷汗，心说这是什么意思呢？这个终极代表着什么？

看记录的时间，她进去之后，有一年半没有记任何笔记，这和她的性格不符合。我感觉她非常有可能是在青铜门里看到了什么，以至于太过震惊，无暇再去想什么笔记。

综观第二部分，给我最大的感觉就是，那个塔木坨应该和青铜门有着莫大的关系，文锦他们进入了青铜门之后，才萌发了寻找这个塔木坨的想法。

再之后是第三部分，这部分十分长，但是时间跨度很短，从1995年2月8日到1995年6月8日，其中，值得提出来看的只有一段——

1995年2月8日

根据那张龙脉图，我们已经可以确定塔木坨的位置，我们将要进行一次勘探，希望在这次勘探中，能够发现那一系列谜题的答案。说实话，我实在没有想到，这背后有这么多的事情，如果我在青铜门里看到的东西是真的，那这整件事情就太可怕了。

之后，就完全都是他们前往那个叫塔木坨的地方的内容，看上面的描写，这个塔木坨应该是戈壁中的一个绿洲。文锦跟着一支驼队，在1995年的年初自敦煌出发，深入柴达木盆地，进行了这一次旅程。

他们由一个叫定主卓玛的女向导带领进入了戈壁，然后在一处岩山，他们和她分手，进入了这个叫作塔木坨的地方。那个绿洲之中似乎非常危险，一路上有不少人死去，笔记上的路线图上标着很多危险的记号。最后他们到达了塔木坨。不过，她和另一个人产生了分歧，她没有继续前进就回来了。

我非常迅速地看了一遍，并没有细看，这些内容之后，就是一片空白，没有内容了。这部分内容大概有三十页，非常详细，有大量的路线图以及关于装备的缺损、天气之类的描述。

整本笔记里，根本没有写他们是怎么得到信息，或者如何调查的，没有提到任何关于他们在西沙失踪的内容，也没有提到这个疗养院里的事情。里面所有的信息，都和这个塔木坨有关系，几乎有一半的篇幅，都是对汪藏海、铁面生留下的东西的分析，并且从中发现了关于塔木坨的线索。而且，让我很在意的是，这三部分内容中间都有明显的断裂，感觉上，笔记好像是被人重新装订过的或者抄过的。

我用力扯起页与页之间的缝隙，发现没有任何重新装订和撕页的痕迹，这是一本完整的笔记。那就是说，这本笔记可能是文锦重抄的一本。她似乎是挑选了几本笔记中关于塔木坨的内容抄了下来，将其汇总在一本笔记里。

她为什么要这么做呢？这又是一件匪夷所思的事情，这帮人做事情为什么总是这么神神秘秘的？难道，笔记中的某些内容，是她不想让别人知道的东西？

而且，看着这笔记，很明显有一个感觉，好像就是想让我知道塔木坨这个地方很关键，似乎是想让我去那个地方一样。

心里的疑问数不胜数，一下子也理不出个头绪来，我揉了揉太阳穴，把笔记翻到开头，准备仔细地从头看起，仔细地推敲，看看是否还能得到一些什么线索。然而这时候，眼前的打火机的火光已经暗淡了下来，火苗萎缩下去，光线相当昏暗。

我想起打火机已经用了相当长时间了，可能马上就要断气了，于是就想将那些报纸连同抽屉都点燃，做一个篝火堆，这样不至于一会儿打火机打不起来，自己要摸黑，于是拿着打火机站了起来，舒展了一下筋骨。

就在这时候，我就感觉哪里有点儿不太对劲，这里好像有什么地方不一样了，我干脆举高打火机，想看看是不是错觉。这不看还好，一看几乎没把我吓死，只见桌子的对面不知道什么时候竟然出现了一个"人"，这个"人"坐在我刚才坐的椅子上，看着那面镜子，正在梳头。

第十三章 · 黑暗

　　这个"人"身材怪异，虽然打火机的光线很暗淡，只能照出一个灰色的轮廓，样貌看不完整，但我还是能看到它的脖子长得有点儿奇怪，那种感觉，说夸张点儿，让我觉得它不用站起来，就能把脸探到我面前来。

　　它坐在我刚才坐的那张椅子上，两只细长的手臂在头侧滑动，动作诡异异常。我愣了一下，才意识到它是在梳头，整个人当即就凉了，浑身的汗毛都竖了。

　　在这样一间荒废了十几年的地下室里，突然看到一个"人"在黑暗里梳头，这种举动，加上这种场合，普通人恐怕当场能被吓死。

　　我一边冒冷汗，一边觉得奇怪，这是什么"人"？什么时候出现的？从我发现笔记本到坐下来看，最多也只有二十分钟的时间，它是什么时候坐到我对面去的？我怎么一点儿也没有察觉到……而且这里是一座废弃建筑的地下室，怎么可能会有其他人在这里？

　　坐在那张椅子上，看着霍玲的那面镜子，加上这诡异的动作，竟然像是在梳头，不能让我不想，难道霍玲没和其他人一起走……这个"人"是霍玲？

我的冷汗像下雨一样淌了下来，好在我对这种事情的承受力已经今非昔比了，虽然无法理解眼前发生的事情，但我的身体还是不由自主地有了反应。我条件反射地退后了好几步，眼睛盯住对方，全神戒备。

如果在电视剧里，看我这样惊慌的样子，这个躲在黑暗里的人肯定会"哈哈哈"笑三声，然后导演给一个特写，或者掏出一把小手枪，说："没想到吧，吴邪先生。"可是这不是电视剧，随着我的后退，那"人"纹丝不动，还是照样机械地做着梳头的动作。随着我的后退，摇摆不定的打火机的光越发暗淡了，距离也远了，那"人"就隐入了黑暗里，几乎看不见了。

直退了五六步，我感觉有了点儿安全感，就停住脚步，鼓起勇气问了一声："你是谁？"

我到了地下室之后，几乎没有说过话，如今这话说出来，声音嘶哑，几乎都不像是我的声音，听着自己都吓了一跳，不过在这安静得连针掉在地上都听得到的地下室里，这嘶哑的声音十分通透。

然而，我问了之后，对方没有反应，从那写字台后面没有传来任何声音，好像我在和空气说话一样。

想吓唬我吗？我暗骂了一声，真的有点儿害怕起来，想想刚才看到的那"人"奇怪的体态，心说这东西该不会不是人吧？

不可能，不可能，我否定自己，要说在古墓里还有可能，但是这里是现代建筑啊，不会有这种东西出来，这里又没有棺材……等等，等等，不对啊！这里有棺材啊。

我的脑子里"嗡"的一声，心说难道这东西是那具棺材里的粽子？

我忙摇头，努力喘了几口气，让自己平静下来。

这也是不可能的，哪有碰到棺材就出粽子的道理，要真这样，殡仪馆里的人都得去茅山考个本科回来才行。

这时候，我脑子里突然闪过一个念头，这"人"该不会就是那个

给我寄录像的在这里等我吧？

从刚才看到的笔记本里的内容来看，安排寄录像带的人就是文锦。但是，事实上也不能确定寄录像带的就是她本人，有可能是她安排的其他人。

想着我就觉得很有可能，这种地下室不可能会有普通人知道，能进来的肯定是知情人，可能是一直在附近等我的寄信人，看我爬进来就跟我进来了。这样想着我就稍微平静了一点儿，鼓起勇气，心说要是活人就不怕了，于是皱起眉头，把打火机往前伸过去，看看到底是谁。

我小心翼翼地往前探了两三步，写字台对面的情形我又可以隐约看见了。可我一看，又吓了一跳，坐在那里的"人"，不见了。

我眯起眼睛，仔细去看，确实不见了，座位上什么都没有。我心里疑惑起来，心说难道刚才自己看错了？是错觉？

不可能，那冷汗出得，绝对不可能看错，我顿时就紧张起来，忙举高打火机，朝四周照去。

可就在举起的时候，动作太大，打火机突然亮了一下，然后就熄灭了。

四周立即漆黑一片，伸手不见五指。这里一点儿光线也没有，是属于绝对的黑暗，顿时我的心就揪了起来，也不顾烫得要命的打火机头，忙甩了几下就再去打火。

然而打了摇，摇了继续打，这东西就是不争气，怎么摇也打不起来，只看到火星四溅，在绝对黑暗的地下室分外耀眼。我意识到打火机可能没气了。

平时我并不抽烟，只有在十分郁闷的时候才会抽几口，所以这打火机我买来也没加过气，这时突然熄灭了，让我大惊失色。在这种地方，没有照明，这太恐怖了。

我心说要命了，四周伸手不见五指，极度不祥的预感涌了上来。我将笔记本放入口袋，正准备往后退几步去摸进来的门，突然就听到头顶上咕叽了一声，好像有一个女人在笑。

第十四章 · 惊变

一下子我后脖子就凉了，这地下室极矮，房顶我抬手跳起来就能摸到。虽然什么都看不见，但我还是条件反射地把头抬了起来往上看。

这一抬，什么也没看见，却感觉到一团毛茸茸的东西垂到了我的脸上。我随手一抓，心里一愣，发现那竟然是一团头发，而且还是湿的，黏糊糊的。

自从海底古墓之后，我对湿头发极度抗拒，这一下我就觉得喉咙里发毛，好比吞了只耗子，赶紧矮下身子，挥动袖子把脸上的那种东西全擦掉，同时人就直往边上退去，抬头死死地瞪着那黑暗的房顶。

太黑了，我完全无法适应这种黑，心里的恐惧一下子就涌了上来，心说这是怎么回事？房顶上有个女人？难道是刚才那"人"现在吊在房顶上？我靠！这怎么可能？难道它是四脚蛇？

事情越来越不对劲了，我摸着手里黏黏的东西，闻了一下，有一股奇怪的味道，一下子想不起在哪里闻到过，但是条件反射般地，我心中出现一个相当不祥的感觉。

这时候，那咕叽的笑声又响了一声，听着感觉就是在房顶上朝我过来了。我马上又退后了几步，哐当一下就撞到那写字台上，在安静的地下室里听起来像打雷一样，把我自己也吓得一身冷汗。

我站稳身子，再听那声音就没了。我越来越紧张，那不是普通的紧张，不知道为什么，我浑身竟然开始发起抖来，好像是潜意识已经预感到要发生什么极端可怕的事情。接着，我就感觉到后脖子发痒，好像有什么东西在我的脑后垂了下来。

我捏着打火机，再也忍不住了，几乎是战栗地转过头，用力划动了火石。

"啪"的一声火星飞起，在极短的时间内，那白光就照出我背后的情形，只见一大团头发从房顶上垂到我的身后。我抬头再划动火石，就看到头发的里面，一张惨白狰狞的脸孔，正冷冷地对着我。

火星的光芒稍纵即逝，眼前又是一片黑暗，然而那情形已经清晰地印在我的脑海里。

禁婆！顿时我就知道我的身体为什么会有这种反应了。这里有一只禁婆！

我脑子里突然一片空白，什么冷静全没了。我怪叫了一声，就往后狂奔，什么也不管了，直朝黑暗里冲去，脑子里只剩下一个念头，就是逃离这个地方。

没跑几步，实实在在地，我整个儿撞在了墙上，那一下撞得，就是撞墙自杀的那种撞法。"砰"的一声，我翻倒在地，听到头顶上一连串叮当叮当的声音，直奔我来了，也不管自己满鼻子的血，爬起来感觉着刚才进来的那个门，再次冲了过去。

这次学乖了，我把手伸在前面，一路摸着冲了出去，凭着记忆冲进了走廊，然后扶着墙冲到出口撞出门，回头就把门死死地关上，然后冲进黑暗里，胡乱摸着，想找到下来的楼梯口。

但是在如此黑暗的地方，想找到那个门洞实在太困难了，我摸了半天，连墙壁都没有摸到。摸着摸着，我突然撞在了什么东西上，几乎摔倒。我往前扑了一下，趴了上去，一下子就知道我踢在那个石棺上了。

撑着石棺我想重新站起来，然而手在石棺上乱摸，我突然感觉不对，石棺的形状好像变了。我再摸了一下，马上就意识到，原来石棺椁的盖子竟然被人挪开了一条缝。我的手就摸在缝口子上。

石棺怎么开了？一刹那我脑子里闪过这个疑问，可是此时脑子里已经混乱得一塌糊涂了，只觉得一阵眩晕。我已无暇顾及这个问题，只闪了一下我就站起来，继续往前摸去。

就在这个时候，边上有什么东西动了一下，我的神经已经到了极限，几乎被吓死，刚想拉开架势，就有一只手伸了过来，顿时我嘴巴就被人捂住了，身子也被人夹了起来，动弹不得。

我用力挣扎了几下，制住我的东西力气极大，我一点儿都动不了，同时，我听到耳边有一个人轻声喝道："别动！"

我一听，整个人一惊，立即停止了挣扎，心里几乎炸了起来。

虽然只有两个字，但我还是马上就听出来了这是谁的声音！

这竟然是闷油瓶的声音。

惊变

第十五章 ● 重逢

听出声音的一刹那，我本该有无数的反应，疑惑、愤怒、惊讶、怀疑、恐惧等，但事实上我的大脑是一片空白。

在这里听到他的声音，实在是出乎我的意料。我认为，闷油瓶现在可以在世界上的任何一个地方，甚至是不在这个世界上，但是他万万没有理由出现在这里。

的确！他怎么会在这里？他在这里干什么？

难道寄录像带的人，真的是他？他躲在这里？

还是和我一样，他也是因为什么线索追查来的？

大脑空白之后，无数的疑问犹如潮水一般涌了上来，我一下子就无法思考了，脑海里同时浮现出他走入青铜门的情景。一股冲动顿时上来，我真想马上揪住他，掐住他的脖子问个清楚，这小子到底在搞什么鬼。

然而现实却是他捂着我的嘴，黑暗中，我一点儿呻吟也发不出来，动也不能动，而且我明显感觉到他的力气一直在持续着，他根本就没打算放手，而是想一直这么制着我。这让我很不舒服，我又用力挣扎了一下，但他压得更紧了，我几乎喘不过气来。

这时候我就听到，刚才被我关上的那道铁门发出了十分刺耳的"吱呀"声，像是给什么东西顶开了。

那东西出来了，我深吸了一口气，立即就安静了下来，屏住呼吸，不再挣扎，用力去感觉黑暗中的异动。

一下子，整个房间安静到了极点，没有了我自己的声音的干扰，我马上就听到了更多的声音，那是极度轻微的呼吸声，几乎是在我的脑袋边上。

这是闷油瓶的呼吸声，他是活的，当时看到他走进门里去，我还以为他死定了，走进地狱里去了。

闷油瓶大概感觉到了我的安静，按着我的手稍微松了松，但是仍旧没有放手的意思。四周很快就安静得连我自己的心跳都能听到了。

就这样好比石膏一样，也不知道僵持了多久，我听到了一声非常古怪的噗噗声，从门的方向传了过来。

又隔了一会儿，什么声音也听不到了，捂住我嘴的手才完全松了开来。突然，我的眼睛一花，一只火折子被点燃了。

我花了很长时间才适应过来，眯起眼睛一看，那张熟悉的脸孔终于清晰地出现在了我的面前。

闷油瓶和他在几个月前消失的时候几乎没有区别，唯一的不同就是脸上竟然长了胡楂，我觉得十分意外，再仔细一看，才发现那不是胡楂，都是沾在脸上的灰尘。

我的脑子完全僵掉了，此时就傻傻地看着他，之前想过的那些问题全忘记了，一时之间没话讲。而他似乎对我毫不在意，只是淡淡地看了我一眼，什么也没问，就小心翼翼地猫腰到了门那边，用火折子照了照门的里面，接着竟然把门关上了。

关上门之后，他直接站了起来，举起火折子照着天花板，开始寻找什么东西。我心里火大，几次想冲出几句话来，都被他用手势阻止了。

他的动作十分迅速，让我感觉时间紧迫，而他的行为又把我搞得莫名其妙，视线也跟着他的火光一路看了过去。

火折子的光线不大，但是在这样的黑暗中，加上自己的联想，我很快就明白了这屋子的状况。

进来时没有注意地下室的顶，抬头看就发现上面全是管道，和现在的车库一样。这些管道都涂着一层发白的漆灰，可以看得出这里翻新过好几次了，漆里还有老漆。房顶是白浆刷的，砖外的浆面已经剥落得差不多了，露出了一段一段的砖面，看样子，那禁婆就是顺着这东西在爬。

可是，这里怎么可能会有这种东西？这唱的是哪出啊？

闷油瓶看了一圈，看得很仔细，但是动作很快。中途火折子熄灭了，他又迅速点燃了一个，确实没有什么东西藏着了，接着他就回到了我的面前。

"没跟出来。"他看着那门轻声道。

我所有的问题几乎要从嘴巴里爆炸出来了，然而没想到的是，他一转头看向我，就做了个尽量小声的动作，接着轻描淡写地问了一句："你来这里干什么？"

我脑子一下子就充血了，顿时想跳起来掐死他，心说：你爷爷的，你问我，老子还没问你呢！是我自己想来吗？要不是那些录像带，老子打死都不会来这里！

我咬牙很想爆粗，但是看着他的面孔，我又没法像和胖子在一起时那么放得开，这粗话爆不出来，几乎搞得我内伤。我咬牙忍了很久，才回答道："说来话长了，你……怎么在这里？这儿到底是什么地方？你、你、你……那个时候，不是进那个门了吗？这里是怎么回事？"

这些问题实在是很难问出来，我脑子里已经乱成一团了，也不知道怎么说才能把这些问题理顺。

"说来话长。"闷油瓶不知道是根本不想回答，还是逃避，我问问题的时候，他的注意力投向了那具巨大的石棺椁。我看了一下，石棺椁的盖子确实被推开了，露出了一个很大的缝隙，但是里面漆黑一片，不知道有什么。

我最怕他这个样子，记得以前所有的关键问题，我只要问出来，他几乎都是这个样子，我马上就想再问一遍。可是我嘴巴还没张，闷油瓶就对我摆了一下手，又让我不要说话，自己伸头往棺椁里看去。

这个动作我太熟悉了，虽然不知道发生了什么，我马上就条件反射地闭上了嘴巴，也凑过去看那棺里面。因为闷油瓶把火折子伸了过去，我一下子就看到了里面，棺椁里竟然是空的，我看到了干干净净的一个石棺底，似乎什么都没放过，而让人奇怪的是，石棺底上竟然有一个洞口。

我正好奇，就听到从那个洞里传来了一些轻微的声音，仔细一听，也听不出是什么。只等了一会儿，突然，一只手就从洞里伸了出来，一个人犹如泥鳅一样从那个狭窄的洞口里爬了出来，然后一个翻身，从棺材盖的缝隙中翻了出来，轻盈地落在我们面前。

我被吓了一跳，只见那人落地之后，擦了一下头上的汗，看了一眼闷油瓶，接着扬了扬手里的东西，轻声道："到手。"

后者似乎就是在等这个时候，拍了一下我，轻声道："我们走！"

我跟着他们，小心翼翼地踮起脚尖，蹑手蹑脚地顺着原路上去，然而才跨上两三级台阶，就听到身后走廊的门吱呀一声开了。

前面的那人就骂了一声，开始跑起来。我立即跟了上去，一路狂奔，连滚带爬地冲了出去。一直冲到院子翻过围墙，我们才松了口气。

我累得气喘吁吁，可那两人根本没有停下来的意思，翻出去之后就往外跑，竟然不管我。我心说"这一次可不能让你跑了"，忙追了上去。

又是没命地跑，一直跑出老城区，突然，一辆依维柯从黑暗里冲了出来，车门一打开，那两人就冲过去跳了上去，那车根本就没打算等我，马上就要关车门，不知道是谁阻了一下，我才勉强跳了上去。

上气不接下气，这跑得简直是天昏地暗，上车我就瘫了，在那里闭眼吸了好几口气，才缓过来。

一睁眼我就四处看，一看就傻了，这车里竟然全是人，而且全都用一种似笑非笑的表情看着我。而且最让我想不到的是，很多人我都认识。我一眼就看到了几张特别熟悉的面孔。

天，全是从天宫里幸存出来的阿宁的那一批人，这帮中外混合的人，我们在吉林一起混了很久。

看到我惊讶的表情，其中几个和我混得特别熟的人就笑了，一个高加索人用蹩脚的中文对我道："超级吴（Super Wu，阿宁给我起的外号），有缘千里来相见。"接着，我就看到了阿宁的脑袋从一张座椅后面探了出来，非常惊讶地看了我一眼。

我看着闷油瓶，又看了看刚才从石棺里爬出来的人，那是一个戴着墨镜的陌生青年，他们两个人气都没喘，也都看着我。我感觉很乱，问他们："你们这帮驴蛋，谁能告诉我这究竟是怎么回事？"

阿宁就道："这该我问你才对吧，你怎么会在地下室里面？"

依维柯一路飞奔，直接驶出了格尔木市区，一下子就冲进了戈壁，但车窗外一片黑暗，我在车内，什么也看不清。

一路上，我和阿宁进行了一次长聊，把两边的事情都说了一下。

原来，阿宁也在录像带里发现了地址和钥匙，显然文锦的笔记上写的"三个人"中，有一个就是她。她发现了这个秘密之后，就立即分头做了两方面的工作，一方面让人到这里来寻找那个地址，另一方面亲自到杭州来试探我。她想知道我到底知不知道这录像带里的情况。

然而，她没有想到的是，我其实也收到了这样的带子，而且在她来找我之后，我就用最快的速度出发来了格尔木，甚至几乎和他们同时找到了那幢鬼楼。

（也亏得我这一次行动实在是快速和精准，没有过多犹豫，否则，我肯定就看不到那本笔记了，想想我就后怕。不过同时我也有点儿开心，摸了摸我口袋里的笔记本，这是我第一次单独行动，就取得如此大的成果，看来爷爷说的果然是对的，做事情真的是主动为好。）

之后，我又问阿宁闷油瓶是怎么回事，他们怎么会在一起。

阿宁就笑道："怎么，你三叔请得起，我们就请不起了？这两位可是明码标价的，现在他们是我们的顾问。"

说着，那"黑眼镜"就咧开嘴笑，朝我摆了摆手。

"顾问？"说起顾问我就想起了胖子，心说阿宁这次学乖了，请了个靠谱的，不过闷油瓶竟然会成阿宁的顾问，感觉很怪，我有点儿被背叛的感觉。

这时候，一边的高加索人说道："你别听她胡说，这两位现在是我们的合作伙伴，是我们老板直接委派下来的，宁只是个副手。现在主要的行动都是由他们负责，我们只负责情报和接应，这比较安全。老板说了，以后专业的事情就让专业人士去做。"

这应该是因为云顶天宫里死的人太多了，我想起了当时的情形，就问道："那这整件事情是怎么回事？录像带的内容，还有里面的禁婆，你们有眉目吗？"

这几个人都摇头，而且目光都投向了闷油瓶和"黑眼镜"，阿宁就瞪了他们一眼，之后朝我使了个眼色，道："具体情况我们也不清楚，应该和你知道的差不多，我们现在都是按他们说的在行动，这两位朋友很难沟通。"

听完这些之后，我转向闷油瓶。此时我已经按捺不住，一定要找他问个清楚，让他告诉我这究竟是怎么一回事。

可是，还没等我做好准备，车里突然骚动了起来，藏族司机叫了一声，所有人都开始拿自己的行李。

接着车子就慢慢地停了下来，车门被猛地打开，门外已经能看到一缕晨曦了，一股戈壁滩上寒冷的风猛地刮了进来。

我给挤下了车，接着就看到了让我目瞪口呆的一幕。十几辆Land Rover一字排开停在戈壁上，大量的物资堆积在地上，篝火一个接一个，满眼全是穿着风衣的人，还有很多人躺在睡袋里，一边立着巨大的卫星天线和照明汽灯。

这里竟然好像是一个自驾游的车友集散地，但是仔细一看就知道不对。这里所有的车都是统一的涂装，车门上面都有一个旋转柔化的鹿角珊瑚标志，一看就知道是阿宁公司的。

看到我们下来，很多人都围了过来，阿宁不知道和他们说了一句什么，很多人欢呼起来。

这个场面让我非常惊骇，我抓住一旁在和别人击掌庆贺的高加索人，问他这是干什么。

高加索人拍了拍我："朋友，我们要去塔木坨了。"

第十六章 · 营地

我听了目瞪口呆，刚刚才从文锦的笔记里知道了这个地方，怎么他们也要去了？一下子我有点儿反应不过来，而且他们应该没有看过文锦的笔记啊，他们怎么知道这个地方的存在呢？

"怎么了？"那高加索人看我表情奇怪，就问我，"脸色突然就白了。"

"没什么，刚才给吓的。"我马上掩饰了一下，装作很奇怪，一边跟着他走，一边就问他，"塔木坨是什么地方？你们去干什么？"

"塔木坨？这就说来话长了。"高加索人看了看前面的阿宁，轻声对我道，"我待会儿和你说，我们先看看那两个小哥从里面带回来的是什么东西。"

我看他给我使的眼色，似乎这些事情阿宁不让他说，于是也心领神会，不再出声。

营地里的人奔走相告，睡在睡袋里的人都被吵醒了，我们只能小心地在挪动的睡袋中穿行，跟着阿宁他们一路走。

整个营地很大，绕过路边的路虎集中地，后面还有一片帐篷。其中最大的一顶圆顶帐篷直径有四五米，应该是当地人搭的，上面有藏文标志，似乎是住宿的收费标准。阿宁带着我们走了进去，里面很暖和。我看到边上燃着带小烟囱的炭炉，地上有很厚的五颜六色的牛毛毯子，后来我知道这叫作"粗氆氇"，现在是相当昂贵的东西。此外还有很多的老式藏式木质家具以及一些打包好没拆分的无纺布包。

整个帐篷非常舒适，阿宁坐到了地毯上，进来一个藏人，似乎是帐篷的主人，给我们每人倒酥油茶。我也坐了下来，打量了一下这些人。

最让我恼火的就是闷油瓶，他坐在我的对面，看也不看我，靠在一大堆毛毡上，开始闭目养神。车上的人没有全来，而是来了一些我不认识的，这也让我相当不自在。这些人里，我只认识乌老四和高加索人，其他都是陌生面孔。

这些人陆续坐定，阿宁就把刚才"黑眼镜"从鬼屋里带出来的东西放到了我们面前的矮脚桌上。

那是一只扁平的红木盒子，打开之后，里面是一只破损的青花瓷盘，瓷盘的左边少了巴掌大的一块。

那具石头棺材的下面肯定有一个空间，看样子这瓷盘本来是放在那个空间里的。这是什么东西？为什么闷油瓶他们会去偷这个？我不由得也有点儿好奇。

我正要调整自己脖子的方向去看盘子，突然，帐篷外又进来了两人，那是一个满头白发的藏族老太太和一个藏族中年妇女。老太太犹如陈皮阿四一样干瘦干瘦的，有七十多岁了，不过相当精神，眼神犀利，那中年妇女倒是普通的藏族人样貌。她们两人一进来，整个帐篷的气氛就突然一变，除了"黑眼镜"和闷油瓶，其他人都不由自主地坐正了，把身体转向她们，特别是老太太。有两人还向她行了个礼，似乎这个藏族老太太在这里有比较高的地位。

老太太也回了个礼，并打量了一下我们，特别是我，可能是因为陌生，所以多看了几眼，便径直坐了下来。阿宁恭敬地拿起了那只瓷盘递给她，问道："嬷奶，您看看，您当年看到的是不是这个东西？"

说完后，马上有人翻译成藏语。老太太听着便接过瓷盘看了起来，看了几眼她就不住地点头，并用藏语不停地说了些什么。翻译的人开始翻译她的话，几个人开始交谈起来。

他们的对话断断续续，而翻译的人不仅藏语的水平不是很高，更要命的是中文似乎也不行，磕磕巴巴的。我努力去听但还是听不明白，就轻声问边上的乌老四，这老太太是谁。

乌老四没有回答我，但是边上的"黑眼镜"说话了。他低声对我说道："她叫定主卓玛，当年是文锦的向导。"

听到这个名字，我"啊"了一声，心里一下子清楚了不少，也为阿宁公司的神通广大而惊讶，他们不仅知道塔木坨，还知道有这个向导，这么说，阿宁应该知道文锦的事情了。

我在文锦的笔记中了解过他们自敦煌出发，进入柴达木腹地的经过，她的确提到过他们请了一个藏族女向导。我不由得摸了摸口袋里的笔记本，心说怎么回事，难道还有人看过这本笔记？

不过，我记得笔记里文锦说了，这个女向导并没有将他们带入盆地深处，在过大柴旦进入察尔汗地区之后，女向导也找不到路了，事实上也没有任何路可以去找，最后他们在一座岩山的山口和向导分手，便朝着更深的地方前进。柴达木盆地面积二十四万多平方公里，他们最后的旅程走了三个星期，最后走到了哪里，谁也说不清楚。

看来，如果他们想去塔木坨，光是这个老太太并不能给阿宁他们带来什么特别有用的帮助，最多能带他们到达当年和文锦队伍分手的地方。

我正想着，阿宁和定主卓玛的对话就结束了，行礼后中年妇女将老太太扶了出去，有几个听不懂的人就问怎么样，阿宁已经掩饰不住脸上的笑意，兴奋道："没错了！她说就是这只盘子，当年陈文锦给

营地

她看的就是这一只，她说有了这只盘子，她可以带我们找到当年的山口。"

几个人都骚动起来，"黑眼镜"就问道："什么时候出发？"

阿宁站了起来，对他们道："今天，中午十二点，全部人出发。"说着，其他人都站了起来，就要走出去。

这时候，那个"黑眼镜"又道："那他怎么办？"

说着就指着我。

阿宁转头看向我，似乎忘了刚才我在这里，几个人都错愕了一下。我就盯着阿宁，想看她会怎么说。

没想到阿宁并没有太过在意，想了想就指着一边的闷油瓶，对"黑眼镜"道："他带回来的，让他自己照顾。"说着就带着人出去了。帐篷里只剩下了我、"黑眼镜"和闷油瓶。

"黑眼镜"干笑了两声，靠到了毛毡上，点起了烟，然后就在那里看着闷油瓶道："我说你是自找麻烦吧。刚才不让他上车不就行了，你说现在怎么办？"

闷油瓶抬起了头，淡淡地看了我一眼，似乎也是很无奈地叹了口气，对我道："你回去吧，这里没你的事了，不要再进那疗养院了，里面的东西太危险了。"

我看着他，心里十分不悦。

说实话，我压根儿不想去那狗屁地方，我也不知道阿宁他们为什么要去那个地方，我现在只想知道，闷油瓶在云顶天宫到底做了什么，我看到的那恐怖的景象到底是怎么一回事。

于是我回答道："要我回去也可以，我只想问你几个问题。"

闷油瓶还是淡淡地看着我，摇头道："我的事情不是你能理解的，而且，有些事情我自己也正在寻找答案。"说着站了起来，头也不回地走出了帐篷。

我气得浑身发抖，几乎要吐血，看着他的背影真想冲上去掐死他。

那"黑眼镜"也叹了口气，就在边上拍了拍我，道："这里有巴士，三个小时就到城里了，一路顺风。"

说完也走出了帐篷。帐篷中只剩下我一个人，场面一下子冷清了下来。

这让我很尴尬，有一种被小看，甚至被抛弃的感觉，十分不舒服。刚才阿宁、闷油瓶和"黑眼镜"的态度，简直就是认为我是一个可有可无的人，这比辱骂或者仇恨更加伤人。

但是"黑眼镜"说的是实实在在的。

想想也是，阿宁的队伍要出发了，我是他们从鬼楼中救出来的，这是一个突发事件，所以他们根本没准备怎么安排我，也没有任何责任给我解释什么，我当然就应该自己回去。

但是，我实在是不甘心，看着帐篷外人来人往，准备工作做得热火朝天，我就感觉到血气在上涌。我想着我回去之后能干什么，寄东西的文锦早我一步走了，此人可以在二十年间躲藏得三叔用尽手段都找不到，我又如何去找？难道我要像三叔那样，为了一个谜底再找她三十年吗？不可能。

疗养院里发生的事情扑朔迷离，完全没有任何线索。文锦留下的笔记一直在说这个塔木坨，而现在，外面这批人就要出发去了，我却准备买票坐巴士回家。

整件事情唯一的线索，现在只剩下我口袋里的笔记，而笔记中的内容似乎一直在暗示我，要到塔木坨去，才能知道一些事情。

我应该怎么办呢？回到格尔木，我又能做什么呢？我什么都不能做了。

"做事情要主动。"

忽然，我耳边响起了我爷爷的这句话，接着我就摸到口袋里的笔记本，想着这一次在格尔木的经历，完全是因为我的快速而果断才占了先机。

好吧，我一下子就打定了主意："闷油瓶，别嚣张，你能去得我吴邪也能去，这一次我也跟着去！"我站了起来，走到正在准备行李的阿宁边上，问她："你有没有多余的装备？"

阿宁正在点数自己的压缩饼干，听到我突然问她，露出了很诧异的表情："多余的装备？你想干什么？"

我耸了耸肩，不知道该怎么说出口："我要加入，我要加入，我也要去塔木坨！"

"加你个头。"阿宁笑了，转过头不理我。然而我继续看着她，对她道："我能帮到你们，想想在云顶天宫里。"

阿宁抬起头，脸色变了，她看着我的眼睛，朝我微笑了一下："你是认真的？"

我点头。她就指了指一边的装备车："随便拿，十二点准时出发，过时不候。"

第十七章 · 出发

　　车队飞驰在一望无际的苍茫戈壁上，气候干燥，车子与车子离得很远，以躲避前一辆车扬起的漫天黄尘。

　　我坐在车里，看着窗外，想着之前的决定，也不知道是不是正确，这时候感觉好像有点儿过于莽撞了。不过，现在上了贼船，也没有脸反悔了。

　　阿宁在出发前和我说了他们的计划，我发现是完全按照当年文锦的路线，由敦煌出发，过大柴旦进入察尔汗地区，由那个地方离开公路，进入柴达木盆地的无人区，然后由定主卓玛带路，将队伍带到她和当年那支探险队分手的地方。

　　这条路线几乎和文锦在笔记中写的一模一样，我就十分纳闷，她到底是从哪里得来这些信息的？显然，她知道塔木坨，知道定主卓玛，知道路线，看上去好像她也看过笔记一样，可是笔记在我的口袋里啊。

　　车队一路补充物资，很快便按照计划到达了敦煌。有人告诉我，到达察尔汗地区之前的路线，还是相当于自驾游的路线，相对安全。

一路上两边的雅丹地貌让我领略了戈壁的荒凉，一望无际，仿佛天地尽头，这让人有种强烈的被遗弃感。这种感觉刚开始还可以由路边很多已经成废墟的居民点缓解一下，但是在我们离开敦煌，上了察尔汗公路，直接驶入戈壁滩之后，就根本无法驱除。因为连续行驶十几个小时，四周的景色几乎没有分别，这种感觉是令人窒息的。也亏得阿宁队伍庞大，扎营时的喧嚣多少让我们心里舒服了一点儿。

我和高加索人坐一辆车，他和另外一个藏族司机轮番开车。在路上，我就问他这些问题，看他能不能回答。

高加索人却很轻松地回答了出来，一听才发现原来我想得太复杂了。我总是认为阿宁应该是看了笔记，然后知道塔木坨、定主卓玛和路线，其实完全不是这样。阿宁收到录像带后采取的第一个措施，就是去调查寄快递的快递公司，通过快递公司的人的回忆，他们找到了这个快递的寄出者，那个人就是定主卓玛。

之后一探访，拿着快递一问，这些塔木坨、向导、路线就都被问出来了。现在的计划都是按照定主卓玛的信息来做的。

听了我才释然，这样说起来，文锦笔记的第三部分的前半段内容是不重要的，重要的是他们和定主卓玛分手后到进入塔木坨的那一段。可惜那一段我没仔细看，一定要找个机会偷偷再看一遍。

接着，高加索人又和我讲了他知道的塔木坨的事情。

高加索人告诉我，塔木坨这个概念是找到定主卓玛后才知道的。根据定主卓玛回忆当时听到的文锦他们的对话，塔木坨似乎是汪藏海的最后一站，至于是个什么地方，文锦他们自己也不知道，只能去寻找。

不过，定主卓玛后来根据旅途里的见闻和经历，有了自己的判断，她发现文锦他们寻找的这个塔木坨就是这一带传说中的西王母国。在当地人的说法里，那里应该叫作塔耳木斯多，意思是雨中的鬼城，当时她发现了这一点之后很害怕，于是假装找不到路，和他们分手了。

"西王母国？"我听了很吃惊，"那不是神话里的东西吗？"

"其实不是，西王母国是真实存在的，而且是历史很悠久的古国，黄帝时期就有传说了。西王母就是国家的女王，青海湖在羌语里叫作'赤雪甲姆'，甲姆就是王母的意思，我们认为它就是王母的瑶池，而塔耳木斯多就是王母之国的都城。西王母在西域传说中代表着神圣的力量，在定主卓玛小时候听的传说中，这座城市只有在大雨的时候才会出现，一旦看见就会被夺了眼睛，变成瞎子，所以她非常害怕。"

"那你的意思就是说，我们现在要找的，其实就是西王母国的古都？"

"可以这么说，根据现在的考古资料分析，特别是近几年的，西王母的存在已经被证实了。"高加索人说，"事实上，如果塔木坨是在柴达木盆地里，那它肯定就是西王母国的一部分。这一次说是去寻找塔木坨，其实就是去寻找西王母国的遗迹。你要知道的就是，不是我们去寻找西王母国，而是我们找到的东西自动就会成为西王母国，这就是考古探险。"

我听了就苦笑，西王母？我记得那玩意儿不是什么好惹的货色啊。汪藏海最后出使的是西王母国？这说得通吗？

我想了想，就想到后羿求不死药的传说了，心说难不成汪藏海那次也是去求药？这感觉非常离谱，于是就摇头甩掉这个念头，不去思考。

之后我就在车上点算从阿宁那里拿来的装备，包括他们公司特制的衣服。穿着我的衣服在戈壁里行进，白天会被晒死，晚上会被冻死，所以我在车上换了沙漠服。我穿的时候就很意外，发现这衣服的皮带上竟然也有02200059这个号码。

我问高加索人这是什么号码，他说是他们公司的条形码号，他们

老板很着迷这串数字，据说也是从一份战国帛书上翻译出来的。

我心中十分诧异，想起七星鲁王盒子上的密码，心说这数字是不是有什么特别的意义？

之后的两天，我们向戈壁深处深入。路虎的速度非常快，两天时间，我们就进入了柴达木的腹地。

阿宁的人很不见外，几次扎营，当初一起在吉林的几个人和我都相处得很好，其他人也和我熟悉了起来。我这样的性格，和别人相处是相当容易的。这样一来，至少有一个好处，我不用整天面对着面无表情的闷油瓶，而他也似乎根本不想理会我。

这其实有点儿反常，因为在之前的接触中，虽然闷油瓶同样不好相处，但是并没有像这一次这么疏远，我总感觉他是在避讳什么。反倒是那个"黑眼镜"，似乎对我很有兴趣，老是来找我说话。

车子进入戈壁后，很快离开了公路，定主卓玛就开始带路，她是由她的媳妇和一个孙子陪同的，和阿宁在一辆车子里，在车队的最前方。我并不知道他们的情况，只知道那老太太开始带路之后，车子走的地方就开始难走起来，不是碎石滩就是河川峡谷的干旱河床，很快队伍就怨声载道。

定主卓玛解释说，要找到她当年看到的山口，必须先找到一个村子。当年他们的旅程是从那个村子开始的，文锦的马匹和骆驼都是在村中买的。现在这个村子可能已经荒废了，但是遗址应该还在，找到它才能进行下一步。

老太太的记忆力还是相当好的，果然在傍晚的时候，我们来到了那个叫作"兰错"的小村，村里竟然还有人住，有四户人家共三十几号人。

这个发现让我们欣喜若狂，一是证明了老太太的能力，二是事情发展顺利，而且长期在戈壁中行进，看到人类集聚的地方，总是特别开心。当时天色已晚，我们就决定在村里扎营。

可惜的是，进村的时候出了一起事故，一辆车翻进了一道风蚀沟里，人没事，但是车报废了，此时我们离最近的公路已经有相当远的距离，不可能得到任何援助，这就意味着必须有另一辆车留下来照应。

出了这件事情之后，阿宁就开始显得心事重重。当天晚上我们在报废的车子边上休息，阿宁就对我们说出了她的担心。她有点儿顾虑，虽然配备的是一流的越野车，但是四周的条件实在是太恶劣了，如果无法在短期内找到山口，这些车子肯定会一辆接一辆地报废在这里，有时候可能在修车厂里是非常小的问题，但是在这里都会让车子瘫痪。

而越是进入盆地的深处，被遗弃的车子和随车的人无法及时地得到救援而在戈壁遇到危险的可能性就越大。

车子和骆驼、马匹到底是不一样的，骆驼受了伤会自己痊愈，小伤也不影响行进，但是高科技下的车子，只要出了事故，就脆弱得让人伤心，这些到底是民用车，没有军用的结实。

但是这也不是阿宁失策，因为在现在这种时代下，不可能让这一支近五十人的队伍骑着骆驼进入柴达木，一是无法在短时间内找到这么多的骆驼，五十人，加上驮运行李和备用的骆驼，可能需要将近一百峰。如此巨大的驼队实在是太显眼了，肯定会被政府注意到。

随队的机械师对她说其实也不用这么杞人忧天，柴达木盆地在路虎的速度下并不是什么太大的地方。在二十年前柴达木可能和塔克拉玛干沙漠一样是人见人畏的死亡之海，现在随便花十几小时就能穿越半个开发区域，其中有大量的勘探基地、工业基地，所以并不需要这么担心。

不过这话立即就被定主卓玛的孙子否定了，这个叫扎西的小伙子说我们太信任机器的力量了。柴达木虽然已经被征服，但是安全的地方只限于公路网辐射得到的地方，大约只占整个盆地的百分之二，其他百分之九十八的区域全是沙漠、沼泽、盐盖，我们这十几辆车、五十号不到的人，对这片几千万年前就在吞噬生命的土地来说是微不

足道的。

他说就算是沿着设计好的最不危险的旅游线路，每年也都有人走失和遇到事故死亡，更不要说我们现在准备深入无人区。

他还说，他以前见到的人都是以穿越盆地为目的的旅行者，这些人在盆地中不会逗留超过两天。而我们的目的是在盆地中搜索，也就是说，我们的旅途是没有尽头的。这样在戈壁中绕圈子，是以前这里牧人最大的忌讳，所以宁小姐的担心不无道理，凡事还是小心一点儿好。

扎西的话让我们陷入了沉默。阿宁想了很久，问扎西："那你有什么建议给我们？"

扎西摇头说："你们既然要进入柴达木，那么，人头肯定是要别在裤腰带上的，自古以来就是这样。"

扎西的说法总归有点儿危言耸听的感觉。在之前我听别人说过，扎西对祖母答应给我们带路十分愤怒，他认为这件事情太过危险，阿宁他们用金钱来说服他的祖母是一种业障，我们给他的祖母带来了危险和罪孽。但是定主卓玛那老太太很坚决，藏族家庭中祖母的地位十分高，扎西也没有办法，只好跟来照顾，所以一路上他基本没给我们什么好脸色，也没说什么好话。

虽然如此，但在这只有几间土坯矮房的村落里，吹着戈壁夜晚凛冽的冷风，看着摇曳跳动的篝火，再想想我们现在离文明世界的距离，我还是感觉有些不寒而栗。

他说完之后我们就没兴致再说话了，几个人沉默着在篝火边上坐了很久，就各自进自己的睡袋休息。我们明天一早就要出发，队伍没有支起帐篷，都是露天睡睡袋。这里晚上的气温有时候会降到零下，所以我们都躲在高起的地垄后面，靠近篝火取暖。

躺在那里，我感觉到很多人都睡不着，四周是随风飘过来的窃窃私语。也难怪，这里可能是进入柴达木之前地图上有标识的最后一个地方，这种活动老手自然不在乎，但是队伍中有很大一部分都是在当地请的人，在这种时候当然会兴奋一点儿。

我也不知道自己是老手还是新手，只是抬眼看天，发现这里的天空离地面要近得多，群星也清晰得多。我生在南方，成年后就基本没有看到过漫天繁星的场面，现在看到天空中璀璨的银河如此清晰，不由得也没有了睡意。

不过，长途的奔波总是起作用的，闹腾了一阵子，四周便逐渐安静了下来。

阿宁他们是安排了人守夜的，因为人多，这些辛苦的活儿主要由在当地雇来的人做，所以不会轮换到我们。不过因为这里还是村落，所以不需要太过警戒，扎西也说了，只有在靠近可可西里的地方才可能会出现大型的野兽，这里的草少得连老鼠都不来，不要说食肉野兽了，所以我也没有听到守夜人聊天的声音，估计睡着了。我在风声中隐约听到几声动物的叫声，不过也没有太在意。我睡在整个营地的中间，要被吃掉，也轮不到我。

我一边想着事情，一边看着夜空，也不知道过了多久，就在我昏昏欲睡的时候，蒙蒙眬眬地，忽然感觉有人走到了我的面前。我打了个哆嗦，清醒了一看，竟然是扎西。

我被他吓了一跳，忙坐了起来，想说话。他蹲下来捂住了我的嘴巴，轻声道："别说话，跟我来，我祖母要见你。"

第十八章 ● 文锦的口信

定主卓玛要见我？

我看着扎西，有点儿莫名其妙，因为我和那个老太太从来没有说过话，也没有任何交流，甚至我都不是经常见到她，她怎么突然要见我？

但是扎西的表情很严肃，有一种不容辩驳的气势，似乎他祖母要见的人不去就是死罪一样。他见我觉得奇怪，就又轻声说道："请务必跟我来，是一件很重要的事情。"

我愣了一下，看着他的表情，感觉无法拒绝，只好点了点头，爬了起来。他马上转身，让我跟着他走。

定主卓玛的休息地离我们的地方有点儿远，中间隔了停放的车子，大概是嫌我们太喧闹了。我走了大概两百米，才来到他们的篝火边上，我看到定主卓玛和她的儿媳都没有睡觉，她们坐在篝火边上，地上铺着厚厚的毛毡，篝火烧得很旺，除了她们两个之外，在篝火边的毛毡上还坐着一个人。我走近看时，更吃了一惊，那个人不是别人，正是闷油瓶。

闷油瓶背对着我，我看不到他的表情，但是闪烁的火光下我发现定主卓玛的表情有点儿阴鸷。我一头雾水地走到篝火边上，心说这真是奇了怪了，这个老太太大半夜的偷偷找我们来做什么呢？

扎西伸手请我坐下，那老太太的儿媳便递酥油茶给我。我道谢接了过来，看了一眼边上的闷油瓶，发现他也看了我一眼，眼神中似乎也有一丝意外。

随后扎西看了看我们身后营地的方向，用藏语和定主卓玛轻声说了什么。老太太点了点头，突然开口用口音十分重的普通话对我们道："我这里有一封口信，给你们两个。"

我和闷油瓶都不说话，其实我有点儿莫名其妙，心说会是谁的口信？不过闷油瓶一点儿表情也没有地低头喝茶，我感觉不好去问，听着就是了。

定主卓玛看了我们一眼，又道："让我传这个口信的人叫作陈文锦，相信你们应该都认识，她让我给你们传一句话。"

我一听，人就愣住了，刚开始还以为自己听错了，刚想发问，定主卓玛就接下去道："陈文锦在让我寄录像带的时候就已经预料到会有这种情况发生，如果你们按照笔记上的内容进来找塔木坨，那么她让我告诉你们，她会在目的地等你们一段时间，不过，"扎西把手表移到定主卓玛的面前，她看了一眼，"你们的时间不多了，从现在算起，如果十天内她等不到你们，她就会自己进去了，你们抓紧吧。"

我一听就蒙了，心说这是怎么回事？目的地？文锦在塔木坨等我们？这……脑子一下子就僵了，看向闷油瓶。这一看不得了，闷油瓶也是一脸惊讶的神色。

不过只有几秒钟的工夫，他就恢复了正常。他抬起头看向定主卓玛，问道："她是在什么时候和你说这些的？"

定主卓玛冷冷道："我只传口信，其他的，一概不知道，你们也不要问，这里人多耳杂。"说着，我们全都条件反射地看了看营地的方向。

闷油瓶微微皱了皱眉头，又问道："她还好吗？"

定主卓玛就怪笑了一下："如果你赶得及，就会知道了。"说着，挥了挥手。她边上的儿媳妇就扶着她站了起来，往她的帐篷走去，看样子是要回去了。

我站起来想拦住她，却被扎西拦住了。他摇了摇头，表示没用。

不过这时候，定主卓玛却自己转过头来，对我们道："对了，还有一句话，我忘记转达了。"

我们都抬起头看着她，她道："她还让我告诉你们，'它'，就在你们中间，你们要小心。"

说完，她再一次转身，进了自己的帐篷，留下我和闷油瓶两人，傻傻地坐在篝火前面。

我看向闷油瓶，他却看着火，不知道在想什么。我问他："这究竟是怎么回事？为什么这口信会传给我们两个？"

他却不回答，闭了闭眼睛，就想站起来。

我看他这种态度，一下子无数问题一起冲上脑门，人有点儿失控，一把按住他，对他道："你不准走！"

他转头淡淡地看了我一眼，还真的就没有走，坐了下来，看着我。

他这行为很反常，我还以为他会扬长而去，一下子我自己也愣了，不知道说什么好。他看着我，问我："你有什么事情？"

我一听就火大，道："我有事情要问你，你不能再逃避，你一定要告诉我。"

他把脸转回去，看了看火，说道："我不会回答的。"

我一下子就怒了，叫道："为什么？你有什么不能说的？你耍得我们团团转，连个理由都不给我们，你当我们是什么？"

他猛地把脸转了过来，看着我，脸色变得很冷："你不觉得你很奇怪吗？我自己的事情，为什么要告诉你？"

一下子我就语塞了，支吾了一声，一想，是啊，这的确是他的事情，他完全没必要告诉我。

气氛变得很尴尬，我也不知道说什么好了。

静了很久，闷油瓶喝了一口已经凉掉的酥油茶，忽然对我道："吴邪，你跟来干什么？其实你不应该卷进来，你三叔已经为了你做了不少事情，这里面的水，不是你能蹚的。"

我突然愣了，下意识就数了一下，四十二个字。他竟然说了这么长的一个句子，这太难得了，但看他的表情，又看不出什么来。

"我也不想，其实我的要求很简单，只要知道了这是怎么一回事，我就满足了。可是，偏偏所有的人都不让我知道，我想不蹚浑水也不可能。"我对他道。

闷油瓶看着我道："你有没有想过，他们不让你知道这个真相的原因呢？"

我看着闷油瓶的眼神，忽然发现他在很认真地和我说话，不由得吃惊，心说这家伙吃错药了？

不过这么说来，也许这一次他能和我说点儿什么。我立即正色起来，摇头道："我没想过，也不知道往什么方向想。"

他淡淡道："其实，有时候对一个人说谎，是为了保护他，有些真相也许是他无法承受的。"

"能不能承受应该由他自己来判断。"我道，"也许别人不想你保护呢，别人只想死个痛快呢？你了解那种什么都不知道的痛苦吗？"

闷油瓶沉默了，我们两个人安静地待了一会儿，他就对我道："我了解。"然后看向我，"而且比你要了解。对我来说，我想知道的事情远比你要多，但是，我没有任何一个人可以像你一样抓住去问。"

我一下子想起来他失去过记忆，于是就想抽自己一个嘴巴，心说和他比什么不好，偏和他比这个。

他继续道："我是一个没有过去和未来的人，我做的所有的事情，就是想找到我和这个世界的联系。我从哪里来，我为什么会在这里。"他看着自己的手，淡淡道，"你能想象吗？我这样的人，如果在这个世界上消失，没有人会发现，就好比我从来没有在这个世界上存在过一样。我有时候看着镜子，常常怀疑我自己不是真的存在，而只是一个人的幻影。"

我说不出话，想了想才道："没有你说得这么夸张，你要是消失，至少我会发现。"

他摇头，不知道是什么意思，然后就站了起来，对我道："我的事情，也许等我知道了答案的那一天，我会告诉你，但是你自己的事情，抓住我，是得不到答案的。现在，这一切对我来说，同样是一个谜，我想你的谜已经够多了，不需要更多。"说着就往回走去。

"你能不能至少告诉我一件事情？"我叫了起来。

他停住，转过头，看着我。

"你为什么要混进那青铜门里去？"我问他。

他听完，想了想，就道："我只是在做汪藏海当年做过的事情。"

"那你在里面看到了什么？"我问道，"那巨门后面，到底是什么地方？"

他转头拍了拍身上的沙子，对我道："在里面，我看到了终极，一切万物的终极。"

"终极？"我摸不着头脑，还想问他。他朝我淡淡笑了一下，摆手让我别问了，对我道："另外，我是站在你这一边的。"说着慢悠悠地走远了，只剩下我一个人。我一下子就倒在了沙地上，感觉头痛无比。

第十九章 · 再次出发

第二天清晨，车队再次出发。

离开了那个叫作兰错的小村，再往戈壁的深处，就是地图上什么标识都没有的无人区，也就是说，连基本的被车轧出的道路也没有。车轮底下，是几十年甚至上百年都没有人到达的土地，路况或者说地况更加糟糕。所谓的越野车，在这样的道路上也行驶得战战兢兢，因为你不知道戈壁的沙尘下是否会有石头或者深坑。而定主卓玛又必须依靠风蚀的岩石和河谷才能够找到前行的标志，这使得车队不得不靠近那些山岩附近的陡坡。

烈日当空，加上极度颠簸，刚开始兴致很高的那些人几乎都被打垮了，人一个接一个给太阳晒蔫，刚开始还有人飙车，后来全都乖乖地排队。

在所谓的探险和地质勘探活动中，沙漠、戈壁中的活动其实和丛林或者海洋探险是完全不同的。海洋和丛林中都有着大量的可利用资源，也就是说，只要你有生存的技能，在这两个地方你可以存活很长时间。但是沙漠、戈壁就完全相反，在这里，有的只是沙子，纵使你有三头六臂，也无法靠自己在沙漠中寻找到任何一点儿可以延续生命的东西，这就是几乎所有的沙漠、戈壁都被称为"死亡之地"的原因。而阿宁他们都是第一次进这种地方，经验不足，此时这种挫折感是可以预见的。

我也被太阳晒得发昏，看着外面滚滚的黄尘，已经萌生了退意，但是昨天定主卓玛给我和闷油瓶的口信，让我逼迫自己下定了决心。想到昨天晚上的事情，我又感到一股无法言明的压力。

"它"就在你们当中。

"它"是谁呢？

在文锦的笔记中，好多次提到了她这二十年来一直在逃避"它"的寻找，这个"它"到底是什么东西？而让我在意的是，为什么要用"它"而不是"他"或"她"？难道这个在我们当中的"它"，不是人？真是让人感觉不舒服的推测。

刚进入无人区时，我们是顺着一条枯竭的河道走。柴达木盆地原来是河流聚集的地方，大部分的河流都是发源于唐古拉和昆仑的雪峰，但是近十年来气候变化，很多大河都转入地下，更不要说小河道了。我们在河床的底部行进，四周到处是半人高的蒿草，估计这里已经干涸了两三年了，再过几年，这条河道也将消失。

等三天后到达河道的尽头，戈壁就变成了沙漠。不过柴达木盆地中的沙漠并不大，它们犹如一个一个的斑点，点缀在盆地的中心。一般的牧民不会进入沙漠，因为里面住着魔鬼，而且没有给牛羊吃的牧草。定主卓玛说绕过那片沙漠，就是当年她和文锦的队伍分开的岩山山口，那里有一大片奇怪的石头，犹如一个巨大的城门，所以很容易找到。再往里，就是沙漠、海子、盐沼交会的地方，这些东西互相吞噬，地貌一天一变，就是最有经验的向导也不敢进去。

不过阿宁他们带着GPS，这点他们倒是不担心，虽然扎西一直在提醒他们，机器是会坏掉的，特别是在昼夜温差达五十多摄氏度的戈壁上。

顺着河道开了两天后，起了大风，如果是在沙漠中，这风绝对是杀人的风，幸好是在戈壁上，因此它只能扬起一大团黄沙。我们车与车之间的距离不得不拉大到一百米以上，能见度几乎为零，车速也慢到了最低标准。又顶着风开了半天后，车和驾驶员同时到达了极限，什么也看不到，什么也听不到，无线电也无法联络，已经无法再开下去了。

高加索人并不死心，然而到了后来，我们根本无法知道车子是不是在动，或者往哪里动。他只好停了下来，转了方向，侧面迎风，防止沙尘进入发动机，等待大风过去。

车被风吹得在晃动，车窗被沙子打得哗啦啦作响，而我们又不知道其他车的情况，这种感觉真是让人恐惧。我看着窗外，那是涌动的黑色，你能够知道外面是浓烈的沙尘，而不是天黑了。

在车里等了十几分钟后，风突然又大了起来，我感觉整个车子震动了起来，似乎就要飞起来一样。

高加索人露出了恐惧的神色，他看向我说："你以前碰到过这种事情没有？"

我心说怎么可能，看他惊慌的样子，就安慰他说放心，路虎的重量绝对能保护我们。可是才刚说完，就听咣当一声巨响，好像有什么东西撞到路虎上了，我们的车整个震了一下，警报器都给撞响了。

我以为后面的车看不到路撞到我们了，忙把眼睛贴到窗户上，高加索人也凑过来看。

外面的黑色比刚才更加浓郁了，但是因为沙尘是固体，所以刮过东西的时候会有一个轮廓，如果有车，应该能看到车的大灯。

然而外面什么都看不到，我正在奇怪，高加索人突然怪叫起来，抓住我的肩膀，指着让我往后看。我转过头，就看到我们另一面车窗外的沙尘里，不知道什么时候出现了一个奇怪的影子。

车窗外的黑色影子模糊不清，但是显然离车窗很近，勉强看去，似乎是一个人影，但是在这样的狂风下，怎么会有人走到外面，这不是寻死吗？

我们还没有来得及惊讶，那影子就移动了，他似乎在摸索着车窗，想找打开的办法，但是路虎的密封性极好，他摸了半天没有找到缝隙。接着，我们就看到一张脸贴到了车窗上，车里的灯光照亮了他的风镜。

我才发现，那是阿宁他们公司配备的那种风镜，当即松了口气，心说这王八蛋是谁？这么大的风他下车干什么？难道刚才撞我们的是他的车？

窗外的人也看到了车里的我们，开始敲车窗，指着车门，好像是急着要我们下去。我看了看外面的天气，心说老子才不干呢！

还没想完，突然，另一边的车窗上也出现了一个戴着风镜的人的影子，那个人打着灯，也在敲车窗，两边都敲得很急促。

我感觉到不妙，似乎是出了什么事，也许他们是想叫我们下去帮忙，于是也找出斗篷和风镜戴起来。高加索人拿出两只矿灯，拧亮了递给我。

我们两个深吸了口气，用力地打开车门，一团沙尘瞬间就涌了进来。虽然我已经做好了准备，但还是被一头吹回了车里，用脚抵住车门才没有让门被吹关上，第二次用尽了吃奶的力气，低着头努力往外钻，被外面的人又扶又拖才顺利钻出了路虎。而从另一边下车的高加索人直接就被刮倒在地，他的叫骂声一下子给吹到十几米外。四周全是鼓动耳膜的风声和风中灰尘摩擦的声音，这声音听来不是很响，却盖过其他所有的声音，包括我们的呼吸声。

脚一落到外面的戈壁上，我就感觉到了不对劲，地面的位置怎么抬高了？我用力弓着身子以防被风吹倒，用矿灯照向自己的车，这一看我就傻眼了。车轮子的一半已经不见了，车身斜成三十度，到踏板的部分已经没到了沙子里，而且车还在缓慢往下陷。这里好像是一个流沙床，难怪车子怎么开都开不动了。

没有车子，我们就完蛋了。我一下子慌了，忙上去抬车，但是发现一踩入车子的边缘，就有一股力量拽着我的脚往下带，好像水中的漩涡一样，我赶紧跳着退开。这时候站在我一旁的就是刚才敲我们车窗的人，他拉住我，艰难地给我做手势，说车子没办法了，让我们离开这里，不然也会陷下去。

他包得严严实实的，嘴巴裹在斗篷里，我知道他同时也在说话，但是我什么都听不见，我不知道他是谁，不过他用手势表达的东西是事实。于是我点了点头，用手势问他去哪里，他指了指我们的车后盖，让我拿好东西，然后做了个两手一起向前的动作。

这是潜水的手语，意思是搜索，看样子很多在车里的人如果不下车，肯定还不知道车已经开进了流沙床，我们必须过去通知他们，不然这些路虎会变成他们价值一百多万的铁棺材。

我朝那个人点了点头，做了个OK的手势，就打开车后盖取出了自己的装备，几乎是弓着身子，驼背一样完成了这简单的事情。此时，我的耳朵已经被轰麻了，四周好像没声音了，一片寂静，这有点儿看默片的感觉，一部立体的默片。

关上车盖的时候，我就看到我们的车后盖已经凹陷下去了，好像被什么庞然大物撞了一下。我想起了刚才车里的震动，就用矿灯朝四周照了照，然而什么都看不到，只有高加索人催促我快走的影子。

我收敛心神，心说也许是刮过来的石头砸的，就跟着那几个影子蜷缩着往后面走去。

走了八十几米，我感觉中的八十几米，也许远远不止，我们就看到下一辆车的车灯。这辆车的车头已经翘起来了，我们上去，跳到车头上，发现里面的人已经跑出来了。我们在车后十几米的地方找到了他们，有一个人的风镜掉了，满眼全是沙子，疼得大叫。我们围成一面挡风墙，以减小风力，以便用毛巾把他的眼睛包起来。

我们扶他起来，继续往前，很快又看见了一辆车。车里的三个家伙正在打牌，我们在车顶上跳了半天他们都没反应，最后我用石头砸裂了他们的车玻璃，此时半辆车已经被沙埋了。

把他们拖出来后，风已经大到连地上的石头都给刮了起来，子弹一样的硬块不时地从我们眼前掠过去，被打中一下就完蛋了。有一个人的风镜被一块飞石打了一下，鼻梁上全是血。有人做手势说不行了，再走有危险，我们只好暂时停止搜索，伏下来躲避这一阵石头。

几个人都从装备中拿出坚硬的东西，我拿出一个不锈钢的饭盒挡在脸上，高加索人拿出了他的《圣经》，但是还没摆好位置，风就卷开了书页，一下子所有的纸都碎成了纸絮，被风卷得没影了，他手里只剩下一片黑色的封面残片。

我对他大笑，扯起嗓子大喊："你这本肯定是盗版的！"还没说完，一块石头就打在了我的饭盒上，火星四溅。饭盒本来就吃着风的力道，我一下没抓稳，饭盒打着转儿给刮了出去，消失得没影了。

我吓了个半死，这要是打到脑袋上，那就是血花四溅了。没了饭盒，我只能抱紧头部，用力贴近地面。

这个时候，四周突然一亮，一道灼热闪光的东西从我们的一边飞了过去，我们都被吓了一大跳。我心说，什么东西这么快？还没等我反应过来，前面又是三道亮光闪起，朝我们飞速过来，又是在我们身边一掠而过。接着我就闻到一股熟悉的气味，那是镁高温燃烧的气味，心里立即知道了闪光是什么东西——那是给裹进风里的信号弹。

我不禁大怒，心说是哪个王八蛋，是哪只猪在这种天气下在上风口放信号弹，怕风吹不死我们，想烧死我们吗？时速一百六十公里以上的上千摄氏度高温的火球，被打中了恐怕会立毙。

但是转念一想，就知道不是这样的。这批人都训练有素，怎么可能会乱来。在探险中，发射信号弹是一种只有在紧急时刻才会使用的通信方式，因为它的传播范围太广，弹药消耗大，一般只有在遇到巨大的危险，或者通信对象过于远的时候才会使用。现在在这么恶劣的条件下，他们竟然也使用了信号弹，那应该是前面出了什么状况。

我看了一眼四周的人，他们都有和我一样的想法，我就做了个手势，让三个没受伤的人站了起来，我们要往那里去看看。如果他们需要帮忙，或者有人受伤，不至于没有帮手。

　　这不是一项说做就做，或者是个人英雄主义的差事。我刚站起来，就被一块石头打中了肩膀，我们都把包背到前面当成盾牌。高加索人调整了指南针，我们往信号弹飞来的方向走去，同时提防着还有信号弹突然出现。

　　走了一段时间，我们也不知道方向有没有走歪掉，看到前方有三辆车围在一起，但是中心并没有人，我想他们已经离开了。我们在车子的周围搜索，也没有发现人，但是车里的装备没有被拿走。

　　车子正在下陷，我们打开了车子的后盖，心说至少应该把东西抢救出来。就在刚想爬入车子的时候，又有信号弹飞了过来，在离我们很远的地方掠了过去。这一次，我们发现发射信号弹的地方改在我们的左边，离我们并不是很远。看样子我们的方向确实歪了，或者是发射的人自己在移动。

　　我们背起装备，虽然非常累，但这样一来风不容易吹动我们，我们得以稳定步伐，向信号弹发射的地方走去。走着走着，我们忽然惊讶地看到，前方的滚滚沙尘中，出现了一个庞然大物的轮廓。

　　狂风中，我们弓着身子，互相搀扶着透过沙雾，看着那巨大的轮廓，都十分意外，一下子也忘了是否应该继续前进。

　　边上的高加索人打着手势，问我那是什么东西。这个家伙有一个惯性思维，就是他现在在中国，而我是中国人，因此在中国碰上什么东西都应该问我。

　　我摇头让他别傻，心里也没有底。

　　平常来讲，毫无疑问，那东西就在我们前面不到两百米的地方，如果不是一只中年发福的奥特曼，那应该就是一座巨大的山岩，这是谁都能马上想到的，但是我们来这里的路上是一马平川，并没有看到有这么高大的山岩。

　　这山岩是从哪里冒出来的？难道是我们集体失神了，都没看到？我心里这样想，又知道不可能。最重要的是我们一路过来都在寻找这种山岩，因为我们需要阴凉的地方休息，这种山岩的背阴面是任何探险队必选的休息地，而戈壁上，这样孤立的山岩并不多，所以如果有，我们肯定会注意。

　　不过现在也管不了这么多了，这么大的山岩，是一个避风的好场所，那些信号弹也许是通知我们找到了避风的地方。

　　我开始带头往山岩跑去，很快我就明显地感觉到，越靠近岩石，风就越小，力气也就越用得上。跑到一半路程的时候，我已经看到了前面有五六盏矿灯的灯光在闪烁。

　　我欣喜若狂，向灯光狂奔，迎着狂风，深一脚，浅一脚地冲了过去。然而跑了很久，那灯光似乎一点儿也没有朝我靠近。竟然有这么远，我心里想着，已经筋疲力尽，速度慢了下来，招呼边上的人等等，我感觉事情有点儿不对。

　　可我回头一看，不由得傻了眼，我身边哪里还有人，前后左右只有滚动的狂沙和无尽的黑暗。

第二十章 ● 迷路

这里的风打着卷儿在四周盘旋，已经不像刚才那么霸道了，前面肯定是有挡风的东西，可是刚才跟着我的那两个家伙哪儿去了？我走得也不快啊，这样也能掉队，是不是给飞石砸中摔在后面了？

我举高矿灯往四周照，并没有看到任何影子，不由得有点儿后悔，刚才注意力太集中了，没有太过注意四周的情况。不过，在这样的狂风中行进，四周也根本没有什么情况可以注意，风声响得什么都听不到，而我所有的精力都必须放在眼前的目的地和身体的平衡上。

一下子落了单，我还是在一瞬间感觉到了一种恐惧，不过我很快就将这种恐惧驱散了。我休息了一会儿，喘了几口气，就开始继续往前走。此时我不能后退去找他们，我已经失去方向感了，如果往回走不知道会走到哪里，最好的办法就是往前。

我甩掉了一包装备，这东西实在是太重了。老外的探险装备很个性化，有一次我还看到有人带着一个盾牌一样大的相框，里面装着他

老婆的照片和电话本一样的资料书。我懒得给他们背了，自己轻装就往灯光所在的地方跑去。

可是，无论我怎么跑，那灯光还是遥不可及，好像一点儿也没有靠近一样。我喘得厉害，心里想放弃，但是又不甘心，跑着跑着，前方的灯光就迷离了起来。

就在我快要失去知觉扑倒在地的时候，忽然有人一下子把我架住了。我已经没有体力了，被他们一拉就跪倒在地上，抬头去看，透过风镜，我认出了这两人的眼睛，一个是闷油瓶，一个是"黑眼镜"，他的风镜也是黑色的。这两人将我拉起来，拖向另外一个方向。

我挣脱他们，指着前方，想告诉他们那里有可以避风的地方。

然而我再一看，却呆住了，因为什么都没有看到，前方的灯光竟然消失了，那里是一片黑暗，连那个巨大的轮廓也不见了。

闷油瓶和"黑眼镜"没有理会我，一路拖着我，这时候我看到"黑眼镜"的手里拿着信号枪。两人的力气极大，我近一百八十斤的身体被他们提得飞快。很快我也清醒过来，开始用脚蹬地，表示我可以自己跑。

他们放开了我，我一下子就后悔了，这两人跑得太快，跟着他们简直要用尽全身的力气。我咬牙狂奔，一路跟着，足足跑了二十分钟，眼睛里最后只剩下在我前面跑的两个影子。恍惚中我知道我们已经冲上了河岸，绕过一堆土丘，接着前面两个黑影就不见了。

我大喊了一声"等等我"，脚下突然一绊，摔了好几个跟头，一下子滚到了斜坡下。我挣扎着爬起来，吐出嘴巴里的泥，向四周一看，斜坡下竟然是一道深沟，里面全是人，都缩在沟里躲避狂风。看到我摔下来，都抬起头看着我。

我们缩在沟的底部，沙尘从我们头上卷过。戈壁滩并不总是平坦的，特别是在曾经有河流淌过的地方，河道的两边有很多潮汐时候冲出来的支渠，犹如戈壁上的伤疤，虽不会很深，但是也有两三米，已经足够我们避风了。

我已经精疲力竭，几个人过来，将我扯到了沟渠的底部。原来在沟渠底部的一侧有一处很大的凹陷，好像是一棵巨大的胡杨树被刮倒，因水流冲刷被连根拔起后留下的。胡杨的树干被埋在这个附近的凹陷沟渠的底部，只能看到一小部分。其他人都缩在这个凹陷里面，点着无烟炉取暖，一点儿风也没有。

我被人拖了进去，凹陷很浅，也不大，里面已经很局促了，他们给我让开了一个位置，一边有一个人递给我水。这里是风的死角，已经可以听到说话声，可是我的耳朵还没有适应，一时听不清他们在说什么。

喝了几口水后，我感觉好多了，拿掉了自己的风镜，就感慨中国有这么多的好地方，为什么我偏偏要来这里。

不过，这样的风在柴达木应该不算罕见，这还不是最可怕的风。我早年看过关于柴达木盆地地质勘探的纪录片，当时勘探队在搭帐篷的时候来了风，结果人就像风筝一样被吹了起来，一瞬间物资全被吹到了十几里之外。只不过让我觉得奇怪的是，定主卓玛为什么没有警告我们？戈壁上的风是很明显的，不要说老人，只要是在这里生活过一段时间的人都能摸到规律。

同样，不知道这风什么时候才能刮完。我曾经听说，这种地方一年只刮两次风，一次刮半年，一旦刮起来就没完没了。要是长时间不停，我们就完蛋了。

闷油瓶和那个"黑眼镜"很快又出去了，肯定又是去找其他人。这里的人显然都受到了惊吓，没有几个人说话，都蜷缩在一起。我觉得好笑，心说还以为这些人都像印第安纳·琼斯一样，原来也是这样不济，不过我随即就发现自己的脚不停地在抖，也根本没法站起来。

递给我水的人问我没事吧，身上有没有受伤。我摇头说没事。

说实在的，在长白山冒着暴风雪的经历我还记忆犹新，现在比起那时候，已经算是舒服了，至少我们可以躲着，也不用担心被冻死。

迷路

199

倒了一点儿水给自己洗脸，眼眶被风镜勒得生疼，这个时候也逐渐舒缓了。

放松了之后，我才得以观察这坑里的人，我没有看到阿宁。定主卓玛、她儿媳妇和扎西三个人，在凹陷的最里面，乌老四也在，人数不多，看来大部分人还在外面，没有看到高加索人。

这支队伍的人数太多了，我心想，阿宁他们肯定还在外面寻找，这么多的人，纵使闷油瓶他们有三头六臂，也照顾不过来，幸好不是在沙漠中，不然，恐怕我们这些人都死定了。

三个小时后，风才有所减缓，闷油瓶他们刚开始还偶尔能带几个人回来，后来他们的体力也吃不消了，也就不再出去了。我们全部缩在了凹陷里面，昏昏沉沉的，一直等到天色真的黑下来，那是真的漆黑一片了。外面的风声好比恶鬼在叫，一开始还让人烦躁，到后来就只感觉想睡觉。

我早就做好了过夜的准备，也就没有什么惊讶的，很多人其实早就睡了。有人冒着风出去，翻出了在外面堆着的行李里的食物，我们分着草草地吃一点儿后，我就靠在黄沙上睡着了。

也没有睡多久，醒来的时候风已经小了很多，这是个好迹象。我看到大部分人都睡了，扎西坐在凹陷的口子上，似乎在守夜。这里并不安稳，在我们头顶上的不是石头，是干裂的泥土和沙石，所以不时地有沙子从上面掉下来。我睡着的时候吃了满口的沙子，感觉很不舒服，一边吐出来，一边就往扎西身边走去。

我并不想去找扎西说话，扎西不是一个很好相处的人，或者说他对我们有戒备，而我也不是那种能用热脸去贴别人冷屁股的人，所以他的态度我并不在乎。我走到他的身边，只是想吸几口新鲜的空气，换个地方睡觉。

不过我走过去的时候，就听到外面有声音，然后看到外面有矿灯的光线，似乎有人在外面。

我心中奇怪，问扎西怎么了。扎西递给我一支土烟，说阿宁回来了，风小了，就叫了人出去找其他人，顺便看看车子怎么样了。

我想到陷在沙子里的车子，心里也有一些担心，这么大的风沙，不知道这些车子挖出来还能不能开，而且我比较担心高加索人，不知道他回来了没有，于是戴上了风镜，披上斗篷也走了出去，想去问问情况。

一走到外面，我心里就松了口气，外面的风比我想象中还要小，看来风头已经过去了，空气中基本上没有沙子了。我扯掉斗篷，大口地呼吸了几下戈壁上的清凉空气，然后朝矿灯的方向走去。

那是河床的方向，我走了下去，来到他们身边。

他们正在查看一辆车，这辆车斜着陷在了沙子里，只剩下一个车头，阿宁拿着无线电，正在边上焦急地调拨着频率。

我问他们："怎么样？"

一个人摇头，只说了一句："妻离子散。"

我莫名其妙，并不是很能理解他的意思，于是看向阿宁。

她看到我，很勉强地笑了笑，就走过来解释道："刚才定主卓玛说，可能还要起风，我们必须尽快找到更好的避风点。不过我们的车都困住了，有几辆肯定报废了，其他的恐怕也开不动了，需要整修。"她顿了顿，"最麻烦的是，有四个人不见了，有可能在刚刚风起的时候就迷失了方向，我们刚才找了一圈也没找到。"

我问是哪几个人，阿宁就说是那个高加索人，还有三个人我不熟悉。

高加索人失踪的时候是和我在一起的，我就给他们指了方向，问他们有没有去那一带找过。阿宁就点头，说附近都找了，这些人肯定走得比她想象中更远。

我叹了口气，安慰了她几句，让她不要着急。这些人都有GPS，而且风这么大，肯定走不远，现在还有风，视野不是很清晰，等天亮了，找起来就方便点儿了。

她咬着下嘴唇点了点头，但是表情并没有变化，这让我感觉似乎有些不妙。我对戈壁也不熟悉，此时不知道会发生什么事，只好闭嘴了。

我们强行打开了那辆车的车门，拿出了里面的装备，然后他们还要去找下一辆，我只好跟着过去。

此时我发现车子之所以会被掩埋，似乎不是因小说中经常提到的流沙，而是河床底部的地被压塌了，车子整个陷了下去，但还没有没顶。有个人告诉我，是盐壳被压碎了。这里的戈壁下面，很多地方都是盐壳，这里又是河床，之前有水的时候，河底的情况非常复杂，有大量的沉淀物，干旱之后，盐壳结晶的时候就留下了很多空隙，所以这种河床中有些地方其实像干奶酪一样，并不经压，我们停车停错了地方。

我奇怪道："但是我们一路过来都是在河床上走的，一直没出事情啊。"

那人道："那是因为之前我们走的河道已经干涸了很久，但是现在我们脚下的河道干了最多半年。你没有发现这里几乎没有草和灌木吗？"

我吃惊地看了看四周，果然如此，四周光秃秃的，连梭梭都不长。

那人朝我道："我们现在肯定是在朝这条河的上游走，这条河的尽头肯定是一座高山，如果河流没有改过道的话，在这种河的附近肯定会有古城或者遗迹，这说明那个藏族老太太并不是瞎带路的。我老早还以为这老太太是个骗子。"

我看着他指的河道上游，在平坦的戈壁上好像真有点儿什么。想起在风里看到的那巨大的黑影，我总感觉那不是我的错觉。

当天晚上，我们将所有的车都找出来了，然后把行李都集中了起来。天亮的时候，其他人陆续醒了，阿宁开始组织他们忙活，修车的修车，找人的找人。

我和另外几个晚上找车的人就吃了点儿东西，到睡袋里去补觉，非常疲倦，一睡就睡到了夕阳西下。

醒来之后，风已经完全停了，沙尘都没了，那批人的效率很高，好几辆车都修好了，整装待发，各种物资也都重新分配好了，正在重新装车。

阿宁一天一夜没睡，不停地听着无线电，闷油瓶和那个"黑眼镜"都不在，一问，两人还在外面找那四个失踪的人。

我听了感觉到不太妙，已经一天时间了，那四人竟然还没有找到，不是有GPS吗？难道真的如扎西说的，这东西在戈壁里不管用？

我从包里拿了干粮出来，边吃边到阿宁身边问具体的情况。

阿宁眉头紧锁，黑眼圈都出来了，感觉很憔悴，问她她也没什么心思回答我。对讲机里发出的声音一直是在外面找人的对话，用的是英文，我草草听了，都不是好消息。

我问她要不要我也出去找一下，她就摇头说不用了，已经分了三组出去，都在找第三遍了，我去了也不见得有用，让我收拾一下。扎西他们在前面二十公里的地方发现了一个魔鬼城，等一下我们出发到那里去休整，晚上还要起风。

我看她的样子已经焦头烂额，也不想烦她，就去看另外一批人修车，帮忙递工具。

看了半个多小时，扎西回来了，对我们说又要起风了，前面的地平线已经起沙线了，我们要快走，不然车子就白修了。

我们马上准备，很快就把东西准备好了，因为车子少了，没修好的车子就给拖在后头，我和几个藏族人一辆车，起程朝太阳落山的地方出发。

在浩瀚的戈壁上大概开了二十分钟，夕阳下，前方出现了雅丹地貌的影子，一座座石头山平地而起，对讲机里传来扎西的声音，指引我们调整方向，很快便有一座巨大的"城堡"出现在视野里。

那就是扎西选择的避风的地方，我们直开过去，开近看时，发现那是一座馒头一样的大石山，后面就是一大片石山逐渐密集的雅丹地貌，好比城堡后面的防御工事。

魔鬼城又叫风城，是大片岩石被大风雕琢出来的奇特地形。一大片区域内分布着大量奇形怪状的岩山，可以给人想象成各种诡异的事物，而且风刮过这些岩石的时候，因为分布的关系，会发出鬼哭狼嚎的声音，所以叫作魔鬼城。在戈壁上，这样的地貌非常常见，以前我在新疆参观过，这一次并不好奇。

我们在那"城堡"外面、一座底部平坦的岩山处停了下来，扎西先跳下来吆喝，我们都下来开始扎营。两个小时后，果然就开始起风了，一下子又是遮天蔽日的风沙，一直刮到半夜才像昨天一样慢慢小下来。

风太大，魔鬼城里鬼哭狼嚎的，谁也睡不着，直到风小了，一个一个才逐渐睡了过去。那两个白天睡觉的守夜，这两人都对魔鬼城很感兴趣，看我和扎西也没有睡，就到外面拍照去了。扎西让他们小心点儿，不要走进去，说里面很容易迷路。

我白天睡了觉，非常精神，阿宁则是在琢磨明天的搜索办法，手还一直抓着对讲机，看来不找到那几个人，阿宁是不会休息了。

我过去劝她睡一会儿，还没说几句话，忽然就有人在远处的戈壁上大叫："队医！队医！"

阿宁的队医是个胖子，也没睡，在看书，一听就起来了。我们也朝那边望去，就听到那边在喊："快过来！找到阿K了！"

阿K就是失踪的四个人中的一个，我们一听全部跳起来了，三步并作两步地跑过去，一下子就看到是那两个拍魔鬼城的人，在一个土丘上朝我们招手。冲过去一看，只见在土丘上有一个大坑，坑底就躺着一个人，正是那个叫阿K的。

队医跑得气喘吁吁，跳了下去，摸了一下，就大叫："还活着！"

几个人手忙脚乱地冲下去抬人，队医大叫让把他抬到帐篷里去。

现场一片混乱，扎西背起那人跑了回去，我就给挤到了一边，看了看那个坑，又看了看我们来的方向，心说天哪，这人怎么会倒在这里？这里距我们昨天停车的地方有二十公里还多啊，而且当时这方向还是逆风，他是顶着风过来的？

回到队医的帐篷里，看着队医抢救，很快阿K就被救了过来。队医松了口气，说只是因为疲劳过度晕倒了。队医给他打了一针，很快他就醒了。

他醒了以后，我们就问他是怎么回事，他说他也不知道是怎么回事，一路走，走着走着，就看到前面有影子，他以为有石头山，就靠过去，结果走啊走啊，也不知道走了多久，就摔坑里去了，说着他就问："哎，那个老高和另外两个人回来了没有？"

老高就是高加索人，我一听他说那影子的事情，心中就一个激灵，想问他详细情况。但是阿宁一听到他问老高，马上就问他为什么这么问，是不是见过他们。

他道："当时他们就在我前面，我怎么叫他们，他们都不回头，想想是逆风走，他们听不到，后来我就摔晕了。怎么，他们没回来？"

阿宁惊讶道："你是说你在摔晕前还看到过他们？"

阿K就点头。阿宁转过头，对我道："听到了没有？发现阿K的地方是魔鬼城外面，前面就是魔鬼城，这么说，他们进城里去了！难怪我们怎么找也找不到。"

她眼睛里一下子就有了神采，马上拍手让我们出去。我们走出队医的帐篷，一商议，阿宁就坚持马上进魔鬼城去搜索。

这些人也不知道是怎么回事，逆风走了二十多公里，阿K在外面摔昏了，里面的人可能也已经精疲力竭了，必须马上把他们找出来，这样我们也可以安心一点儿。

我精神很好，就点头答应。我们马上整合了一下队伍，很多人都睡了，便没有叫醒他们，就是队医和我，还有阿宁，准备三个人先进去探一圈看看，其他人等两小时后再叫醒跟进来。

说完，我们马上开始准备，刚把包拿起来，一边的扎西就走过来，拦住了我们，道："等一下，我奶奶说，你们不能进去。"

阿宁很奇怪，问道："为什么？"

扎西对我们道："我奶奶说，你们眼前的这一片魔鬼城不是旅游景点，这片雅丹地貌大概有八十几平方公里，十分广袤，里面还是最原始的状态，没有任何路标，晚上在里面行进，如果不熟悉环境，非常容易迷路。而且据说这里面有很多流沙井，在1997年的时候，就有一队地质考察队员在里面失踪了，当时出动了很多人都没找到。直到1999年，在一次大风过后，几个摄影师在这里拍照片的时候，在一个沙坑里发现了两具干尸，其他的人到现在都还没找到。"

阿宁听了摇头，道："这你不用担心，我们带着GPS。如果像你说的，这里面地形这么复杂，我们更要进去，如果等到天亮去找，他们说不定就出事了。"

说着，就不听扎西的劝告，招呼一声，拧亮了手电，打算继续深入。

我想想她说得也有道理，扎西一直以来都扮演着危言耸听的角色，现在他的话阿宁自然不会全信，而且老外的做派是以人为本，放着那三个人不管，在他们心里相当于是亲手杀了他们，这些人没法做出这种决定。

我自然是要跟着去的，因为那三个人是和我一起的时候失踪的，或多或少，我也得尽点儿力，否则要是真有个什么意外，我心里也不会安宁，而且坐在这里也完全不可能睡着。

扎西还要说话，这时候一边的定主卓玛发话了。她摇了摇头，让扎西不要说了，接着用藏语对扎西说了几句什么。

扎西马上露出了很不理解的表情，然而定主卓玛的表情很坚决，扎西还要抗议一下，定主卓玛就呵斥了一声，扎西就不敢继续说话了。他对定主卓玛点了点头，退了回来，一脸郁闷地对我们道："你们走运，我奶奶让我带你们进去。"说着拧起手电，走到自己的行李边上，开始清理装备。

我听不懂藏语，问阿宁那老太太说了什么。阿宁也摇头，说声音太轻了听不到，大约是收人钱财、替人消灾这样的话吧。

我心里好笑，就看了一眼定主卓玛，这老太太已经回帐篷去了，看来倒是一点儿也不担心这些事情。

扎西把自己的装备清理了一遍，让我们把不必要的东西都放下，带上足够的水和干粮，还有信号枪，然后叫醒了一个司机，告诉他我们的打算。他让司机在外面待着，准备接应，如果看到我们在里面打信号弹就不要进来，在外面打信号弹给我们指方向就行。如果还没出来，等天亮了再让其他人进来找我们，他会沿途留下记号。

那司机迷迷糊糊地答应，我们四个人整顿了一下，扎西拉长个脸带头，往身后魔鬼城城口出发了。

我们避风的地方在魔鬼城的边缘，扎营的高大岩山之后便是一个陡坡，向下一直延伸，尽头是沙暴时看到的那座城堡一样的岩山，这应该是魔鬼城里比较高的一块岩山了。

扎西在陡坡上用碎石头堆了一个阿拉伯石堆，为后来的人指示方向。他说，一路过去只要有转弯他就会堆一个，而一旦在前进过程中看到自己堆的石堆，我们就不能再前进了，再前进就开始绕圈子了，这是他的底线。

我们感觉有道理，就说没问题。

很快就走入城口，我们进入了魔鬼城的旦面，四周的景致开始诡异起来。举目看去，月光下全是突出于戈壁沙砾之上的黑色岩山，因为光线的关系，看不清楚，但手电照去可以看到岩山上被风割出的风化沟壑十分明显。在这种黑色下，少数月光能照到的地方就显得格外惨白，这种感觉，有点儿像走在月球表面。

我一路看着，一路想着当年学的地质力学里的内容，可差不多已经忘记得一干二净了，只知道这个地方的雅丹风蚀岩群还未成年，大概是地势比较低，岩山和土丘暴露出地表的时间不长，并没有被风化得十分厉害，所以大部分岩山和土丘还十分高大。

在这种情况下，我们只能在岩石、土丘之间穿行，无法像在其他魔鬼城一样随意地爬上土丘。不过，这种地貌下的山谷并不平坦，高的地方突出在沙砾之上，低的地方则被戈壁覆盖。在地质学里，这种岩山其实都被认为是地下山脉的山顶，别看它们只有十几米高，但是我们脚下有着巨大的岩石山基。这些藏在沙砾下的大山都是昆仑山的支脉，从理论上说，我们现在也是行走在昆仑山上。

不过我没空多想这些学术问题。往里走了两三公里后，阿宁开始用对讲机呼叫，我们则大声地喊起来，希望那三个人能听到我们的声音，给我们回应。

在寂静的魔鬼城，我们的声音一下子就被反弹成无数种回声，重叠在一起传播出去，听上去非常诡异，好像来自幽冥的鬼声。

就这样一边喊一边走，找了两三个小时，我们已到了魔鬼城的深处。手电发出的光扫着四周的岩石，眼睛也花了，嘴巴也喊麻了，可是根本没有发现一点儿高加索人他们的影子。我们的喊声没有得到任何回应，回答我们的只有我们自己的喊声的回音和轻微呜咽的风声。

我们停下来休息，阿宁就问扎西，按照他的经验，怎么找会比较好。

扎西摇头："也只有你们这种办法，我们现在大概走了七公里，按照直线距离，我们已经走了很长一段路了，但是其实我们早就不知不觉地转了方向，看指南针，现在我们几乎在往回走，人在这里好比蚂蚁一样，会不知不觉走S形路线，所以说我现在只能保证带你们出去，找人我没法提供建议……他们不动还好，如果他们也在找出路，那你说在八十平方公里的迷宫里两队人相遇的概率是多少？"

阿宁对这个回答不满意，皱眉道："你们之前就没有人走失过？"

扎西堆着石头堆，头也不抬地摇头："这种地方晚上我们从不进来。"

说完，他就叹了口气，不知道是什么意思。

阿宁看我们的表情，鼓舞了我们几句，让我们不要灰心。不过作用显然不大，我们抽了好几根烟，稍微恢复了一下精神，继续前进。

可是，事情还是没有朝我们期望的方向发展。又一边喊一边走，也不知道走了多长时间，其间休息了四次，扎西堆了不下三十个石堆，却还是连个人影也没有看到，没有任何回应，寂静的魔鬼城好像吞噬掉了我们所有的声音。

而让我真切感觉到可怕的是，我们没有看到任何一个扎西堆的石堆，说明我们还在前进。这魔鬼城好像真的是深不可测，不知道里面还有多少路程。

继续往前，我们走进了一个由岩石夹成的峡谷，在一块大石头下，实在是走不动了，只能第五次停下来休息。

这时候我们嗓子都哑了，再也喊不动了。我们大口地喝着水，所有人都进入一种失语状态，脑子都有点儿空白起来。

沉默了一段时间，那个队医突然道："该不是这魔鬼城里真的有魔鬼，他们被魔鬼带走了吧？"

这话说得很突兀，我们都愣了一下。扎西瞪了他一眼，让他别胡说。藏族人比较传统，这种话听着不舒服。

"魔鬼肯定是没有，人也肯定是在这里。"隔了半晌，扎西含着一口水，边润喉咙边慢慢地说道，"只不过不知道现在是什么状况。"

几个人又沉默了下来，各自琢磨自己的心思。事实上我知道现在我们几个人心里想的都一样，已经不抱什么希望了。刚开始进来，我还认为找到他们的概率很大，至少能发现点儿痕迹，现在，则完全没了想法。

又休息了一段时间，阿宁看了看表，站了起来，招呼我们准备继续前进。我们都条件反射地站起来，深呼吸，准备振奋一下，继续呐喊。

就在这个时候，我们几个人都听到阿宁的对讲机里突然传出来一声人的大叫声。静电声音很大，非常刺耳，听不出是什么话。

四周安静得要命，这个声音把我们吓了个半死，马上看向阿宁的对讲机。

阿宁也愣住了，花了好几秒钟才反应过来，忙拿起对讲机仔细去听。

那声音又响了一次，静电极其刺耳，但是很明显能听出是一个人在呼叫。

"他们在附近！"我们惊叫起来。阿宁几乎跳了起来。

魔鬼城里的地形，对讲机几乎没有作用，只有在非常短的距离内，才能收到信号。阿宁一路调试就是想收到信号，然而都没有结果，现在突然有了信号，显然对方的对讲机就在非常近的地方。

我们都在心里长出了一口气，阿宁马上开始调频率，那声音清晰了起来，但是仍旧听不出在说什么。接着她对着对讲机大叫："我是领队，我们正在找你们，你们在什么方位？"

回答是一连串难以言喻的声音，干扰非常严重，但是语调变了，显然对方能听见我们的声音。

刚才的沮丧一扫而光，队医大叫了一声"Yes"。我也掏出了自己的对讲机，拍了拍，调了一下，看看是不是机器的问题。很快我也调出了声音，但同样是嘈杂的。

阿宁又呼叫了一次，这一次声音又稍微清晰了点儿，我们几个人努力去听，希望能听清楚对方在说什么。

听着听着，我就发现不对，对讲机那头的人好像不是在说话，那声音的语调十分古怪，很难形容，仔细听起来，竟然好像是一个人在怨毒地冷笑。

第二十二章 ● 魔鬼的呼叫

我"呀"了一声，感觉到不妙，再听了听，越听感觉越像。这绝对不是说话，虽不能肯定是笑声，但是十分相像。

其他几个人也意识到了，阿宁停止了呼叫，我们互相看了看，都有点诧异。

队医道："怎么回事？他们怎么在……笑？是不是听到我们的声音太开心了？"

扎西就反问道："你开心的时候是这么笑的？"

阿宁也是一脸的疑惑。她不再呼叫，而是继续调试对讲机，想让里面的声音更加清晰一点儿。

调试没有作用，不过那声音倒是又响了几分。我们再次贴上去听，听得更加分明了一点，真的非常像冷笑声，听上去是如此怨毒，根本不是正常人发出的，倒像是疯人院的疯子发出的。不过仔细去听，又感觉这笑声之后还有一些别的声音，非常轻微。两种声音混杂在一起，在带着恐怖色彩的魔鬼城里听上去相当诡异。

听着这不怀好意的冷笑，我感觉很不舒服。就连一路过来一脸臭屁的扎西现在都害怕了，脸色惨白，咽了口唾沫："怎么回事？这笑得真难听。"

阿宁做了个手势让他别说话，把对讲机贴近自己的耳朵，又听了一会儿，就道："这好像不是人的声音！"

"你别乱说！"队医叫起来，"不是人难道是鬼？"

"你们仔细听。"阿宁让我们凑近，"这声音的频率很快，而且，语调几乎是平的，已经响了五分钟了，你尝试这么笑五分钟给我听听？"

我一听，感觉有点儿道理，就问道："那这是什么声音？"

"这种频率，应该是机械声，比如说手表贴在对讲机上了，不过听频率又不固定，也有可能是有人在不停地用指甲抓对讲机的对讲口。"阿宁示范了一下，"加上静电的声音，就成了这个样子。"

"用指甲抓对讲口，他们为什么要这么做呢？"队医道，"为什么不大叫？这样也许我们不用对讲机就能听见。"

他话一说，扎西和阿宁的脸色都变了，我也突然意识到了什么："他们可能处在不能大叫，也不能说话，只能用这种方式和我们联络的处境中。"

"流沙坑！他们陷到流沙坑里了！"扎西叫了起来，"可能已经沉得只剩下个头了，那种情况下，放个屁人就会沉下去！"

我们一下子就紧张起来，马上站了起来，努力在四周的黑暗中搜寻，心说到底在哪里？

此时阿宁相当镇定，她拍了拍手，让我们不要慌乱："冷静，冷静，他们能发出信号，表示他们现在暂时安全，我们能收到他们对讲机的信号，说明他们肯定就在附近，我们应该很快就能找到。"

"但是说是附近，这附近也非常大啊，怎么找？"

阿宁让我们跟着，开始拿着对讲机四处走，判断信号传来的方向。

我一看对啊，我怎么没想到，也枉我还算是个博学的人，在这种地形中，能够收到无线电信号，必然在四周有无线电波衍射的缺口形地形处，而且无线电波的衰减程度和距离密切相关，所以通过对讲机接收的无线电波的强度就能判断无线电波发出的方向。

我们马上跟上去，走了一圈，发现峡谷的深处信号最强，显然发出信号的源头在峡谷里面。阿宁招呼了一声，我们就快速往里面跑去，同时扎西大叫："当心脚下，别光顾找！"

我们也管不了这么多了，一边跑一边找，很快就来到峡谷的尽头，出现在我们面前的是一座巨大的半月形土丘。土丘足有五十米高，好像一面巨大的风帆，非常陡峭，看样子没法爬过去。

懂对讲机的人一看就知道了，这样的地形，无线电信号是最弱的，这和在大山的山谷中信号最差是一样的。然而我们看向对讲机，那声音现在已经十分清晰，丝毫没有减弱，那就是说，发出信号的东西绝对就在这个半月形土丘围成的大概一百一十米长宽的区域内。

"就在这里？"我们都冒冷汗，感觉到不对，因为手电一扫，这片地方就一目了然，连个鬼影也没有。

"难道已经沉下去了？"我心里出现了一个不好的念头。

阿宁摇头，因为对讲机中的声音仍旧在响，就叫了一声让我们分开去找。

我们分散开去，仔细地搜索地面的痕迹，很快扎西就叫了起来，有发现了。我们冲过去，发现地上有非常杂乱的脚印，脚印不是我们的。

"他们就在这里。"扎西道，"这半月形的土丘好比是一个避风港，他们肯定是被狂风逼进来躲避的，而这里面几乎没有风，脚印才会留下来。"

我们马上顺着脚印往前找去，沙质的地面脚印非常清晰，可以看出是三个人的。我们跟着脚印走了十几米远，来到了那土丘的根部，脚印竟然戛然而止，没有拐弯的脚印，也没有流沙坑。

"难道走到土丘里面去了？"扎西咋舌道。

"不是！"阿宁露出了一个匪夷所思的表情，她抬头看向土丘，上面一片漆黑，什么也看不见，"他们爬上去了。"

这就怪了，我们都愣了，抬头往上看去，只见背光的土丘一片漆黑，犹如纯黑色的巨大黑幕。因为实在是太高了，我们手电的光扫射上去，根本照不出全貌。

他们上去干什么？难道这土丘上有什么东西？

这时候阿宁让我们退后，然后掏出信号枪，朝天打了一枪。

灼热的信号弹飞上半空，爆炸后把整片区域照得犹如白昼一样，那一瞬间，四周黑暗中的景象全都显现了出来。

我们全部将目光投向四周，一下子这么亮，眼睛有点儿不适应，还没有看清楚，就听到阿宁惊叫了起来："天哪！"

我们忙眯起眼睛抬头看向半空，在信号弹闪烁的光芒下，我们看到在半月形的巨大土丘的半山腰上，竟然镶嵌着一个巨大的物体。这个物体一半埋在土丘的里面，一半则突兀地横在半空。

第二十三章 · 沙海沉船

在信号弹燃烧的几十秒里，我们全都惊呆了。大家都看着那巨大的东西，脑子里一片空白，一直到信号弹熄灭，我们才反应过来，随即所有的手电都朝那个方向照了过去。

零碎的光线无法照出那个东西的全貌，在手电光的照射下，看上去也模糊不清，我们只能知道那里有个东西。如果刚才没有借助信号弹，单是手电光扫过，我们肯定不会注意到异样。而我们从下往上看，也实在看不分明。

"这是什么东西？"扎西自言自语了一声。

没有人能说出这是什么，我只能肯定这是一个古老的木质物体残骸，只是不知道是什么东西的残骸。这乍一看像一具巨大的棺材，然而仔细看又发现形状不对，似乎是建筑的残骸。然而，我从来没有见过形状这样古怪的建筑。

"爬上去看看！"不知道谁说了一声，我们才反应过来。他们几个想往斜坡上爬去，我忙把他们拦住，说道："别乱来，冷静一点

儿，这么高，而且是土丘，不是随便爬爬就能爬上去的，要是出了意外就糟糕了。"

阿宁也点头道："对！那三个人还没找到，这下面我们都找过了，没有发现任何线索，那么他们很可能在上面。现在一点儿动静也没有，肯定有问题，说不定这上面有什么危险，我们要小心。还是我先上去看看，如果比较好爬，你们再上来。"

说着，她把手电往腰带里一插，就让我们给她照明，自己准备往上爬。

这时候扎西拦住了她，道："别动，我来，这种事情没道理让女人去做。这种土丘我以前爬过很多，绝对比你有经验。"说着也不等阿宁回应，就咬住匕首，跳上土丘，然后用匕首做登山镐，开始向上爬去。

他动作很快，犹如猴子一样敏捷。我们用手电给他照着，就看见他"噔噔噔"地爬到了那个巨大物体的下方，几乎没费什么力气。他找了一个地方站稳，对我们做了个手势，意思是不算难爬，接着他就用手电去照那个东西。

在下面我们只能看到他的动作，看不到他照出了什么，心里很急。那队医问道："那是什么东西？"

"我不知道。"扎西的声音从上面传下来。我看他在上面挠了挠头，冒了一句藏语，然后说道："天，这……好像是艘船啊。"

"船？"我们互相看了看。扎西又叫了起来："真的是船！你们自己爬上来看看。"

他刚说完，阿宁就爬了上去。我动作笨拙，跟着阿宁。而队医太胖了，爬了几下就滑了下去。我们让他在下面待着，别乱来，然后朝扎西靠拢过去。

这土坡确实不难爬，虽然有点儿坡度，土也比较松软，但是上面坑坑洼洼的，很多地方都可以落脚。我们学着扎西用匕首当登山镐，三下五除二就爬了上去。

我手脚并用地爬到扎西的边上。这上面很冷，我踩着一个突出的土包，滑了一下后站稳脚跟，就朝那东西看去。不过我离得远，视线又被扎西遮住了，也看不清楚那是不是真的船。

我挪了一下，给自己挤出一个位置，这才看清楚。在扎西的手电光的照射下，我看见一块古老的残骸镶嵌在土丘里，只露出一半，另一半深深地插入土丘，看形状，确实是一艘古代的沉船。

阿宁点起一个冷焰火，往沉船上扔，四周就亮了起来。我发现这沉船的解体程度非常严重，几乎和那些泥融成了一体，木头的船身完全破碎了，已经炭化。在木船的一边还有一条巨大的裂缝，里面似乎是空的，我能看到里面的泥，但是最深的地方漆黑一片，看不清楚。

我转头看了看四周的地貌，心想这可是大发现。这里以前应该是古河道，这条古船在这里沉没了，被裹在了淤泥里。但沧海桑田，古时候的河道竟然变成了戈壁，而且这沉船的所在地竟然高出了地面这么多。

阿宁爬到那古船的边上，用手电照那个裂缝，看见里面有大量的泥巴和裹在泥巴里的东西。在泥巴里，还能看到很多类似陶罐一样的东西。

阿宁道："这似乎是艘去往西域通商的货船，这些是他们的货品。这简直是惊世的发现，现在还有很多人认定西域没有水路运输。"

古时候这里是十七条丝绸之路中比较险恶的一条，而西域各国就分布在这片荒芜的土地上，这里是阿拉伯文明和中华文明交易的中间地带。以前这里有无数河流，非常繁华，不知道有多少布匹和丝绸通过这些河道到达了西方，据说西域各国的皇室还能吃到中原的西瓜。当时这里的河道千变万化，有不少商船因为古河改道而搁浅沉没。这里的沙漠深处起码掩埋着上千艘沉船，却因为沙漠变化太频繁，几乎无法寻找，没想到这里竟然有一艘。

沙海沉船

217

队医在下面什么都看不到，很心急地大叫："看到什么？那三个人在不在上面？"

扎西对着下面叫了几声回答他，队医又说了什么就听不清楚了。

这时候我突然想到高加索人，可能他们也是因为看到这艘沉船，然后才爬上来查看的。下面全找过了，没有发现什么人，他们应该就在上面。可是四周的岩壁刚才都看过了，什么人也没有，这三个人到哪里去了？

这里除了这沉船，没有其他地方能藏人，难道那三个人在这沉船里面？

这时候月亮被乌云遮住了，四周一下子变得更加黑暗，我们几个人都找了个位置站稳。我让阿宁打开对讲机，再找找信号的位置。

阿宁拿出对讲机，一打开，那声音就响了起来，非常清晰。她挥动了一下，但信号都差不多。接着扎西指了指那船，让她对准古船试试。阿宁拿着对讲机，一靠近那古船的裂缝，我们真的就听到了从对讲机里传出来的无比清晰的声音。

我们互相看了看，都感觉到很不可思议。看样子，信号真是从这古沉船里面发出来的。

扎西看了看那裂缝，说道："真见鬼，难道那三个白痴爬到里面去了？"

那裂缝很宽，人确实可以爬进去，只是这里面的空间不知道能不能容纳下他们三个。我们用手电往裂缝里照，发现里面非常深，最里面很黑。我喊了好几声，但是没人回应。

"怎么办？"

"可能是他们进去过了，但是又出来了，然后把对讲机掉在里面了。"阿宁说，"也有可能他们在里面出了意外。"

"那这声音是怎么发出的？"我问道。

"这个没人能回答你，不过进去看看就知道了。"阿宁给我使了个眼色，说着就放下背包，意思好像是让我和她钻进去看看。

扎西是向导，要保存实力。这里就我和阿宁的体形比较正常，我也没法说不行。她脱掉外套，咬住匕首就猫腰先爬进了裂缝里。

一进去，船身上的泥巴就不停地往下掉，还好船身比较结实。她进去后停了几秒钟，稳了一下，扎西就把手电递给了她，然后我也脱掉外套爬了进去。

这裂缝正好能让我爬进去，不过里面比我想象中的要宽大。我笨手笨脚地进去，发现里面完全是个泥土的世界，头顶上全是干泥，人没法坐起来，只能匍匐前进。本来这船舱内的空间应该很大，然而现在基本上全塞满了泥土，我们其实就是在一个泥洞里。

阿宁开着对讲机，此时对讲机正清晰地发出那犹如冷笑一般的声音，那声音在这里格外响亮。看着船舱内部漆黑一片，我的心提到了嗓子眼。到底是什么在发出这种声音呢？

阿宁在里面用了一个侧爬的姿势，就是士兵拖枪匍匐前进的那种动作。她用单手前进，另一只手打着手电开始四处照射。我喘着粗气学她的样子，也开始用手电去照四周的泥巴。真的全是泥，除了能看到零星镶嵌在泥里的一些木片，我感觉自己好像是在地道战的场景里。

这些肯定是沉船之后从破口涌进来的泥土。当时的船应该没有完全沉没，所以泥没有充满整个船舱。这些泥巴下面应该都是当时的货物，不知道里面运的是什么。

往里面爬了七八米，我们就能够直接听到那种奇怪的声音了。没有对讲机的过滤，那声音听上去稍微有些不同，是从船舱的最里面发出来的，很轻。阿宁停了停，关掉了对讲机，向着那个声音的方向爬去。

我稍微和她保持了距离，留出足够她退后的空间。没爬几步，阿宁惊叫了一声，停住了。我也赶紧爬过去，从她侧面探头过去，看到船舱尽头给泥土覆盖的"甲板"上，有一个圆桌大小的洞，好像是坍

塌后形成的，下面竟然还有空间。我用手电往下照去，下面一片狼藉，全是从上面塌落下来的土块，一个人就埋在里面，只露出了上半身。

我用手电一照，发现那就是失踪的人中的一个，脸上全是泥，脸色发青，不知道是死是活。那冷笑一般的声音就是从下面的土堆里发出来的。

"真的在里面！"我大叫起来，心说这帮人也太能玩儿了。我边叫喊着边往前挤，想赶紧下去把他挖出来。

没想到我突然一叫，那种冷笑一般的声音一下子就消失了，整个船舱突然安静了下来。

这一静把我吓了一跳，手脚不由自主地停了停。

随即我就想到，刚才我们讨论过，这声音是他们的求救信号，现在我大喊了一声，这声音就停了，显然有人听到了我的叫声，于是停止发出信号。这有两个可能：一个是他认为救援已经在身边，没有必要再发出这种声音来吸引我们；另一个是他听到我们到来，信念一松，失去了意识。

无论是哪种，我们都必须马上把他救出来，特别是后一种。我知道很多求救的人就是在得救前一刻失去求生意志而功亏一篑的。

阿宁和我想法相同，她让我给她照明，自己则爬了过去，然后小心翼翼地翻身滑进了那个洞里。我跟着过去，阿宁让我别下去了，在上面接应。

扎西在外面听见了我的叫声，对我们大叫，问里面情况。我让他等等，我看清楚再说。

在这个位置上看得更加清楚，那洞口下面应该是古船的第二层货仓，或者叫底舱，一般是用来放置一些容易破损的东西，因为底部的晃动不会很强烈。底舱的空间不大，里面也全都是泥土，但是被侵蚀的程度远远小于我待的地方。我基本能想象出这艘船的内部，可以看到那些泥土里混杂着很多陶罐，应该是货物，不知道里面装的是什么东西。

阿宁下去之后，马上就拨开那人身上的土块，然后把手放到他的脖子上，感受脉搏。

我忙问："怎么样？"

阿宁明显颤抖了一下，回头对我摇头，示意已经不行了。

我叹了口气。阿宁开始挖土块，很快把那个人挖了出来，然后用力地拖到一边。这时候我发现被挖开的土块里面出现了另外一个人，我看到了头发和一只手。阿宁继续挖掘，然而这个人埋得比较结实，她挖了一会儿也没有起色。

我实在看不下去了，也跳下去帮忙。我一摸到那人的手，心里就一沉，知道也没戏了，那人的手冰凉冰凉的，已经死了。

我们花了九牛二虎之力才把他挖出来，也拖到了一边。在这个人的下面，我看到了高加索人苍白的脸庞，他蜷缩着身子，瞪着眼睛，手往前伸着，握着一只对讲机，保持着一个僵硬的手势，好像是想要从里面爬出来。

看来发出信号的就是他，我看着那只对讲机心想。

我将他拉出来，阿宁又摸了摸他的脖子，脸色一变："还活着！"于是立即解开了高加索人的衣服，然后给他做心肺复苏，同时对我大叫，"告诉扎西，让队医准备抢救，有人被掩埋窒息。"说着就去给高加索人做人工呼吸。

我忙爬起来对外面大叫，扎西听到之后，马上也对土丘下的队医叫了起来。我转头，看到高加索人抽搐了一下，人缩了起来，同时开始呕吐，显然恢复了呼吸。

"你上去接手！"阿宁用一种不容置疑的口吻对我道，语气很平，但是充满了威严。

我愣了一下，被她这种神态电了一下，像条件反射一样按照她的说法做了。接着阿宁迅速脱掉自己的衣服，绑在高加索人身上，做了一个简易的拖架，然后把衣服的袖子扔给我，叫我用力。

沙海沉船

221

我在上面咬紧牙关用力往上拉，她在下面抬脚，把高加索人运了上来。然后，我一路往后，用力将他拖出沉船的裂缝。

外面的扎西已经在准备了，高加索人刚被拖出来，扎西就把高大的高加索人整个儿背到了身上，用皮带扣住，然后向下爬去。我累得够呛，一边把阿宁从里面扶出来，一边喘着气跟着，护住扎西，一点一点爬了下去。

费了九牛二虎之力，好几次看到扎西差点儿摔下去，幸亏他反应够快，每次都能借助插入土里的匕首定住身体。好不容易爬到了土丘下，队医已经准备好了一切。我们把高加索人放到地上，队医马上准备抢救。

可是刚撕开高加索人的衣服，他突然就抽搐了起来，一把扯住了队医的衣服。我们赶紧过去把他按住。队医揭开他的外衣，我就一阵作呕，只见他保暖外衣的里面全部是血，显然有外伤。

队医又用剪刀剪开他里面的内衣，当掀起带血的布片时，他叫了一声："天哪！"这时我几乎要呕吐出来。只见高加索人的肚子上全是一个一个细小的血洞口，没流多少血，洞口十分细小，但是密密麻麻，足有二三十个。

"这是什么伤口？"扎西问道。

队医摇头："不知道，好像是……什么东西扎的，类似于螺丝刀这样口径的东西。不过衣服怎么没破？你们在现场没注意到？"

我们都摇头。其实当时比较混乱，我们真没有注意到他的肚子，但是他的衣服没有破洞我们可以确定，应该不是坍塌造成的外伤。

现在也管不了这么多了，队医让我们帮忙按住，先给他包扎，然后简单地检查了一下，给他注射了什么东西，最后拿出一个小氧气包给他吸。大概是那一针的作用，高加索人慢慢地安静了下来。

做完这些，我们已经全身是汗，队医擦了擦汗，就让我们想办法。这人现在十分虚弱，我们不能把他带出去，但是那些比较大的设备都在外面的车上，需要搬进来，另外还需要帐篷和睡袋给他保暖，等他稳定下来才能把他带出去。

这里只有扎西知道该怎么看他的石头堆，他就说他去拿，顺便叫些人进来帮忙。我们一路走进来花了很长时间，不过出去就会快很多。我说跟他一起，他说不用了，他一个人更快，我在这里多个照应。

说完他就跑开了。队医解开高加索人身上的衣服，还给阿宁，然后拿出背包里的保暖布，给高加索人的几个重要部位保暖。

我点起无烟炉子，加大火焰，放到一边，给几个人取暖，同时拿出烧酒，这些东西都是为了驱寒用的。我们刚才出了一身的汗，戈壁的夜晚相当冷，很容易生病。

大火烧起来，照亮了四周，一下子就暖和了起来。队医继续处理高加索人的伤口，我和阿宁退到一边，几小时的疲劳一下子全部涌了出来。我坐到一块大石头上喝水，阿宁披上了衣服，我们两个都是一脸的泥土，十分狼狈。我朝她苦笑了一声，却看到她一脸疲惫地靠到了土丘上，摆弄着对讲机，似乎相当沮丧。

我想起刚才她那种气势，心说真是不容易，她一个女人能在那种场合干练到那种样子，估计也是逼出来的。一个女人要强悍到这样，真是有点儿辛酸。

不过说来也奇怪，看她也不像是缺钱的样子，干这种事情也不见她开心，到底她为什么非要为裘德考卖命，而且还拼命到这种程度？真是想不通，以后有机会要好好问问她。

喝了几口水就想方便，于是我绕了个圈子到了土丘下面放水。在沙漠里这批人都是这个样子，我也习惯了。

尿着尿着，忽然我就听到一边的石头后面传来一声怪异的冷笑，那声音和刚才在对讲机里听到的如出一辙，顿时让我浑身一凉。我转头往那块石头看去，心说，难道一直听这个声音，出现幻听了不成？

第二十四章 · 西王母罐

刚才那一个多小时都是听着那怨毒的冷笑般的信号，一路过来，脑子里几乎习惯了这种声音，在船里突然安静了下来，我已经感觉到有点儿不适应。不知道为何，现在我又听到了同样的声音出现在四周的黑暗里，那声音我一直感觉到不妥当，这时候听到，心里觉得十分异样。

虽然感觉也有可能是幻听，但是在这种地方还是不要想当然的好。我拉上拉链，打起手电，朝那块石头后面走去。

石头很不规则，不知道是什么种类的岩石。这里都是土丘，不知道这些乱石是从哪里来的，总不会是地里长出来的。

石头后面漆黑一片，有一个手电没法照到的死角。我绕过去一照，却什么也没有看到，石头后面的缝隙很小，不太可能藏什么东西。我踢了一脚这石头，发现不太稳，在四周又照了照，也没看到什么，一切都很平静，心说也许我真的听错了。摇摇头，我就走了回去。阿宁问我怎么了，我告诉她说可能是有点儿神经过敏，以为那里有什么东西。

坐回到篝火边取暖，两相无话，我靠到了石头上，本来只想闭目养神，怕还有什么事情会需要我帮忙。然而疲倦袭来，我很快就有点儿迷迷糊糊，也不知道什么时候睡了过去。

醒过来的时候，天已经亮了，但还不是很亮，好像是清晨。这时风已经完全停了，我听到了扎西的声音，爬起来一看，只见他们都进来了，好像外面的营地给搬了进来，四周搭起了帐篷和篝火。高加索人已经被挪到了帐篷里面，阿宁还在一边的睡袋里休息，有人在四周忙碌着。

我身上多了条毯子，不知道是谁给我盖的。我挣扎着爬起来，打着哈欠，往四周看去。第一眼，我就被四周那些风蚀岩石的景色吸引了注意力，不由得愣了一下。

白天的魔鬼城视野极度宽阔，四周风蚀岩比晚上看上去要壮观得多，拔地而起的巨大山岩犹如金字塔一般矗立在我们的四周。那些晚上看上去黑漆漆的岩石，现在显现出了各种奇异的形态，配上戈壁的无限苍茫，这种壮观的感觉不是用语言可以形容出来的。

这里还不是成年的雅丹地貌，要是再经过一百万年的风沙磨砺，这里的景色该壮观到什么程度？

我看着发了一会儿呆，才回过神，注意到四周的人，他们正在从土丘上的沉船里运东西出来。土丘比我昨晚看到的还要高大得多，他们在上面打上了钉子和绳子，便于攀爬，还做了一个吊篮，有人在上面发掘，乌老四则在下面接应和整理，东西直接从吊篮吊下来。

定主卓玛和她的儿媳妇煮了早饭和酥油茶，她看到我醒来，就做了个手势让我去吃。我过去喝了碗茶，拿了一个面包，边吃边走到乌老四身边问他们在干什么。

乌老四听说是行内人，被裘德考招安的，对我有点儿喜欢，看到我过来就点点头，对我说高加索人的伤势比较严重，队医还在检查他腹部的伤口，有感染的迹象，所以可能队伍要退回去整顿再作打算。他们不想空手回去，这沉船也算是个大发现，他们想记录一下，带点儿东西出去通报给公司。

我坐到他边上，看了看头顶的沉船，真大！晚上感觉不到有这么大，看上去这船是正规的商船，头部大概是以前土丘坍塌过才露了出来，架在半空，下面已经给上了支撑的支架。

我又低头看他们从里面清理出来的东西。那些陶罐一个个都有抽水马桶那么大，奇怪的是一个都没有破损，看来沉船的过程十分缓慢。罐子上面有着西域特有的花纹，有些是黑色的图样，有些则是类似于文字样的，都不是汉人的东西。我问这是什么，乌老四就摇头说没人知道。西域的文化非常特别，又非常神秘，而且留存又相当稀少。西域五千多年的历史，这么多古城城池，都给戈壁黄沙掩埋了。可可西里和塔克拉玛干在古时候都叫作西荒，人口十分稀少，现在要研究实在太难了。

"不过这些古陶的历史相当久了，一般我们西域交易都是瓷器。这些陶罐是陶发展到顶峰时候的产物，应该是唐朝以前的。不知道是中原运出到西域的，还是西域运出到阿拉伯世界的。这片区域应该是西王母国的疆域，不知道是否和西王母国有关系。"旁边另一个戴眼镜的人说。

乌老四就点头赞同，说："我也感觉很有可能，你看。"他指着一个陶罐上的花纹，那是一只鸟的图案，"这是传说中西王母的图腾之一，三青鸟。当然，也不排除其他国家的人也会使用。当时西王母国还是西域的精神中心，因为其诡异和神秘，即使它已经没有周时期的强大，其他国家仍旧敬畏西王母传说中的魔力，因而都要来朝奉，或者在形式上表现出崇拜。"

我对此完全没什么兴趣，这些属于考古的范畴了，于是就打断他们，问道："那这罐子里有什么东西？该不是空的吧，那多浪费。"

罐口都被封着，是用一种特别的泥封上的，绿绿的，黑黑的，有点儿像酒坛子上的那种泥封口。我闻了闻，有点儿辛辣的气味，感觉很熟悉，搬了搬，罐子有点儿分量，肯定里面有东西，不过不是液体。

我问他们为什么不打开。乌老四说他们尽量不破坏这些完好的，等会儿看看有没有破损的，就不用开了，万一里面的东西比较珍贵，禁不起氧化，这样可以节省一下，防止考古浪费。

我就笑了，心说三叔他们可没这一套，要是胖子在，肯定不由分说就砸开了。

不过我们得尊重别人的做事方法。我吃完最后一口面包，就和他说："那你们自己先搞，到时候找到罐子，打开的时候叫我一声。"说着就走到高加索人的帐篷里，去看他的情况。

走进帐篷我就发现很局促，仔细一看，才发现另外两具尸体也搬了下来，躺在一边盖着保温布。队医一个晚上没睡，眼睛明显黑了一圈，正在给高加索人测体温。

我问他情况，他就跟我说了一遍，说人很迷糊，说胡话，但比之前有起色，窒息和缺氧应该没关系了，只是这肚子上的古怪伤口……他让我看那两具尸体，也有同样的伤口，一个在胸口，一个在大腿内侧，都出了少量的血，但是外衣上都没有洞，不知道是怎么产生的。

我走到高加索人身边，他的脸色发白，满头是汗，但呼吸器不用了，显然是稳定了。我看到他嘴唇一动一动的，好像在说什么。我贴近了听，不是中文，好像是英文。

"他在说什么？"我问队医。我的英文到底是不怎么样，谈生意还可以，听胡话就不行了。

队医也摇头，说他也听不清楚，他的英语也不好。不过意识有点儿恢复之后，高加索人就一直在念叨这个。

我俯下身子，想凑近了听，还是不行，就只好放弃了。走出帐篷，想回去再睡个回笼觉，反正这里也没我的事情。

到了睡觉的地方，躺下琢磨着昨天晚上的事情，很快就睡了过去。不知道睡了多长时间，突然听到有人叫我的名字。我迷迷糊糊地坐起来，看到乌老四那里围了很多人，他在朝我招手，好像有什么事情。

我爬起来走过去。一走近他们，我就闻到一股极其古怪的味道，说臭不臭，但是闻了就感觉喉咙发辣，好像吸了硫酸气一样，十分难受。我捂住鼻子凑过去看，原来是他们找到了几个破损的罐子，正在砸罐子，乌老四让我来看。

有十几个罐子已经给砸碎了，乌老四正在一个一个往外倒里面的东西。我首先看到的就是泥屑，里面全是黑色的干泥屑，在这些泥屑中有一种土球，上面全是泥，非常恶心。奇怪的是，这些球的表面粘着很多黑毛，看着非常不对劲。

一边已经堆了十几个土球，不知道是什么东西，我心说，难道是当年的西瓜，现在都变成石头了？

走近了再仔细一看，我就感觉一阵窒息。我发现，那些泥球竟然都是一个个裹在干泥里的人头，那些黑毛，竟然是人头上的头发。

第二十五章 · 鬼头

　　我感觉有点儿恶心，乌老四他们显然也没有想到这些陶罐里竟然装的是这种东西，都带着既厌恶又诧异的神情。

　　其他人看人群积聚，也逐渐聚拢了过来，几个藏族司机从来没见过这种事情，都很好奇，凑过来看。

　　我捂住鼻子看着乌老四戴上手套，捧起人头清理上面的泥土。这东西年代十分久远，但是头发还是很坚韧，皮肉都腐烂掉了，掰掉上面的泥土，能看到干瘪的皮肤和空洞的眼洞。这是一个古人的骷髅。

　　边上那个戴眼镜的人比对了一下人头和罐口的直径：头骨大，陶罐口小，显然人头是放不进陶罐的。

　　"这是怎么回事？"我问他。

　　"这就是西王母部落的诡异传统，这个肯定是西域其他部落的奴隶，可能在两三岁的时候他的脑袋就给装进了这陶罐里，然后一直长到成年，脖子和陶罐的缝隙里塞不进食物为止。那时候他脑袋早就出不来了，接着就砍掉他的头，把这陶罐封起来，献给西王母做供品，这是人头祭祀的传统。"眼镜男说道。

"我靠，这也太邪了，咱们《西游记》里的西王母挺和蔼的，不像这么阴毒的人啊。"一个人咋舌道。

"那个西王母是中原化的西王母，真实的古代传说中，西王母是个厉鬼一样的东西，根本就不是个人。"有人就给他扫盲，"当时的那个年代，靠和蔼统治不了人，统治者都是靠这些诡异残忍的神秘仪式，渲染自己的超自然力量，以此进行统治的。"

我就问乌老四，这人头为什么要放在这个罐子里，砍了就砍了，何必这么麻烦。

乌老四就道："有很多的西域部落都认为人死之后灵魂是从眼睛或者耳朵里飞出去的，放在陶罐里杀头，就是为了把这个人的灵魂困在这个陶罐里，这样祭祀才有意义。祭祀完成，这些人头一般都会堆在一起，喂食乌鸦，或者抛进海水里喂鱼。这在中原也一样，我们叫作鬼头坑，河北易县燕下都遗址就有一个'人头堆'，和这种类似。"

我听着就觉得脖子不舒服起来，这样的事情也只有在蒙昧时期才有，然而我有时候真的怀疑这到底是谁第一个发明的，古人是什么时候开始信奉起这种血腥的东西的。

"可是把他的头从小塞进这种陶罐里，他平时怎么生活啊？"有人问。

"生活？你还别说，祭品的生活相当优越，被选择为祭品的人，一般吃的都是给神的食物，是整个部落最好的食物，平时根本什么都不需要干，性成熟之后马上就有最美丽的少女和他交配，以便怀上下一代祭品。为了让他的脖子尽快长到足够粗，他们会限制祭品的活动，有些人吃得太胖，还没到年龄就被陶罐口勒死了。"有一个人道，"比起来，那些在外面累死累活地干活儿，可能连三十岁都活不到的其他奴隶，舒舒服服活十几年然后痛痛快快地死掉，也许是个不错的选择。"

大家议论了一会儿，乌老四就开始用一种溶液来洗涤头骨，这是考古作业，几个人围着看也没意思，有人就在一边拍手，让他们都回去干活，做撤退的准备，修车的好好去修车，准备好我们就出发了。

人还没走开，突然，所有人都听到了一声诡异的冷笑，清晰无比地从人群里传了出来。

瞬间我就一身的冷汗，几个人都停了下来，互相看了看。我看到他们的表情就知道自己不会听错了，心都吊了起来，心说，到底是怎么回事？谁在笑？

由不得我多想，那种冷笑声又响了起来，这次有了准备，我们全部顺着冷笑声望去，就发现，那声音竟然是从一边堆着的人头堆里发出来的。

乌老四吓得把手里的那人头丢到了地上。我头皮一麻，心说，怎么可能有这种事情。就在这个时候，几个人突然跳了起来，然后尖叫，有人就大叫："看，人头在动！"

我赶紧去看，只见那头骨堆里的一颗人头上，泥土正在裂开，人头在晃动，好像活了一样。我几乎窒息，心说怎么可能。这时候，泥土开裂的地方突然破了，两只血红色小虫子爬了出来，每一只都只有指甲盖大，十分眼熟。

我一看，脑子里就"嗡"了一声，简直不敢相信自己的眼睛，还不信，再仔细一看，顿时魂飞魄散，那竟然是几只鳖王！

我脚都软了，几乎是连滚带爬地退后了几步。就看着，两只、三只、四只，然后是一团红色的虫子从里面喷了出来，和我当时在鲁王宫里看到的那种一模一样！一下子就爬得到处都是。

"这是什么虫子？我从来没见过。"这时候有人还奇怪，就看到一个藏族人走了过去想仔细看。我大叫一声："你别白痴！有毒，快退后，不能碰！"

那人就回头看我，才一回头，突然一只鳖王一下子飞了起来，停在了他的肩膀上。我大叫："不要！"已经来不及了，他条件反射就一抓，"啊"一声惨叫，就像被烫了一样，马上把手缩了回来，一看，只见犹如一片潮水一般的红疹瞬间在他手上蔓延开来。

四周的人都尖叫起来，纷纷后退。他看着自己的手好像融化一般迅速地变成红色，惊恐万分，就大叫："队医！队医！"一边摔倒在地上。

有人上去扶他，有人就往队医的帐篷跑去，我知道那人已经完了，暗骂了一声，冲上去拉住那些上前的人，对其他人大叫："不要碰他，碰他就死！别发呆，快想办法弄死这些虫子，等它们全飞起来，我们就死定了！"

那些人这才反应过来，开始后退抄家伙，几个司机脱下衣服就去拍那些虫子。然而没用，那些虫子迅速地分散开来，拍死的没几只，爬出来的更多。很快又有两人惨叫起来。

混乱中，乌老四拿起边上一个工具盒就朝那颗人头砸了过去，那人头早就酥化了，一砸就全碎了。我一看，天哪，整颗人头的颅腔里几乎像蜂巢一样，全是灰色的卵和虫子，恶心得要命。

我的后背全是冷汗，心说看来那"眼镜"说的事情完全不可信，这人头肯定不是用来祭祀这么简单，倒像是用来养虫子的培养基啊，难道这种鳌王是在人的大脑里产卵？

"糟糕了，其他的人头也动了！"这时候又有人大叫起来，我也没空去顾及了，所有人飞快地后退。接着我就听到"嗡嗡嗡"的声音，有红光飞了起来，一下子几道就从我耳朵边飞了过去，吓得我一缩脖子。

一刹那，我脑子里第一个念头就是完了，这一次要死不少人了！刚想完，果然又有人惨叫起来。我转头一看，就看见乌老四倒在地上，痛苦地翻滚起来。再往陶罐的地方一看，只见血红一片，整片沙地上都是红色的斑点。无数的鳌王已经飞了起来，四周充斥着扇翅膀的声音。

这根本已经没法去处理了，一只鳖王弄不好就能杀光我们这里所有的人，更不要说是一万只。我心说这哪里是祭品，明明是武器，这东西就是当时的原子弹啊，谁要是不服气，往他城池里扔进一个，全城都可能死绝！

现在只能放弃营地，逃命再说了。我冲到帐篷里，那边休息的人已经听到动静走了出来，看到我跑过来，问我怎么回事。我也说不清楚，就大叫："别问了，快逃命，到外面车子的地方再说！"

几个藏族司机从帐篷里把高加索人背了出来，扎西背起定主卓玛已经一路跑得没影了。

看着陆续有人跑出来，我心里稍安，跑去叫阿宁。阿宁已经被惊醒，刚站起来，我冲过去拉起她就跑。她还一下挣脱我，问我出了什么事情。

我大叫："你跑就是了，问那么多！"话没说完，突然一只鳖王就"嗡"的一声从我额前飞了过去，一下撞到了阿宁的肩膀，翻了一下停住了。

阿宁低头一看，吓了一跳，想用手去拍。我一看，忙抓住她的手，然后用力一吹将那只鳖王吹飞掉，拉起她往外跑去。

闷油瓶和"黑眼镜"在外面看车，我们得先跑到那个地方再说。一路狂奔，也不管三七二十一了，跑出去三四百米，就看到了一个石头记号，我脑子一僵，突然意识到我根本不知道怎么出去，这里的石头记号只有扎西看得懂。

鬼
头

第二十六章 ● 启示录

　　我们只得停下来，往左右看看，这里是一个十字路口，这阿拉伯石堆就在中央，也不知道是什么意思。

　　我回头看看，远处那让人窒息的"嗡嗡"声以及乱成一团的那种类似于冷笑的声音还在——也不知道是它们的叫声还是其他原因发出的——我还是觉得头皮发麻。

　　跑得气喘吁吁，几乎上气不接下气的阿宁就问我到底是怎么回事，她显然已经知道了事情的严重性，但是还没有反应过来。

　　我把发生的事情以及鳖王的毒性说了一遍，一听到乌老四已经中招了，阿宁的脸色就白了。

　　刚说完就听到"嗡嗡"声靠近了不少，我抬头去看，就见远处这些鳖王正在四散开来，更多的已经飞了过来，天空中出现了一大片虫子，红雾一般，好像集体起飞的马蜂一样，全部朝我们这里来了。

　　我一看，心说没时间琢磨了，拉起阿宁，站起来拔腿就跑。

　　那是没命地跑，我从来没想过我这么能跑，也不管什么阿拉伯石堆了，一下子就冲出去，跑了一千多米，在山岩间绕了十几个方向，实在跑不动了，才慢下来。

我回头一看，半空中全是虫子，那红雾一般的虫群竟然跟着我们来了，铺天盖地，速度非常快，直压在后面。

我大骂了一声，努力忍住晕眩继续往前跑。阿宁体力比我好，这时候跑得比我快，她叫了一声："不要光跑，找地方躲！"

话音刚落，我们面前就出现了一个缓坡，我没有准备，一脚踢到了什么，一个趔趄就滚了下去。

一路滚到底，阿宁把我扶起来，我已经晕头转向了。她拖着我继续狂奔，一连冲出去几百米，前面突然出现了一大段犹如城墙一样的山岩挡住了去路。我们马上转弯，顺着山岩狂跑，想绕过去，可跑到一半，就看到山岩的另一头竟然是封闭的，这里是一个封闭的半圆形区域，是死路。

我看到这个情景，大骂了一声，又回头看后面，只见后面的红雾盘旋着来了，直接从山岩的顶上铺天盖地地罩了下来。

我一看完了，逃不掉了，看这些鳖王的行为，竟然像是在捕猎我们！

但是我也不想坐以待毙，就到处看是否有藏身的地方。然而这里都是石头，根本藏不下人。

正叹气的时候，忽然，一边的阿宁大叫："到这里来！"

我回头一看，原来那岩山上有一个凹陷，虽然根本躲不进人，但也是唯一能避避的地方了，只能看运气了。

我马上冲了过去，和阿宁蹲着缩进那个凹陷里。我脱掉T恤挡在面前。

接着，透过衣服我就看到一大片虫子降了下来，空气中突然炸起了一股"嗡嗡"声，辛辣的气味充斥着鼻腔，很快，无数红色的轨迹把我们包围了。很多虫子撞到了凹陷边的山岩上，发出"吱吱"的声音，好像子弹在朝我们扫射。

我感觉一阵窒息，人就不由自主地往那凹陷里面退，然而凹陷就这么点儿空间，再退也没法把身子完全缩进去。

我几乎是闭着眼睛准备等死了，这么多虫子，只要有一只碰巧撞进来，后果都不堪设想。我内心深处不认为我们会这么走运，几乎是在等待那一刻的到来。

令我惊奇的是，那种紧张之下，我反倒没有一丝恐惧，脑子里几乎是一片空白。

然而我没有想到的是，慢慢地，外面的声音竟然减小了，一点一点，那种虫子撞击岩山的声音也稀疏起来，很快，外面就恢复了平静。

我咬牙咬了很久，直到阿宁拍我，我才反应过来，探出头来一看，鳖王群竟然已经飞走了，外面只有零星的几只鳖王，撞晕在地上了，在我看的工夫，也一只一只地飞了起来。

我和阿宁面面相觑，不知道是怎么回事，不过都松了口气。我往身后的石头上一靠，就怪笑起来，这太刺激了，我神经吃不消啊。

笑了几声，就被阿宁捂住嘴巴了，她轻声道："看来它们不是在追我们，可能是想飞出去，我们碰巧和它们同一个方向，你也别得意忘形，待会儿把它们再招来。"

我一想觉得也是，忙点头，阿宁才放开手。我不再说话，又在凹陷里待了一会儿，才小心翼翼地探头出去。

外面的魔鬼城一片寂静，好像刚才的惊心动魄完全没有发生过，只是我们的想象一样。

我深吸了几口气，才最终镇定下来。这时候，刚才狂奔的疲劳显现出来，腿抽筋了，我趔趄了几下，绷直了才站住。

一瘸一拐地，我们找了几块石头，检查了没有虫子才坐下来。我摸着腰间的皮囊，想喝水，摸了一把，发现自己什么都没有带出来。

随即想起来，出事的时候我是刚起来，甚至连外衣也没有带，好在是白天，晚上就可能会冻死。

回头一看阿宁，发现她连我都不如，穿着短背心，刚从睡袋里出来，头发蓬乱，再仔细一看，似乎连胸罩都没戴。

我一下子有点儿尴尬，想着当时拉她逃命实在是太急了，只好把目光移开。

"这些到底是什么虫子？你了解多少？"阿宁问我。

我心说我怎么对她说呢，我虽然听说过很多次，但是实际看到这也是第二次，之前就是在鲁王宫里，虫子是从血尸体内爬出来的，当时只有一只，就差点儿让我们全部死在那里。而今天这么多，铺天盖地一起出现，我也是第一次看到。

我把自己知道的一些情况和阿宁说了，阿宁显然十分不能理解，这一切发生得太突然了。她对我的话半信半疑。

我自己也感觉这有点儿难以接受，也没有心思去和她详细地解释。我心里觉得这应该和我们要找的西王母古国有关系，这些人头罐也许是当时培养鳖王的容器。我三叔也说过，在海底墓穴里看到过这样的人头，看来这种鳖王肯定是在人的颅腔里繁殖的，而且能在相当长的时间里保存活力，非常可怕。不知道西王母古国要这种可怕的虫子来干什么，是当成武器吗？

如果当时西王母真的能够运用这么可怕的生物武器，那这个野蛮而落后的古国之所以能够统治西域这么久，原因可能就在这里。

我一边想，一边往四周张望，看我们逃到什么地方了。看了一圈，对这块封闭的城墙内的区域完全陌生，一点儿印象也没有，刚才跑的时候也不知道绕了几个弯儿，我们彻底地走乱了。

我们是一路往东北偏北的方向跑，根据扎西的说法，这里有八十多平方公里，我们不知道现在在哪个位置，不过不会是魔鬼城的边缘地带，前面还是看不到广阔的戈壁滩。

魔鬼城里的"街道"，也就是风蚀岩山之间的距离非常宽阔，虽然这些岩山形态各异，但是只要角度一变，呈现出来的东西就完全不同，我也无法在这么短的时间去记忆这些，加上宽阔的视野，视觉纵深非常深远，很干扰人的方向感。相信走回去也不太可能了，我们只

能看准一个方向，先走到戈壁上，然后顺着魔鬼城的边缘，绕一个圈子回到车子抛锚的地方，和闷油瓶他们会合。

那些虫子不知道生存能力怎么样，现在天上全是积云，阴天没有太阳，如果它们乘风飞上马路，后果将不堪设想。不过，这里离公路线相当远，又没有水源，我想只要太阳出来一晒，这批虫子应该活不了多长时间。

我把我的打算一说，阿宁也觉得可行，现在我们身上什么都没有，必须在天黑前赶到，不过现在才中午，时间还充足，而且没有太阳，这对我们来说是万幸。

确定了走法，我们又休息了一阵就开始上路了。我看了一眼四周，记住了几块岩山的样子，都好像城堡的炮楼一样，如果我们不幸走了回头路，那么走回这个地方就能察觉。

当时，我以为最多会费点儿腿脚，怎么也没想到，这一走，会走得这么痛苦，几乎走到阴曹地府里去。

我们迷路了。

穿行在魔鬼城里，我们并没有放松警惕，那些毒虫子不知道现在飞到什么地方了，如果走着走着又碰上，那刚才的死里逃生就是个笑话。

于是我们一边前进，一边注意着四周的声音，不知道什么时候，风又起来了，魔鬼城里出现了各种各样诡异的动静。好在风不是非常大，这么听着也是轻轻的，若隐若现，不至于干扰人的神经。

我和阿宁没什么话说，而且她衣衫不整，和她并排走在一起，我的眼睛总是要忍不住看她，所以我干脆就走在前面。两人都不说话，就是偶尔停下来交流几句。

她也没什么表情，显然也是心力交瘁，没有心思考虑更多的事情。

说实话，如果是在旅游，和一个美女行走在这片诡异的魔鬼城里，看神妙莫测的风蚀岩山，听魔鬼的哭号，虽然不是什么靠谱的事情，但是也不失为一件美事。偏偏这个世界就是如此奇异，看着我们两人简单地在这里行走，其实，就在刚才我们经历了死里逃生，这种情况下，我就是再有闲心也不会觉得这情景是美好的。

就这么走着，最开始的三个半小时还真有点儿像旅游，看着奇形怪状的山岩，我有时候还会产生错觉，想去摸照相机。

半小时之后，口渴就开始折磨我们，水分从汗水里流失掉了，我和她的嘴唇都干肿起来。说起来我早上还喝了一杯酥油茶，阿宁什么都没喝，但是实际上我们两个的感觉都是一样的。

这种口渴是十分难受的，我们舔着嘴唇，努力不去想这件事情，才能继续往前走。也亏得没太阳，否则这时候，我可能已经中暑了。

又走了个把小时，在我最初的概念里，这个时候应该已经到达魔鬼城的边缘了。

我们停了下来，喘口气，然而四周看去，仍旧是不变的景色，都是那种高大的风蚀岩山，没有戈壁的影子。

我多少有些诧异，这距离有点儿太长了，假设我和阿宁每小时只能走五公里，这也有十五公里的路了，这片魔鬼城绝对没这么长，显然我们在走弯路。

然而，一路过来，我很用心地记了很多特征明显的岩山，以防走回头路，但是都没有看到，显然我们确实还在往前，并没有绕圈。

这多少有点儿让我放心，我安慰自己，也许是我们的脚程不知不觉放慢了，或者走的路线曲折得比较厉害，不用担心，只要是顺着一个方向，就能走出去。

这时候不能休息，因为天色渐晚，我估摸着这里虽然不是戈壁，但是离戈壁也不远了，应该用不了多长时间就能出去，出去之后还得花时间回到魔鬼城外的营地，这也需要相当长的时间。

于是，我们继续赶路，还特意加快了脚程。然而，越走我就越感觉不对劲，时间一小时一小时过去，四周的景色还是如常，好比这魔鬼城在跟随我们移动一样。

我们硬着头皮坚持，一直走到天色擦黑，还是不见戈壁滩的影子。我已经意识到了问题的严重性，这绝对不是什么脚程慢可以解释的了，这样走，不说八十平方公里，就是再大一倍，我们也应该到边了。

一股寒意涌上背脊，看来这魔鬼城里的情况比我想象中要复杂得多，不单单是有很多岩山而已，我们迷路迷得非常彻底。

天色逐渐暗淡，夜晚又要来临了，这个时候，我就感受到了当时高加索人和另外两个牺牲者在这里迷路的感觉。正琢磨着该怎么办，后面的阿宁把我叫住了。

一停下来，两个人精疲力竭，谁也走不动了。空气中的温度陡然降了下来，我们的汗水开始冰凉起来，这里的昼夜温差太大了。

"不能再走了。"阿宁往地上一坐，对我道，"天黑前肯定走不出去了，我们没有手电，这里全是石头，也没法生火，只能趁天没有完全黑下来，找过夜的地方。今天晚上连月亮都不会有，这里肯定一片漆黑。"

我也软倒在地，抬头看天，只见天上一片黑，云压得更低了，夕阳的金色光芒从云的缝隙里如剑一般刺下来，形成了一个巨大的金色十字，十分壮观，这么厚的云，如果风不大起来，是吹不走的。

当夜，我们就用石头搭了一个石头槽，在里面窝了一个晚上。我和阿宁身上就只有单衣，我还有点儿不好意思，但是阿宁直接就缩进了我的怀里，两人抱在一起，互相取暖。夜晚的魔鬼城里一点儿光线都没有，你简直无法想象那种恐惧，整个空间什么都看不到，只能听到各种各样的声音从四周传来，甚至还能听到有些声音从你身边经过，好像有东西在魔鬼城穿行一般。

这种情况下几乎是完全睡不着的，我们只好聊天消磨时间。

其间，我们就讨论为什么会走不出去，想了很多可能性，都讨论不出子丑寅卯来，想来想去，就只有一个可能性，就是扎西给我们的信息是错的，也许这里的魔鬼城远远不止八十平方公里。阿宁说，如果明天再走不出去，就找座高点儿的山崖，爬上去看看。

想来也奇怪，我和阿宁并不熟悉，如果是平时这么亲昵的举动，我可能会觉得非常尴尬，然而这时候我觉得无比自然。

这也算是温香软玉，可是我一点儿想法也没有。我想起了柳下惠，突然很理解他。他当年也是在严寒之夜拥抱着一个女子，没有任何越轨之事，我也是一样。想想，要是一个男人在沙漠里走上一天，然后半夜在近零下的温度里去抱一个女人，就算是个绝世美女，恐怕也不会有任何越轨的举动，因为实在没力气了。

我几乎一个晚上没睡，只眯了几下，也都是十几分钟就醒。一个晚上我都在想乱七八糟的事情，想得最多的还是睡袋和帐篷，想着那些藏族人的呼噜，当时怎么睡也睡不着，还埋怨睡帐篷对颈椎不好，现在显然想到那睡袋就感觉浑身都在向往。

早上天一蒙蒙亮，我们就爬起来，那状态很糟糕，我从来没有这么累过，感觉身上所有的肌肉都不受控制，眼睛看出去都是模糊的。特别是口渴，已经到了非常难以忍受的地步，连嘴巴里的唾沫都没了。

我知道自己的身体，心里有些慌乱，就和阿宁揉搓着自己的双臂开始赶路。

继续走，这一次是阿宁走在前面，因为她晚上还睡了一会儿，比我有精神。我们继续按照昨天的走法，一路下去。很快，又是三小时，无尽的魔鬼城，这时候比无尽的戈壁还要让我们绝望，我看着远处望不到头的岩山的重重黑影，实在想不通这到底是怎么回事。感觉我们就像被关在一个巨大沙盘里的蚂蚁，被一种莫名的力量玩弄于股掌之间。

熬过了一小时又一小时，很快就到了中午，这时候我才开始有饥饿感，但是这和口渴比起来，简直可以忽略不计。我的喉咙都烧起来了，感觉一咳嗽就会裂开来。

走到后来，我们实在忍不住了，阿宁就开始物色岩山。但是一路

过来岩山都不好爬，最后我们找到了一座比较高大的土丘，咬紧牙关爬了上去，站到顶上往四周眺望。

然而也没有用，这里的岩山都差不多高，我们目力能及的范围内，全是大大小小的石头山，根本看不到头，再往外就更看不到了，但是能肯定的一点是，我们绝对不在魔鬼城的边缘。

我和阿宁愣在那里，心说，这到底是怎么回事，为什么我们怎么走都好像是在这魔鬼城的中心？难道有什么力量不想我们走出这个地方？

我们爬回到土丘下，找了一个有凉气的地方休息。我和阿宁商量怎么办，这好像已经到了绝境。我们走不出去，身边没有任何的食物和水，再过一段时间，我们连走路的力气都不会有了，可能会死在这里。

我心中琢磨着，冒出股股凉意，已经在考虑人不喝水能活几天。

在阴凉舒适的环境下，据说是三天时间，但是现在我们一路走过来，已经走了整整一天一夜，体液的消耗非常大，我估计能够撑到三天已经是极限了，据说喝尿能多活一天，可是我哪里来的尿？！

想着就一阵绝望，也就是说，就算我在这里不动，最多也只能活两天时间——如果没有人来救我们，而我们又走不出去的话。

阿宁显然也做着同样的打算，她低着头。

接下去怎么做，这是一个很简单的选择题：继续走，也许能够走出去，然而如果失败，则明天就可能是我们的死期，我们会在这里脱水而死；而不走，等待别人的救援，希望十分渺茫，也最多能活两天时间，还是会死。

阿宁是性格很强悍的人，我虽然有放弃的念头，但是在生死关头倒也不算糊涂。我和她最后合计，就是继续走，走到死为止。

不过阿宁此时比我要冷静，她开始做一些石头记号，并且拆下了她手链上的铜钱。她有一条铜钱穿起来的手链，压在石头记号下。她说如果有人在找我们，那这是一个希望，最起码，他们能发现我们的尸体。

这些铜钱相当值钱，放在这里当记号，相当于放了一块金砖在这里，我想这可能是世界上最昂贵的记号，可惜，它指引的是我们的葬身之地。

接下来的两天，我们继续在这魔鬼城里穿行，我都不知道自己是怎么度过这段时间的。

三天三夜滴水未进，到了最后，连意志力也没有了，好比一具行尸走肉。

从第二天的夜里起，我的一切知觉都不再清醒，我看见的东西，都是沙砾的戈壁和四周高耸的岩山，这些景色有时候甚至在旋转。我不知道是自己在转，还是天在转。我已经分不清楚，到底哪些事情可能发生，哪些事情是不可能发生的。有时候我就感觉自己已经死了，自己是在飞，然后下一秒，我就看到阿宁在我前面蹒跚地前进，煎熬还在继续。

此时我还在期望，期望着能突然看到广阔无垠的戈壁，或者前面的岩山一过，我们就能看到戈壁了。然而，除了岩山还是岩山，好像怎么都走不完似的。

最后终于，阿宁先倒了下去，我看到她一下子就消失在了我的视野里，我有了瞬间的清醒，接着我就绊到了东西，也滚到了地上。

我不知道自己到底是绊到了什么，也不知道自己是摔在石头上还是沙地上。那一刹那，我就看到了天，那不是蓝天，是黑沉沉的乌云。

我心里苦笑，如果不是没有太阳，我想我现在已经开始腐烂了，可是，就算给我多活几个小时，时间也到了。

看着乌云，我想站起来，可是根本没处用力，眼皮越来越重，在完全合上的一刹那，我忽然看到天空闪了一下，好像是闪电，接着，一切都安静了下来，一切都远去了。我缓缓地沉入了深渊之中。

第二十七章 ● 第一场雨

　　那一刻，我迷迷糊糊地以为自己就要死了，心里也已经认命，心说死就是这种感觉，那还不错。

　　就这么意识混沌着，这种迷离的状态也不知道持续了多久，慢慢地，我感觉到好像有什么东西在拍打我的脸。这种感觉非常遥远，但是，一点一点地清晰起来。

　　接着知觉开始复苏，我逐渐恢复意识。一开始还只是朦胧地感觉到身体回来了，到后来意识开始清醒，我才逐渐对四周有了感觉。

　　首先感觉到的是凉，非常凉。一路走在魔鬼城，精神上的压抑和低矮的云层让人感到非常气闷，这四周的凉就特别舒服，好像浸到了有冰水的浴缸里面。

　　接着我就发现那种嘴唇干裂的感觉没有了，嘴唇上凉凉的，好像有一股冰凉的东西在往我的嘴巴里钻。我舔了一口，又舔了一口，再舔一口，就发现那竟然是水！

　　难道有人在救我？我心中狂喜，此时身体已经做出了反应。我拼命地吮吸，用我最大的力量动着嘴唇，一点一点，感觉一股冰凉开始进入我的五脏六腑。

喝完水，我又沉沉地睡了过去。在失去意识的一刹那，我好像听到了几个熟悉的声音在说话，听不分明。我也没有力气去注意，瞬间就又失去了知觉。

再一次醒过来，感觉睡了很久很久，各种各样的知觉都一起回来了，听觉、触觉，我的力气开始恢复，意识也越来越清醒，最后我终于睁开了眼睛。

首先映入眼帘的是一张粗犷的大脸，十分熟悉，在对着我傻笑。

我看到这张脸，立即就觉得有点儿不对劲，又想不出为什么有这种感觉。这是谁呢？我闭上眼睛想了一下，搜索着那些藏族司机的脸，是那个开876的？不是。那个开取水车的？也不是。

想来想去想不出这个人是队伍里的哪个，随即我就一个激灵，马上意识到为什么，不对，这不是队伍里的人，这是……嗯？这脸不是王胖子吗？

我脑子紧了一下，啊？王胖子？他怎么会在这里出现？不可能啊！他已经回北京了啊。

难道我在做梦？出现幻觉了？

又睁开眼睛，还是那张熟悉的胖脸，满脸的胡楂，比在北京的时候老了点儿，就这么瞪着我，凑得更近了。

我又闭上眼睛，感觉不正常，不对，不对，不可能是王胖子，我就算做梦也不会梦到他啊。

我用力地咬了咬牙，第三次睁开眼睛。这时候，我的脑子已经非常清晰了，一看，确实就是王胖子，他点起了烟，正转头对着身后说着什么。我的听觉还没完全恢复，听不清楚他在说什么。接着，我就看到另外一个人头探了过来，也是十分熟悉，竟然是潘子。

怎么回事？我皱起眉头，心说，难道自己根本没进戈壁，还是在杭州？之前的一切，都是我的一个梦？

第一场雨

回忆遇到的事情，大量的记忆涌了上来，我们遭遇沙暴、车抛锚、人失踪、镶嵌在土丘内的沉船……一切都非常真实，绝对不可能做梦啊。

这时候我的耳朵恢复了听觉，我听到潘子说了一句："小三爷，你感觉怎么样？"

我用力弓了一下背，就想坐起来，潘子上来扶我。我坐起来长出了一口气，看到四周的情况，这里好像是一个山洞，里面生着篝火，我看到几个睡袋和装备丢在四周，洞外一片漆黑，显然已经是晚上了。

同时我看到闷油瓶坐在篝火的边上，正在煮什么东西，而阿宁躺在另一边的一个睡袋里，还没有醒过来。

我逐渐意识到自己不是在做梦了。"这是怎么回事？"我按了一下太阳穴，问潘子，"你们怎么在这里？我不是在做梦吧？我不是死了吗？"

"不是死了，是差点儿死了。"胖子在边上道，"要不是你胖爷我眼尖看到这东西，这时候你们已经在发臭了。"

我看着胖子玩弄着几枚铜钱，就知道是阿宁的记号，不过我还是搞不清楚。

"那你们怎么在这里？"我奇怪道。

"我们一直跟在你们队伍的后面。"潘子道，指了指闷油瓶，"你不知道，其实你们进戈壁之后，三爷的队伍就马上跟了上去，你们每一个宿营地，这小哥都有留下记号指引我们，我们就保持着和你们一站的差距，一直在后面。"

"什么？"我一下子没听懂潘子的话，"记号？在我们后面……他……"

潘子道："这是三爷的计策，这小哥和黑瞎子都是三爷安排和那个老外合作的，目的是混进队伍里。因为三爷说，事情到了这一步，想自己弄明白裴德考的真正目的已经不可能了，他只有通过这种方式，像当年裴德考的做法一样，打入内部去了解情况。实在没想到，你也混进去了。早知道这样，三爷直接请你就得了。"

我还是有点儿搞不清楚，花了好半天理解潘子的话："等等，等等，什么，我三叔？你是说这些我三叔都计划好了？那……你们？"

"我们早在格尔木准备好了，在敦煌我们的人准备了近半个月了。你们的队伍刚出发，我们就跟在后面出发了，当时这小哥留下信息，告诉我们你在队伍里，三爷还吓了一跳。小三爷，你也真是的，三爷不是让你别再蹚这浑水了吗？你怎么还来？"

我用力吸了一口气，突然感觉到很无力，我靠，心说，这次我真的就没想到，那个"黑眼镜"一路过来这么照顾我，还是看我三叔的面子……

潘子继续道："你在里面，三爷不得不顾虑你的安全，所以让黑瞎子提点着你点儿。这次排场很大，裘德考还是棋差一着，以为这一次把三爷摆脱掉了，没想到咱们早就计划好了。"

"那我三叔呢？"我看着四周，没看到三叔的影子。

"三爷在我们后面，差了点儿路，这一次我们来了不少人，人多不好跟踪。我和王胖子打先锋，在前面开路，一直跟着你们，然后沿途留下记号给三爷，就是没想到，你们到了这里就出事了。"

这时候我的思维才清晰起来，一下子就想起来，那天晚上和闷油瓶长谈的时候，他就说自己是站在我这边的，让我不用担心，原来是这么个意思。原来这是三叔的计划。

这，我实在是没有想到这一层，看来老狐狸真的是老狐狸，和三叔斗，我还真的不够格。

"也算你们命大，我们一直跟着你们，要不然你们现在已经晒干了。"边上的胖子道，"就你这体质，还想干这一行，我看你还是好好倒腾你的小生意吧。"

我问潘子："他怎么也来了？"

潘子就说长沙的伙计、好手都跑到别人家去了，现在三爷重新带了批新人，经验都不够，所以请了他来撑场面，也是老价格。

胖子道："怎么，你还看不上我了？告诉你，你可是老子背回来的。"

我忙摆手，心忽然就安定了下来，三叔的人到底像是家人，是自己人，我不用凡事都戒备了。而且和这些人合作惯了，知道他们的本事，最开心的是闷油瓶真的是站在我们这边的，那就万事大吉了。

刚才是胖子在给我喂水，我逐渐恢复了力气，就自己喝了几口，他们不让我多喝，说是要缓慢地补充水分。

我看着阿宁没有反应，不知道什么情况，就问潘子她有没有事。

潘子道："你放心吧，你的相好体质比你好，已经醒过一回了，现在吃了点儿东西又睡了。这里不是沙漠，你们只是脱水昏迷了过去，不是晒伤，补充点儿盐水，多睡睡就好了。"

潘子调侃我，大概是看到我和阿宁都衣衫不整，我也没有力气去反驳他，也就不去理会。此时身体虽然有点儿虚弱，但是人的精神已经相当好，我爬起来吃了点儿东西，问这是什么洞，当时他们是怎么找到我们的。

潘子告诉我，这里还是在魔鬼城，是在一个岩山的洞里，这洞是胖子发现的。当时出了事之后，扎西他们逃到了外面车子抛锚的地方，等我们等了很久都没出来，扎西就想到我和阿宁都不会看阿拉伯石堆，也不知道我们是遇难了，还是迷路了。

闷油瓶当即就用镜子给他们发了信号，他们赶了上来，"黑眼镜"留下照顾剩下的人，闷油瓶就带着潘子进来找我们。

我问这么大的地方他们是怎么找到我们的，潘子就说这地方有点儿邪门儿，这些石山的顺序好像是设计好的，他们也就是跟着感觉走，其实走的路线完全和我们一样，最后看到了阿宁的标记，就一路找来，看到我们倒在沙地上。

说起这个我就心有余悸，忙点头："确实，这地方好像怎么走都到不了头，却又不是走回头路，不知道是怎么回事。"我心里又紧张起来，心说那现在我们还在魔鬼城里，不还是走不出去？

"我们可没你们这么蠢，我们是一路留着记号的，你就放心吧。"潘子道。

胖子也道："老子搭的记号，全是这么大的石头，离一公里都看得见，而且这走不出去的原因老子也看出来了。"

"哦。"我松了口气，问道，"那是为什么？"

潘子说："一开始我们也不知道，还是胖子厉害，确实是他看出来的。我实话告诉你，我们现在待的已经不是原来的那个魔鬼城了，这里离原来的魔鬼城最起码有一百五十公里。这是一片巨大的雅丹地貌群，由十几个小型的魔鬼城构成，中间是戈壁，而所有的魔鬼城都有岩山群相连，首尾相接，形成了一条巨大的魔鬼城链环。你们就是顺着这链子走，那就是三千六百平方公里，你们走得出去吗？"

我摇头："不可能啊，哪有这么巧？我随便找个方向一直走，就一点儿都没有偏移？"

胖子就道："说你笨你还不承认，你顺着哪个方向走，是别人设计好的。那是因为这魔鬼城里有很多石头，这些石头的摆放非常讲究，经常是绕过一座岩山，一边的石头多，一边的石头少，但是因为石头杂乱无章，你的瞬间意识判断不出哪边好走，哪边难走，感觉都差不多，但是潜意识里，你却能分辨出石头少的方向，而条件反射地选择那个方向，结果你在这魔鬼城就一直在走别人给你设计好的方向。而且，几乎每一个路口都是这样的情况，就算有一个路口判断错了，你接下来还是有无数个机会被纠正。这种招数在古代很普通，有一个非常朴素的劳动人民取的名字，叫作奇门遁甲。"说着，就看向闷油瓶，"小哥，我说得没错吧？"

闷油瓶抬头看了看我们，没理他，看着火，好像有心事。

我失笑，说："你啥时候懂奇门遁甲了？"

胖子道："你不知道的事情多了。"看那表情还挺得意。我心说估计这家伙又是现学现卖，就收回话题，问胖子："那你是说，这魔鬼城里，有人用这些碎石头摆了一个障眼法？"

胖子点头："就是这么回事，不过不算高深的阵法，观察力特别仔细的，肯定能发现。看这些石头在这里也有年头了，估计当时这里是战场，西王母应该是个术数高手，这些石头是用来防御的。"

说到这里，一边睡袋里就传来了阿宁的声音，她轻声说道："你说得不对，西王母根本就是奇门遁甲的创造者，当年黄帝得到的天授神书，就是西王母给他的，论起奇门遁甲，她是祖宗。"

原来这女人没睡，我们都给吓了一跳。我随即想起九天玄女的传说，心下骇然。确实是这样，当年的传说和一些历史记载，都说当时黄帝统一中原是得到了西王母国的鼎力相助。

再一想那古船，心说当年这里肯定是浅湖，这些岩山露出在水面上，水下的岩石会搁浅船只。那么，在水里船夫更加会选择暗礁少的地方行进，更加容易迷路，这可能也是西王母国这么多年下来未被人发现的原因。

想到这里，我忽然眼皮一跳，对潘子道："你是说这里的魔鬼城是一个环？"

潘子点头。我问道："你是怎么知道的？"

潘子就摇头："这是我们的向导说的。怎么了？"

我兴奋地在沙地里画了一圈："你不知道，我看过文锦的笔记，她说西王母是在无形的城墙的保护下，这城墙别人看不到，但是碰到了，必然就会回头。在这里，几千年前应该都是水，也就是说，这里有一条水带，类似护城河一样，围成了一圈。如果我们假设这条保护带就是别人无法进入，掩护了西王母古城这么多年的'无形的城墙'，那么，西王母国应该就在这个圈之内，也就是在这个魔鬼城圈的中间。"

我说完后，所有人都无动于衷地看着我，好像在看一个傻瓜。

我被看得莫名其妙，摊手道："我说得不对？"

潘子拍了拍我的肩膀："小三爷，你说的不用看文锦的笔记我们都猜到了，只是，情况如果真的是这么简单，那么西王母古城早就被发现了。这里是柴达木盆地，不是塔克拉玛干，这里虽然人迹罕至，但是经过了无数的地质考察，所以，如果鬼城就在这里的话，情况也一定十分特殊，很可能就整个儿被埋在戈壁下面了，或者处在一种别人很难发现的境地里。你认为到那里就能看到，很傻很天真。"

我一想觉得也是，就问他们，那他们的打算是什么。

潘子说他们本来是打算跟着阿宁的队伍，到达塔木坨再说，可现在到了这里就出了这么大的意外。不过，按照定主卓玛的说法，在这个魔鬼城西边，跟着古河床再走两天就是她当年和文锦的队伍分别的那个岩山口，接下去的路，定主卓玛也不认识了。他准备在我们恢复后，就到那里去休整，等三叔的队伍。之后，就打算顺着河道往下游走，因为古城肯定是在河道附近，当年的队伍肯定也是这么走的，我们也可以这么碰碰运气。

我对潘子道："可是古河道到了这一段已经基本上和戈壁混在一起了，根本看不清楚。"

"那个不用担心。"胖子道，说着指了指一片漆黑的外面。

我们在洞的底部，不知道他是什么意思，我就走了出去。一到洞口，忽然一股冰凉潮湿的气息扑面而来，接着我就听到了一种非常熟悉的声音。

外面一片漆黑，也看不清楚到底是什么状况，但是这情形我十分熟悉，然而一刹那我有点儿不敢相信我想到的。

等到我走出洞口，脸上瞬间被水珠打到，我才反应过来，外面竟然在下雨。

可是这怎么可能？这里可是戈壁滩啊，这里一年有可能只下一场雨，而且绝对不是这个季节。

我走回来，就说："这到底是怎么回事？为什么会下雨？"

潘子道："小三爷，你得谢谢这场雨，要不然你等不到我们过来就成咸鱼了。我们找到你们的时候，这雨已经开始下了，现在外面全是水，走也走不出去，不然我们背你就出去了，在这里待着也不舒服。这雨下了之后，老河道肯定会满水，往下游走，就算河道我们看不见，但是水能知道，所以你放心吧。"

这个时候我想到了定主卓玛和我说的：时间快到了，错过了就只能再等五年。我心说：难道是指这场雨？

越想越不靠谱，不过看闷油瓶没有说话，应该是没有什么问题，我安心了不少。

之后，我就去休息，这一次睡得不好，第二天醒过来的时候，我又一次以为自己是在做梦。

在这个山洞里，我们休整了两天时间，我和阿宁的身体都恢复了。阿宁和胖子熟悉，到底是潘子他们救了她，她也没有说什么，不过对我一下子变得很冷淡，可能是认为我也是三叔安排进来的，骗了她。

我也不在乎，心说差点就挂了，还会计较这事情？第三天我们就出发了，顺着记号，我们蹚着到脚踝的水，冒雨走了两天，先回到了外面，和"黑眼镜"会合。外面的人已经绝望了，看到我们平安出来，都不敢相信自己的眼睛。

在外面潘子又休整了一天，他建议我留在这里，等三叔到来，然后再决定要不要进来。

然而这时候我感觉没什么脸见三叔，而且定主卓玛给我的口信，让我已经下定决心要找到文锦，算起来我们已经没有多少时间了，就执意要和潘子一起打先锋。

一边的阿宁也安排了自己的队伍，大部分人都想要回去，高加索人的状况非常不妙，队医说等三叔的队伍到了，借了车必须马上回去。阿宁安排了一下，就告诉潘子，她也要参加我们，怎么说她的队伍也是打了先锋。

阿宁的加入没有问题，潘子也拗不过我，况且这段路我们有车，也不是什么危险的路段，就答应了。我和胖子、潘子、闷油瓶、阿宁正好一辆车，"黑眼镜"在这里等三叔。

之后的两天时间，我们顺着水位逐渐见涨的河床，在戈壁中越走越深。因为雨水的冲刷，河床中出现了很多支流，我们一条一条去找，然而，怎么看，我们都没有看到那座岩山。我的望远镜都看裂了，最后开始怀疑，是不是那山已经变成沧海桑田了。

雨在出发前就停了，我们最后在河床边上休息，车的轮胎磨损得非常厉害，后来一个还破了，我们只能开一段就下来打气，然后继续开，苦不堪言。

胖子就说："会不会那老太太是胡扯的，根本就没有那山？或者那根本不是山，也许是土丘，这十几年给风吹没了？"

我感觉不是，定主卓玛那样子怎么看都不像骗子，或许这古河道的走向已经改变了。

"那怎么办？再走下去，汽油都没了，我们要走回去可够呛。"

"这河水能汇聚的地方就是整块平原最低的地方，那里应该有个湖，我们要不先找到那个湖，然后从湖开始寻找河道的痕迹，这样至少能缩小范围。"

想想也只有这样了，我们继续赶路。开上一个斜坡的时候，忽然，潘子大骂了一声，一脚踩住了刹车。

我们全都撞到了前面的靠背上，胖子大骂，还没骂完，几个人一下子都愣住了。

这斜坡的另一边竟然是一块断崖，我们的车头已经冲了出去，两只轮胎已经悬空了。

我们心惊胆战地下了车，走到悬崖边上，发现面前出现了一个巨大的盆地，烟雾缭绕，竟然是一片凹陷在戈壁中的巨大绿洲！

第二十八章 • 向绿洲进发（上）

眼前的情形之壮观，用言语根本无法表达，我们都看得呆了。虽然文锦的笔记中提过这么一个绿洲，但是，我的印象里应该不是这个样子。

盆地非常大，而且看上去很工整，胖子说，好像是一个陨石坑。从悬崖上往下看去，只看到下面烟雾缭绕，几乎全是密集的树冠，看不到具体的情况。

这应该就是塔木坨了，没想到，我们竟然是以这样的方式发现它的，好像有点儿太简单了。

潘子把车倒了回来，我们就一边用望远镜看盆地，一边琢磨这是怎么回事。

潘子道："看来定主卓玛和文锦他们分开时的岩山确实已经消失了，这里是盐盖地区，可能那座岩山，几十年，下几场雨就剩个土包了，不过，顺着河水的方向，还是能够找到这里。"

这些文锦的笔记上没写，我也不可能知道，不过如今就这么发现了这绿洲，我们也有点儿不知所措，我就问潘子有什么打算。

潘子就道肯定要先下去看看，他听我说了笔记和定主卓玛的口信，知道文锦肯定就在下面，说现在不能等三爷会合，要直接先进去看看情况，文锦就是师母，要是因为等三爷，把师母漏过去，他这伙计也不用再当了，时间已经不多了。

我心说"你真是个二十四孝的手下"，不过我也是这么想的，时间已经不多了，算起来，十天几乎就在眼前。问了几个人，都没有意见，他们就让我看看，这盆地应该怎么进去。

文锦的笔记上有详细的路线描述，他们当年是通过一条峡谷进入盆地的。不过这里的地貌已经完全变了，通过她的路线描述看来是找不到那条峡谷了，我们只能开车绕着盆地寻找，几经曲折，终于发现了一条宽大的峡谷。

潘子绕了一个大圈子，在离盆地大概四公里的地方找到了峡谷的入口，最开始的一段可以开车，我们一路进去，一直到乱石挡住去路为止。

然后几个人下车，背起装备就徒步前进。一直走到看到树木，才停下来休息。我拿起文锦的笔记，仔细看里面的记载。

看了笔记之后，我不由得有点儿心虚，从文锦的笔记中记载的事情推断，这条峡谷十分危险。峡谷再往前去，因为海拔降低，植被丛生，瘴气弥漫，我们的防毒面具有可能应付不了这么潮湿的环境，而且这里是通往西王母宫的唯一入口，一路过来遇到的事情让我觉得西王母宫诡异非常，料想这路也不会那么好走。

不过相比之下，我最担心的还是过了峡谷后的事情。峡谷的尽头就是绿洲的核心地带，这里是河流汇聚的地方，坑谷中茂密的树冠之下全是潮湿的沼泽，这里的奇特地貌几乎形成了一个戈壁中的雨林环境。虽然我们知道西王母的古王城就在沼泽之内的某处，但是在里面搜索几乎就是玩命。

我们在峡谷的树荫下详细地看了文锦在笔记中描绘出的大概行进

路线，因为没有进入沼泽实地，很多地方都看得一头雾水，而且文锦在很多地方都画着问号，我们不知道这些问号代表着什么，这让我们非常为难，最后只能决定走一步是一步。

之后我们各自做准备工作，搜索的时候，知道前路漫漫，我们必须控制着自己的物资消耗，如今要进入西王母的后院了，自然也就顾不了这么多，照明弹、冷烟火、火柴、药物，所有能带的东西我们都装了进来。

潘子在越南打过仗，现在成了我们的顾问。他说从悬崖上看下面的情况，这里应该和越南的热带雨林差不多。这种湿润地带的沼泽最危险，上头是原始雨林的阔叶冠，几乎覆盖了整个谷底。这么茂密的植被，下面肯定透不过阳光，树冠下面一片漆黑，瘴气弥漫，是蚊子、蚂蟥、毒虫的天下。尽管这里的气温超过三十摄氏度，我们也必须穿长袖长裤，不然没一小时你身上绝对一块好肉都没有。

阿宁说："我有驱蚊水，行不行？"

潘子说："你驱走了蚊子，但是那东西会引来其他东西，在雨林里不要用太浓烈的气味，否则就算你当时没碰到野兽，它们也会一路尾随过来，咱们这一次只有我带了枪，就算碰上野猪也够呛。"

他最后说，一旦进入了沼泽之后，不到万不得已不要去蹚水，或者去碰那些污泥。他有一个战友，在打伏击的时候脚陷在沼泽里面，才一分钟不到，拔出来的时候，整个腿上全是洞，给蛀空了，也不知道是给什么咬的。在现在这样的环境下，如果出现这种事情就等于送命，也许还不如送命。

我从潘子的眼神中感觉到他不是在危言耸听，心里也多了几分异样，于是将裤管扎得更紧了。

花了两个小时，我们把所有的东西都整理打包完毕，在潘子的吆喝下就出发了。闷油瓶打头，潘子殿后，砍着树枝阔叶，就往峡谷的深处走去。我们前脚刚动，天又阴了下来，似乎是要下雨。我在心里感慨，大自然的奥妙真是无法穷尽，在干旱的柴达木戈壁的深处，竟然有这么一块潮湿多雨的绿洲，真是天公造物，不拘一格。

这条峡谷不像是在魔鬼城看到的那种雅丹峡谷，不是由风力雕琢而成的，好像是由地质运动产生的裂谷，谷底不平坦，怪石嶙峋、层层叠叠，岩壁仿佛被利刃雕琢而成。不过，要让我说，我同意胖子的说法，这里的地形实在是像一个陨石坑，裂谷好比是陨石坠落的时候砸裂的地壳裂缝，产生的时候可能比现在深得多，逐渐风化，给填平了。这样的峡谷在这个坑谷的四周应该不是唯一的。

峡谷很宽，进入密林之后，四周变得非常闷热，我们的身上很快就汗透了。石头和树上布满青苔，无法立足，我们的脚下到处都是潮湿的烂泥和盘根错节的树根，在怪物触须一样的树根网里行走，一脚一个陷坑，头顶上的树冠也密集得看不到阳光了。我一下子就产生了非常严重的错觉，我现在真的是在青藏高原上而不是在亚马孙的原始丛林里吗？

本来以为这种情况只有在峡谷的尽头才会碰到，没想到在峡谷中已经如此了，那坑谷里的情况估计更加糟糕。

胖子走得气喘吁吁，看着前面的情形，就说不知道这绿洲里面有没有什么动物，打几只来吃吃，也算是种福利，要不然这路走得就冤枉了。

潘子说这片封闭环境中的雨林说小不小，说大也不大，恐怕不会有大型的野兽，最多的恐怕还是虫子和蛇。很多这样的沼泽中，蛇是最常见的。

胖子说蛇也不错，在广东还吃过烤蝎子，反正只要是新鲜的东西，他都不在话下。

我想起文锦在笔记中写的"泥沼多蛇，遇人不惧"，想必潘子说得不错，只是不知道这些蛇的大小。在很多好莱坞的电影里，有些蟒蛇可以长到老树那么粗，轧路机都轧不死，不过这里应该没有这样的条件。

而且这里的生态环境十分特殊，是一个封闭的陆上孤岛，我想除了飞鸟和人类，其他东西根本不可能进入到这里来，这里的生物是在这个绿洲形成时就在这里繁衍的。当时柴达木还是一片河流密集的富庶之地，物种丰富，也许我们能够在这片绿洲中发现很多已经灭绝了的动植物，这有可能比西王母宫里的东西更加有价值。

转念一想，又心说不要了，在《山海经》的西王母传说中，西王母宫是被一群人面青鸟守护着的，这肯定是一种我们所不了解的巨大猛禽，保不准就是在长白山攻击我们的那种怪鸟，这种东西还是灭绝了好。

由于树木太过密集，而我们又是在峡谷中，没有迂回的条件，只能一边砍掉老藤阔叶一边前进。这很消耗体力，胖子和闷油瓶轮流开道也没有多少起色。好在峡谷边上的嶙峋山崖夹着一道蓝天，好比一道天蓝的锦带，十分绮丽，不时还有前天大雨形成的瀑布倾泻下来，我们一路过去，也并不无聊。

走了不久，我们就发现前面的峭壁上出现了很多石窟，密密麻麻的，有百来个，上面覆满了青苔，不知道里面雕着什么东西。

我们一下子紧张起来，看景色的心情也没了。一路过来没有看到任何关于西王母国的遗迹，一直有一种不真实的感觉，现在突然看到了，我们真的开始靠近这个神秘古国的核心地带了，这想来是件兴奋的事情，但是实际看到，又觉得有点儿恐怖。

收拾起嬉闹的心情，我们上去查看。这些石窟有大有小，大的能并排开进去两辆解放卡车，小的只有半人多高，和敦煌的有很大不同，石窟都很浅，在外面就能看到里面的雕像，只是被厚厚的青苔整个盖住了。

我爬上去拿出匕首，开始刮其中一座雕像上的覆盖物，在青苔中，逐渐露出了一座怪异的石雕。

第二十九章 • 向绿洲进发（下）

青苔中，是一座石刻的人面鸟身的神像，和我们在古沉船里发现的陶罐上的雕刻风格一样，是真正的西王母国的雕刻。经过千年的腐蚀，石雕表面布满了石斛，显得模糊不清。

我把上面的石斛全部去掉之后，雕刻的整体呈现了出来。那是一尊立像，是在山崖上直接凿出来的，鸟的头部是一张似人非人的女性怪脸，长着两对眼睛，面无表情，冷酷异常。两足下雕琢着五个骷髅头，鸟立于其中两个天灵盖上，似乎这些骷髅都是它吃剩的骸骨。

胖子在下面看着，就惊呼了一声："天哪，小吴，这不就是……"

我跳下来看到石雕的整体之后，也倒吸了一口冷气。

原来这崖壁石窟里的人面鸟身的石像，竟然和在长白山地下裂隙中看到的怪鸟几乎一模一样。

雕刻的形态极其生动，看山石的表面，修凿之时应该还涂有颜料，如果不是青苔覆盖，在这阴暗的丛林里看到，准会以为那种怪鸟

从长白山飞到这里来了。

众人都露出了惊异的神色，连闷油瓶都显得很意外。这里所有的人都到过长白山，看到这些石雕，难免回想起当时可怕的情形。

我和胖子又忙动手，将其他几座石窟的雕刻也——刮开，发现里面都是一样的人面鸟的石雕，有大有小，形态各异。

阿宁吸了口气道："看来我们之前推断得没错，长白山中的人面猛禽便是西王母的图腾——三青鸟的原型。西王母手上可能掌握着一些我们所不了解的古老技术，可以驯养这种诡异的猛禽。长白山中的地下陵墓应该和西王母国的消失以及遗民的神秘东迁有关。那些怪鸟可能原本是栖息在这片绿洲之中，后来被那些分裂出来的遗民带到东方，充当了陵墓的守护者。"

我道："不错，我一直感觉，这里的地形和长白山地下皇陵的地形是如此相似，都是在一个巨大的陨石坑状盆地里，看来那里可能是西王母宫的一个翻版，咱们在长白山里的经历只能算是一个演习，这里才是人家真正的老窝。"

胖子听了，擦了擦汗，道："他奶奶的，照你们这么说，这是那些鬼鸟的老家？那咱们这么进去不是送死吗？"

这还真不好说，我回头苦笑。阿宁道："那倒不至于，时隔这么多年了，这里的气候剧烈地变化，大片的草原浓缩成了这一片绿洲，食物太少，这种鸟在这里可能已经绝迹了，在长白山看到的那些可能是硕果仅存的一些。不过，不管怎么样，西王母国以三青鸟为守护神，这里有这样的图腾，说明我们已经进入西王母宫的界内了。这种石窟图腾刻在这里，既是一种标识，也是对外来人的一种警告，这后面我们得加倍小心。"

我们都点了点头。胖子道："承你贵言，这些鬼鸟真的灭绝了才好，要不然连累到了我，摸金校尉就要灭绝了。"

胖子的担忧也是我们的担忧，我们相顾一下，都没有话说，神情都很复杂。

又耽搁了片刻，阿宁给这些石像拍了照片，四处看了一圈，除了石头再无发现，闷油瓶就让我们出发。

我们最后看了一眼那些石窟，抖擞了精神，离开了这块崖壁，继续向峡谷的深处走去。大概是因为那些石窟雕像的影响，那一刻，我感觉到一种不安开始笼罩进丛林里，我们似乎正在走进一个无法理解的诡异世界之中。

第三十章 · 第二场雨（上）

　　离开石壁上的石窟之后，我们各自调整心情，继续往峡谷的深处前进。

　　因为石窟中石雕的影响，我们走得非常小心，注意着丛林中的每一个动静，生怕会遇到西王母千年之前设下的埋伏。

　　然而随着我们的深入，并没有什么诡异的事情发生，一路无事，甚至连西王母国的其他遗迹都没有看到，只有雨林越来越密集，盘根错节，铺天盖地，仿佛我们是在远离西王母的王宫，而不是在靠近，走到后来，眼睛都花了，只感觉到处是绿色的纠结的藤蔓，好像穿行在一碗发着绿霉的龙须面里。

　　我这才领悟到"丛林"是什么概念。我在山东和秦岭穿过的树林和这里比起来简直就是在旅游，在那边走上一公里，在这里都可能前进不到一百米，简直是步履维艰。看着潘子满头是汗的坚毅脸庞，也不知道他们当年打仗是怎么挺过来的。

　　就这样一直闷头往前，一直走到林子里黑下来，两边的峡谷变成了剪影画，我们也并没有前进多少。

队伍中也没有人说话了，只剩下喘息的声音和拍打蚊子的声音。

胖子走得蒙了，犯了癔症，就在前面哼山歌给自己提神，唱《花儿为什么这样红》。

"花儿为什么这样红？为什么这样红？哎！红得好像，红得好像燃烧的火。"他是开路手，在队伍的最前面，他唱歌同时也能给我们提神，这事情你无法指望闷油瓶来做。

不过胖子唱歌实在是难听，加上也不是正经地唱，听起来像是在招魂一样。

潘子后来听不下去了，就骂他："这里这么热，你就不能唱点儿凉快点儿的？"

胖子说："你懂什么！这是《冰山上的来客》的歌曲，我唱起来，就想起长白山的冰川，多少能凉快点儿。"

潘子说："那你唱《白毛女》不行吗？多直接，还省得联想。"

胖子说："你还点歌了，你还真以为我是电台，想听什么唱什么。老子唱给你听是给你面子，少这么多意见。"

正骂着，天上就打起了雷，云层里电光闪动，风也吹了起来，空气里出现了雨星子。

我们都安静下来，抬头看天，透过树冠，乌云亮了起来，似乎有闪电在云里攒动，云都压到了峡谷的顶上。阿宁叹了口气，说："行夜路偏又遇风雨，看来西王母并不欢迎我们，咱们今天晚上有罪受了。"

胖子道："下吧，下吧，最好它下雨，下了雨凉快，这么闷着，你胖爷我裤裆里的蛋都要孵出小鸡来了。"

我们听了忍不住笑了出来。潘子骂道："那你把你的小鸡看好了，别等一下给雷劈了。"

话音未落，雨就真下来了。起初是几滴雨弹打在了我们脸上，还

没等我们反应过来，滂沱大雨就来了，一下子好像整个森林都安静了下来，万木无声，接着"轰"的一声，整个峡谷瞬间轰鸣了起来，雨水像鞭子一样从树冠的缝隙里抽了进来，几乎把我们砸趴下。

我们没想到雨会这么猛，一下子猝不及防，全都抱头鼠窜。幸好我们是在密林的底部，四周有很多的大树，树冠密集，有一棵树上有一块由藤蔓纠结起来的遮盖，在阿宁的大叫下，我们爬了上去躲雨。

所有人挤在一起，都好像从汤里捞出来的一样。胖子说，哪里是下雨，这干脆就是龙王爷在我们头顶上滋尿。

此时一道闪电亮起，照亮了整个峡谷。借着闪电往前看去，一边的崖壁上雨水已经汇聚成大量的瀑布倾泻下来，黑夜中雨林翻滚，两边是冲下的巨大水幕，好比摩西分开大海的情形，壮观异常。

第三十一章 ● 第二场雨（下）

而峡谷之下，冲下的雨水形成的无数条小溪开始汇聚，很快，它们就汇聚成河流，向下游的沼泽涌去。

看到这幅景象，我忽然意识到了这片绿洲形成的原因：这里是柴达木盆地的最低点，所有的地下水和雨水都会汇聚到这里来。可以说这里是整个柴达木地下水系的中心，柴达木干涸的河床也许并不是真的断流了，而是转入地下流到了这里。所以无论这几千年来气候如何变化，盆地的周边如何由森林变成沙漠，这里仍旧保持着五千年前树木繁茂的样子。

"藏风聚水而不动"，所谓风水宝地，不就是经千年而不变的地方吗？这西王母宫所在的地方应该是昆仑山系龙脉之祖的宝眼所在。这样的奇景，也只有在这种地方才能出现啊。

正在感慨，胖子却不安分了起来，大屁股挤来挤去。这树上的空间本来就不大，他一动所有人都不自在，潘子就骂道："你小子干什么，皮痒还是怎么的？"

胖子皱着眉头，说："不知道怎么回事，老子屁股突然痒得要命。”说完又挪了挪屁股，在树上蹭了起来。

我心说就他事最多，刚想说他几句，突然自己的屁股和背也痒了起来，一下子奇痒难忍，好像有什么东西在爬一样。我忙弓起了腿想用手去抓，一抓之下就感觉不对，一下子跳了起来："虫子！"

所有人全站了起来，我挠着屁股往我们靠的树干上看，一看之下脸都绿了，只见满树干都是密密麻麻的花虫子，大概都只有半个小拇指指甲盖大，好像都是从树干的缝隙里爬出来的，我们的腿上和屁股上也全都是，拍都拍不掉。

胖子大骂了一声，几个人都跺起脚来。但是跺脚并没有什么作用，这些虫子根本不怕人，似乎当我们是树木，毫不犹豫地朝我们身上爬，幸亏我们的裤管扎紧了，它们爬不进来。但是我和胖子的屁股已经遭殃了，我们只好跑到雨里，让雨水冲自己的臀部。冰凉的雨水渗入到裤子里，我才感觉到奇痒消退了点儿，只是痒完了之后，屁股上原来痒的地方又疼了起来。我心里大骂，心说该不会有毒吧。这时候其他人也都逃了出来，一下子雨水朝我们身上猛冲，我们也说不了话。

我们爬上另外一根枝丫，朝树的上面爬去，那里还有一块雨水稍微少一点儿的几根枝丫密集的死角，但是并不够我们五个人全部进去，最后阿宁和我被他们推了进去，其他人用防水布遮着头，算是勉强不用被雨水冲头。

潘子道："刚才是什么虫子？"

阿宁甩掉头发上的水，又拍了拍暗淡下去的矿灯，总算把它打亮了，然后她照了照自己的裤腿，把粘在她腿上的死掉的虫子用小拇指的指甲挑到矿灯的前面。

那是一种好像蜘蛛一样的小虫子，又有点儿像没有尾巴的小蝎子。阿宁的手在抖，所以我也看不清楚。我屁股又疼了起来，就又问了一声："这是什么？有没有毒？"却看到阿宁的眉头皱了起来。我心里咯噔一声，还没来得及说糟糕，阿宁就顺手拔出了边上潘子腰里的刀，对我道："转过去，快把裤子脱了！"

第三十二章 • 青苔下的秘密（上）

阿宁说着就要来拽我的皮带。我一下子急了，也不知道她想干什么，忙捂住裤子，缩了一下："你想干什么？"

阿宁道："那些虫是一种草蜱子，被它们咬了很麻烦。你和胖子都被咬了，如果不想以后趴着睡的话，就赶紧把裤子脱了，等一下它爬到你的裤裆里，你这辈子就完了！"

我一听，还真觉得敏感部位有点儿瘙痒，但是怎么样也不能让阿宁给我处理啊，还是死死抓着裤子，对阿宁道："那你把刀给我，我自己去处理！"

"你自己怎么看自己的屁股？"阿宁道。

我心说"就算这样也不能给你看啊"。这时候边上的胖子一边挠屁股一边就说话了："别吵了。"说着从阿宁手里拿过刀，对我道，"这婆娘说得没错，草蜱是很麻烦，咱们两个到那边去，互相处理一下。"

"你会不会处理？"阿宁问。

"不就是把刀烧烫了去烫嘛，老子少说也插过队，放过牛羊，这点儿还不知道？你们也自己检查一下，你细皮嫩肉的，最招这种虫子了。"

说着指了指另一边的树枝后面，让我走过去，那里雨也不大，但是树枝似乎不太牢固，但此时也管不了那么多了。

爬到那里，往后看看阿宁他们，似乎看不到了，胖子的脸就变形了，抖起来一下就脱了自己的裤子，对我道："快，快，快，老子要给咬残了！"

我把矿灯往树枝上一架，一看就傻了眼，只见他满大腿、满屁股都是豌豆大的血包子，有的都大得像蚕豆一样，再仔细一看，就看到那些血包子全是刚才那些小虫吸饱了血的肚子，都胀得透明了。

"你怎么搞的？！"我突然想吐，忙捂住自己的嘴巴，"这也太夸张了，怎么会爬进去这么多？"

"这裤子太小了，老子过魔鬼城搬石头的时候裆崩裂了！"他抖了抖他的裤子，"裂了条大缝，当时我还说裂着凉快，一直没处理，进林子的时候就给忘记了，真是作孽——你快点儿！这虫子能一直吸血两三天，能吸到自己体积的六七倍，三十只就能把一只兔子的血吸光，老子已经贫血了，可禁不起这折腾。"

我拿起刀，只觉得胃里翻腾，也不知道怎么割，比画了半天就想用手去摘，那胖子忙缩起屁股躲开道："千万别拽，它是咬在肉里，脑袋钻进皮里去吸的，你一拽头就断在里面了，和雪毛子一样，得照我刚才说的，用火烧匕首去烫！"

我点了点头，一下子竟然连自己的瘙痒都忘记了，发着抖拿出打火机，将匕首的尖头烧红了，然后把一只一只吸得犹如气球一样的虫子烫了下来。那虫子怕烫，一靠近就马上把头拔了出来，我用刀柄把它们拍死，一拍就是一大包血。每烫一只，胖子就疼得要命，到了后来，我看他的腿都软了，我的手也软了。

足足搞了半小时，雨都小了下去，我才把胖子的大腿和屁股上弄干净。潘子检查完自己之后也想过来帮忙，但是他一过来树枝就开始颤动，所以只好作罢。他让我弄完后一定要消毒，不然很容易得冷热病。

搞完之后，给胖子涂上消毒水，我又勉为其难地脱掉裤子让胖子处理。说实话，在那种场合蹲马步给人观察屁股实在是难堪的事情，但是没有办法。不过我被咬的情况还好，十几分钟就处理好了，最后检查了一遍，确实一只都没漏下，才算松了口气。

穿上裤子，我们爬回到众人那里，两人尴尬地笑笑。潘子问我们怎么样，我点头说还好，总算没给咬漏了，又问他们有没有被咬。

潘子和阿宁只有手臂上被咬了几口，闷油瓶则一点儿事也没有。"草蜱的嗅觉很敏感，能闻出血型，看来你们两个比较可口。"阿宁解释道。

我想起刚才的事情，比较尴尬，就转移话题问她："这里怎么会有这么多的蜱子？这种东西不是潜伏在草里的吗？怎么聚集在这棵树上？难道它们也吸树汁？"

吸血的东西一般都在草里，因为动物经过的概率大，在树上的几乎没有。

阿宁摇头，表示也不理解："不过，这里有这种虫子，我们以后一定要小心，这些虫子是最讨厌的吸血昆虫，其他的比如蚊子、水蛭这些东西很少会杀掉宿主，唯独这种虫子能把宿主的血吸干。我上次在非洲做一个项目，就看到一头长颈鹿死在这种东西手里，尸体上挂满了血瘤子，恐怖异常。我们一靠近，所有的草蜱子都朝我们拥过来，黑压压一片，像地上的影子在动一样，吓得向导用车上的灭火器阻挡，然后开车狂逃而去。"

我想起胖子的屁股，再想想阿宁说的场面，不由得不寒而栗。

正说着，我忽然发现少了一个人，一辨认，闷油瓶不见了。

问他去了哪里，阿宁用下巴指了指下面，我就看到闷油瓶不知道什么时候爬到了我们刚才避雨的植物遮盖那里，打着矿灯，不知道在看什么。

第三十三章 ● 青苔下的秘密（下）

我看着就好奇，问阿宁："他下去干什么？"

"不知道。"阿宁表情复杂地看着下面的矿灯光，"一声不吭就下去了，问他，他也不理人，我是搞不懂你这个朋友。"

我叹了口气。自从魔鬼城里那次交谈之后，闷油瓶的话就更少了，甚至最近他的脸都凝固了起来，一点儿表情也没有出现过，也不知道这人的脑子里到底在想什么东西，也许他真的像定主卓玛说的：他自己的世界里，一直只有他一个人，所以他根本没有必要表露任何东西。

看着下面的灯光，应该是架在树枝上，给风吹得晃来晃去，我有点儿担心他会不会掉下去，随即又想到这小子是职业失踪人员，会不会趁这个机会，又自己一个人溜掉？

阿宁他们没经验，这还真有点儿悬……我看着下面晃动的灯光，也看不清楚他到底是不是在那里。

想到这里，我就放心不下了，于是打开矿灯，对阿宁说我下去看看，接着顶着大雨，抱着树干小心翼翼地一段一段地爬下去。

爬到下面矿灯的边上，我四处看了看，顿时心里一凉。

真的没人！

刚才我们躲雨的那块植物遮盖下，空空荡荡，哪里有闷油瓶的影子！

我暗骂了一声："难道真的跑了？"一下子气得不行。这人怎么这样，比起胖子做坏事还和你打个招呼，这人根本就当我们不存在，实在是太过分了。

怒火中烧，正想喊胖子他们下来商量对策，突然树枝整个一动，闷油瓶从那植物遮盖上面的黑暗处探了出来，把我吓了一跳。我抬头一看，原来他是站在这片遮盖的顶上，不知道在看些什么。

虚惊一场，我不由得长长地出了口气。他看到我也下来了，略微愣了一下，就招手让我上去。

我爬了上去，看到由树枝、寄生藤蔓、蕨类植物互相纠结而形成的长满绿苔的植物覆盖物已经被他用刀割了开来，青苔被刮开，里面大量的藤蔓被切断，露出了里面裹着的什么东西。雨水中可以看到大量细小的草蜱子在这些藤蔓里被水冲下去。

我不知道闷油瓶想在这堆东西里找什么，只闻到一股很难闻的味道，正想凑近看，闷油瓶又用力扯开一大片已经枯死的藤蔓，一瞬间，我只觉得眼睛一辣，从那个破口里拥出一大团虫子。

我吓得赶紧后退，差点儿从树上摔下去。幸亏下着大雨，这些草蜱子一下子就给滂沱的雨水冲走了。我扶住一边的树枝，捂着鼻子再次凑过去，就看到了这团遮盖里面缠绕着的东西。

那是一团腐烂的皮毛裹住的动物残骸，皮已经烂成了黑色，不知道是什么动物。闷油瓶用匕首插入皮毛，搅了一下，发现残骸已经腐烂光了，皮里面就是骨头，那些藤蔓长入它的体内，纠结在它的骨头里，将残骸和树紧紧缠绕在了一起。上面又覆满了青苔，所以我们才当它是普通的树上缠绕的植物混生体，进到下面去遮雨。

　　"不知道是什么动物，很大，可能是被这些虫子吸血之后染病死的，临死之前趴在树上，结果把四周的虫子全引来了，活活给吸干了血，之后虫子就歇伏在尸体上，等下一个牺牲品。"闷油瓶皱着眉头对我道。

　　我听着，想起刚才我们在下面躲雨，就感到一阵反胃，对闷油瓶道："这里的草蜱子这么厉害？这尸体都烂光了，它们还没死？"

　　闷油瓶摇了摇头，大概是表示不知道，又低头看了看那堆骸骨，不知道又想到了什么，突然拔出了他的黑金古刀，在自己的手掌上划了一道，用力一挤伤口，血从他的掌间流出，然后他握了一下我的袖子，将血沾了上去。

　　我愣了一下，还没意识到他是什么意思，他突然就猛地一俯身，奇长的手指伸出，将满是血的手伸进了藤蔓下的骸骨里。

　　顿时无数的草蜱子犹如潮水一样从里面蜂拥而出。我吓得大叫起来，同时他的手如闪电一般从骸骨里扯出了什么东西。

第三十四章 · 蛇骨（上）

如果他动手的时候稍微有一丝迟疑，那么我也能做点儿心理准备，至少不会叫出来，但是这家伙做事太凌厉了，如此恶心的骸骨，这么多的虫子，他也能面不改色地伸手下去，换了谁也措手不及。还好这家伙总算有良心，在我袖口上抹了血，不然这一次真给他害死了。

镇定了一下，发现转瞬之间，四周的虫子已经一只也看不到了，我一边惊叹他的威力，一边又郁闷起来。

在秦岭和雪山上，长久以来，我一直感觉自己的血也有了这种功能，不知道为什么在这里好像对这些虫子不管用，难道闷油瓶的血和我的血还有区别？我的血火候还不够？

闷油瓶把从骸骨中夹出来的东西放到了矿灯的灯光下，仔细地看起来。我凑过去，发现那是一件青绿色的拳头大小的物件。闷油瓶把手伸到雨水大的地方，冲洗了一下，再拿回来，我就惊讶地发现，这东西我还见过，是一支扭曲了的老式铜手电。

稍微看了一下，我就知道这东西是20世纪八九十年代改革开放之后的东西了，铜的外壳都锈满了绿色，拧开后盖一看，里面的电池烂得好比一团发霉的八宝粥。

我心里疑惑到了极点，这种东西怎么会出现在这里——在这具动物骸骨里？难道这是具人的骸骨？

正琢磨着，闷油瓶又把手伸进了骸骨里，这一次已经没有虫子爬出来了。他闭上眼睛在里面摸着，很快就抓到了东西，而且似乎是什么大家伙，另一只手也用上了力，才把它挖了出来。

我一看，喉咙里就紧了一下，那竟然是一段人的手骨，已经腐朽得满是孔洞，里面填满了黑色的不知道什么东西腐烂的污垢。

"这——"我一下子不知道该说什么。

"这是条大树蟒，吃了一个人。这手电是那个人身上的。"闷油瓶面无表情地说道，"而且，是个女人。"

我看到手骨上粘着一串似乎是装饰品的东西，知道闷油瓶说得没错，心里涌起一股异样的感觉，人一下子就兴奋起来，想到了很多的事情。

这片绿洲地形奇特，只有在大暴雨之后，地下暗河安卡拉扎浮出水面的时候，才能够被人发现。而柴达木盆地下雨是和摸奖差不多的事情，如果是有石油工人或者是探险队正巧在大雨的时候发现这里，然后闯进来被巨蟒吃掉，这种事情虽然有可能发生，但是概率不大。另一种可能性则让我感觉到毛骨悚然，这巨蟒里的尸体，会不会是当年文锦驼队里的一员？

毕竟，当年文锦在最后关头放弃了进入西王母宫的机会自己回来了，然而进入西王母宫遗址的霍玲他们，最后如何，连她也不知道。

闷油瓶肯定也想到了这一点，看了看上面的阿宁他们，对我道："上去叫他们下来帮忙，把这条蛇骨挖出来，看看里面到底是谁。"

第三十五章 · 蛇骨（中）

我应了一声，就一边转身往上爬，一边朝上面大叫。这时候就看到胖子已经在往下爬了，听到我叫，加快了步伐，跳到我的身边，问我怎么了。

我说有大发现，又对着潘子和阿宁叫了两声，把他们两个也叫了下来。

几个人来到那截手骨的边上，我就把我们发现的事情和他们说了一遍，众人也大奇。阿宁一下子就紧张起来，马上走过去看，胖子则道："难怪我觉得刚才有人在召唤我，原来我们还有前辈牺牲在这里，那可太巧了，赶快挖出来瞻仰瞻仰。"

此时的雨已经趋向平和，虽然不小，但已经不是刚才的那种霸道的水鞭子，我们身上其实本来就是全湿的，此时也没有什么顾忌了。倒是我，小心地把闷油瓶的血沾染的袖口保护起来，这下面的路，这东西可能会救我的命。

我们爬到那片巨大的植物身体的上面，刚才两人的时候还可

以，现在人多了，这东西就有点儿支撑不住，胖子和我只好把另外一只脚踩到一边的树枝上，以防这东西塌掉。我们用匕首割掉里面枯死的藤蔓，将裹在其中的蛇尸暴露出来。

如果是在晴天，可能挖起来更方便，但现在是在大雨里，头一低雨水就顺着贴在前额的头发往下滴，眼睛就不是很管用，我们要不时地甩掉头发上的水，才能看清下面的东西。

不过人多总是好的，特别是胖子，大刀阔斧，丝毫也不考虑一刀刀下去会不会砍伤他前辈的遗骨。

藤蔓很快被挖出一个更大的缺口，一截巨大的蛇骨暴露了出来。胖子骂了一声，我也有点儿惊讶，因为刚才说蛇的时候，我并没有意识到这蛇会这么大，看蛇骨的直径，这条蛇可能有一个人那么粗，这么大的蛇，吃一个人可能一分钟都不用。

扯动了一下，在盘绕着的蛇骨中，我们看到了扭曲的人的骸骨剩余部分。这条巨蟒死的时候应该是刚刚吞下这个人不久，否则骨头会给吐掉。骸骨上还有没完全腐烂的衣服，但是已经完全看不出当初是什么样子了。潘子学闷油瓶那样俯身从里面也夹出了一样东西，那是皮带扣，只有少许的锈斑，似乎是不锈钢的。

他拿了出来，用刀刮了刮，然后递给我。我们凑过去，我就看到上面刻了几个数字：02200059。

我吃了一惊，马上看向阿宁："是你们公司的注册号，这是你们的人！"

第
三
十
六
章

●

蛇
骨
（
下
）

02200059，这一串号码，按照阿宁的说法，是最后一份战国帛书上隐含的一组神秘的数字，汪藏海将其译出之后，百思不得其解，于是称其为"天数"，用作自己的密码。铁面生为何要在最后一份帛书中隐藏这一组奇怪的数字？背后又有什么样的奇遇？这件事情或许另有隐情，但是与现在我们经历的事情无关，这里也就不做表述。而阿宁的传教士老板裘德考对汪藏海十分着迷，于是通过关系，将此数字用作自己资源公司的标识码。阿宁队伍的装备、车上都有这组号码，这种公司的标识在国际探险活动中确定第一发现人非常重要，现在我的皮带上也有这一组号码。可以这么说，这皮带扣就是确定死亡者所属队伍的证据。

阿宁一开始不理解我说的是什么意思，接过来仔细看，一看之下脸都白了："这——"

"是你们公司的标识码没错吧？"我问道。

阿宁点了点头，这再明白不过了，也不顾这里已经摇摇欲坠，跳到我们挖出来的缝隙里，蹲下去用矿灯去照那具骸骨。别人都不了解我在说什么，胖子问我什么标识码，我就把她告诉我的东西转述了一遍。

胖子听完就看了看自己的皮带，但是他和潘子的皮带是他们自己的，我的装备是阿宁的，所以只有我的上面才有标识。胖子看了之后就露出了很不快的表情，转头问阿宁："喂，我说宁小姐，你该不会又在忽悠我们吧？你们的人早就到过这里！"

阿宁摇头："不可能，公司里完全没有记录，要是我们到过这里，以我们的实力，绝对轮不到你们来和我们合作。"

"那这你怎么解释？"胖子举着皮带扣质问道。

阿宁转头冷冷地看了他一眼，显然心里也不舒服，道："我不知道！你安静一下，让我先看看这个死人，再来给你解释！"

胖子一下子给阿宁诶得说不出话来，就有点儿愠火。潘子对阿宁也一直不信任，此时就看了看我，想看我的反应。

我倒是相信她确实不知道，虽然阿宁有前科，但是现在并不是危急时刻，她应该不至于骗我们，而且，如果他们真的来过这里，确实如她所说，她的队伍就不会在到达这里之前瓦解了，于是给潘子使了个眼色，让他别作声。我还是比较理想主义的，既然大家走在同一条路上，人际关系还是不要搞得太紧张比较好。

我又看了一眼闷油瓶，想看他的反应，但他并没有什么表示。

此时，不知道为什么，我突然想到奶奶在我爷爷的笔记上写过这么一句话："在危难中和你并肩的人，并不一定能和你共富贵，而在危难中背叛你的人，也并不一定不能相交，世事无常，夫妇共勉之。"

这是写在笔记本里面的一句话，大约是劝解爷爷少和他以前的草莽兄弟来往。

后来也证明了我奶奶看人的透彻，虽然这些人一起上山下海，倒斗淘沙，和爷爷是生死之交，但是后来富贵了之后，大部分就真的散了，这个和那个有矛盾，这个玩儿了那个的老婆，打杀的都有，弄得爷爷在中间不知道怎么帮好。他最后感叹说，在社会上，没有生死之忧，背靠背保护你的兄弟，一下子也变得不那么重要了。

阿宁和闷油瓶，这两人还真是应了奶奶的话。

胖子还要说话，我就出来打圆场，让他们不要问了，再去看看那具骸骨。

蛇骨中藤蔓纠结，人尸被扭成了麻花样，很难再发现什么，阿宁把手伸到骸骨里面去，在她脖子处搜索着什么，但是显然没有。

"没有名牌！"阿宁再没有发现，爬了上来，从自己脖子里拿出一条项链给我们看，"我是1997年进公司的，从那年起我们下项目都要戴上这种东西，学美国的军队，好知道尸体的身份。这具尸体没有，应该是1997年之前的队伍，看来应该是我们公司的人没错……"她的表情很严肃，顿了顿又道，"我确实没有在公司里得到这一支队伍的任何资料，我不知道为什么她会在这里，这不符合逻辑。"

"小姐，可是尸体是不会说谎的，你不要说是这条蟒蛇游到你们公司吃了一个人然后再回来。"胖子悻然道。

我看着骸骨，心里也疑惑到了极点。这确实不太可能，看阿宁的所作所为就知道，他们为了得到这里的确切线索，做了多少事情。如果在1997年之前他们公司就有人到达了这里，那么他们怎么会费这么多的精力才能再次到达这里？

正想着，一直没有听我们争论，在看尸体的闷油瓶就"咦"了一声。

他突然说话，我们都愣了一下，随即都看向他。他正死死地看着那具蛇骨，脸上不知道什么时候露出了一个惊讶的表情。

我一下子就慌了，要知道他要露出这种表情是多不容易的事情，他肯定是发现了什么极度奇怪的事情，我们都忙凑过去看发生了什么。

然而顺着他的目光看去，我们并没有看到什么异样的地方能让我们感到奇怪。看了一会儿，胖子抬头就问他："怎么了？大半夜的你别吓人。"

闷油瓶没有理胖子，而是转过头看着阿宁，对她说道："太奇怪了，这好像是你的尸体……"

第三十七章 ● 沼泽魔域（上）

闷油瓶说完，我们一时间都没有明白他是什么意思，几个人就愣了一下，反应过来。我感觉莫名其妙，都说这尸体死了很久了，怎么一下子就变成阿宁的尸体了，而且阿宁这不好好地站在这里吗？

几个人都很疑惑，而阿宁皱起了眉头，不知道闷油瓶这么说是什么意思。

闷油瓶并没有理会我们的眼神，而是将我刚才看到的尸体手骨上的手链小心翼翼地取了下来，递给阿宁，对她做了一个看看的眼神。

阿宁莫名其妙地接过来，看了看闷油瓶，然后去看手链。一开始，她的表情是很疑惑的，但是等她的目光投到这手链上，几秒钟后，脸色就变了，唰地惨白。

我们在边上，一看她的表情冷汗就下来了，心说这不对啊，这是什么表情？胖子没头没脑地问了一句："怎么，这尸体真是你的？"

阿宁没有说话，但她转头看着我们的时候，脸色已经有点儿发青了，一边把闷油瓶给她的手链递给我们，一边将她的右手伸到我们面前。

阿宁的右手上戴着一串铜钱组成的装饰品，这我在海南的时候就注意过，在魔鬼城里落单迷路的时候，这串铜钱被当成记号压在那些石头下，一共七枚，全都是安徽安庆铜元局铸造的当十铜钱，当时我和她开玩笑说这可能是世界上最值钱的记号了。她和我说，她之所以选择用这种铜钱做手链，就是因为这样的手链世界上绝对不可能有第二条了。

因为有了这样的对话，所以当她把她的手和女尸上的手链一起放到我面前的时候，我就知道了她的用意。

我忙仔细去看女尸身上取下的手链，刚才粗看的时候，并没有仔细端详，现在仔细一看，发现手链被铜锈结成了一个整体，拨开表面的铜泥，里面果然就是几枚腐烂的铜钱，上面都有模糊的"光绪元宝"四个魏体书。

一开始我还不相信，又拨开了一点儿，就看到了里面的满文，顿时感到骇然，抬头看向阿宁。

"不用看了，就是当十铜钱。"阿宁对我道，"一共七枚。"

"这——"我哑口无言，心说这怎么可能呢？

这具女尸的手上戴的也是七枚当十铜钱……可是，当十铜钱非常稀少，阿宁手上的七枚，是她在十年时间里一枚一枚收集起来的。不说这种想法上巧合的可能性，光是铜钱的珍稀程度，也不太可能解释这件事情……碰巧有一个女人也有将当十铜钱做手链这样的想法，也有这样的财力和渠道能够买到七枚铜钱，也是一个野外工作者，并且也来到这里死掉了，让我们发现了尸体，这样的概率是多少……

这样的事情不是扑朔迷离，而是根本不可能发生……

其他人还不明白是怎么回事，我就把这铜钱的珍贵之处和他们说了一遍。说完之后，他们还是弄不懂，潘子就道："那就是两串一样的铜钱链子嘛，也许是一个巧合，这种铜钱的赝品很多的。"

闷油瓶看着阿宁，就摇头。

"那这是怎么回事？"潘子苦笑起来，"这没天理啊，难道站在我们面前的这位大妹子是个鬼？她在十几年前就死在了这里？"

潘子说着就笑，但是只笑两声，就笑不出来了。接着，他的脸色变了，一下子就站了起来，去摸腰间的刀。

我心里奇怪，心说怎么了？也转头去看阿宁，一看之下，我差点儿吓晕过去。

只见雨水中阿宁的脸不知道什么时候竟然变了，她的脸好像融化一样扭曲了起来，眼睛诡异地瞪了出来，嘴角以不可能的角度咧着，露出满口细小的獠牙。

我脑子里"嗡"的一声，心里大叫一声，闪电一般就去摸自己腰里的匕首，同时往一边退去，想尽量和她保持距离。

慌乱间忘记了自己是在树上，往后一退，人就踩空了，只是一瞬间，我就栽了下去。

我整个人猛地一缩，心说完了，这一次不摔死也重伤了，忙用手乱抓四周的树枝，但是什么也没抓住。这时候，有人一把揪住了我的皮带，我只觉得腰一疼，几乎给勒断了，不过好歹算是没摔下去。

那人提着我就往上拉，我稳住身体回头看是哪个好汉救的我，一看之后，屁滚尿流，抓着我皮带的竟然是阿宁，一张大嘴口水横流，直滴到我的脸上。

这真是要了命了，情急之下，我意识到给她提上去老子可能就小命不保了，要是摔下去可能还有一线生机，忙去解自己的皮带，可是那皮带勒在我的肚子上，怎么解也解不开。我头发都竖了起来，用力去扯，扯着扯着，我就听到有个人在道："醒醒，醒醒，你做什么梦呢？"

第三十八章 · 沼泽魔域（中）

一下子我就醒了，猛地坐起来，头撞到了一个人的胸口，"哎呀"一声，一边的阿宁差点儿被我撞到树下去。

条件反射地拉住她，我一下子清醒了过来，发现自己靠在树上，手扯着皮带，已经扯开一半了，边上就是蛇骨的挖掘地，雨还在下，四周的矿灯刺得我眼睛睁都睁不开。

所有人都莫名其妙地看着我，蛇骨头上已经搭起了防水的布，矿灯架在四周的树枝上，闷油瓶和潘子坐在那里，而胖子睡在我的边上，鼾声如雷。阿宁捂着胸口，显然被我撞得很疼。

我这才明白刚才是在做梦，顿时长出了一口气，一摸脑门，上面还是湿的，也不知道是冷汗还是昨天的雨水。

我是什么时候睡过去的，一想就想了起来，之前把他们叫下来挖蛇骨，但是蛇的骸骨缠入藤蔓最起码有十几年了，里面结实得一塌糊涂，挖了半天也没挖出什么来，就轮番休息，没想到一路过来太疲倦了，躺下去就睡着了，脸上还全是雨水。刚才阿宁的口水，就是这些东西。

　　我尴尬地笑了笑，站起来，抹了把脸就过去继续帮忙。潘子在那边不怀好意地问我："小三爷，你刚才做什么梦呢，还要脱裤子？"

　　我拍了他一下，心说这次有理也说不清了，不由得想到建筑师与火车的故事，心说，原来这样的事情并不只是笑话里才有。

　　看了看表，睡去也没有多长时间，浑身都是湿的，也就是浅浅地眯了一会儿，浅睡容易做噩梦，不过总算是睡了，精神好了很多。话说这梦也有点儿奇怪，真实得要命，都说梦是人潜意识的反应，我想起老痒以前和我讲过的一些人心理上的东西，心说难道在我的潜意识里，对阿宁这个女人有着无比的恐惧，在梦里竟然是这样的情节？

　　回头看阿宁，她已经靠到树干上，接替我继续休息了，闭着眼睛养神，人显得有些憔悴，不过这样反倒使得她那种咄咄逼人的气势减淡了不少，看上去更有女人味了。梦境中阿宁扭曲的脸和现在的景象重叠在一起，使我又感觉有点儿后怕。

　　转头看他们的进度，却发现似乎并没有太多进展，藤蔓缠绕进骸骨里，经过一番折腾，都碎掉了，腐烂并且已经矿物化的巴掌大的鳞片散落在藤蔓堆里，看起来像是古时候的纸钱。

　　我自嘲地笑了笑，长出了口气，问潘子他们有什么发现，为什么不挖了。

　　潘子拿起一边的矿灯，往骸骨里面照去，说没法把这具尸体弄出来，一来骨头都烂得差不多了，一碰就碎，再挖就没了；二来他们发现了这个东西。

　　我顺着矿灯的光往下看去，看到蛇骨的深处，藤蔓纠结的地方，有一捆类似于鸡腿的东西，只不过是黑色的，而且上面结了一层锈壳。我趴下去仔细看，发现那竟然是三颗绑起来的老式手榴弹，已经锈成了一个整体。

　　弹体的四周，有一条发黑的武装袋，显然这三颗东西是插在武装袋上，背在这具尸体身上的。

　　我看着不由得倒吸了一口冷气，一下子走动都不敢用力了，小心翼翼地退回来。潘子对我道："这是胖子先发现的，要不是胖子眼睛毒，我们几个现在都可能被炸上天了。"

　　我惊讶道："这具尸体到底是什么人？怎么会带着这种东西？"就算是文锦他们的队伍，要带着装备，也应该带炸药，而不是手榴弹啊。这种木柄老式手榴弹完全是实战用的武器，是以杀伤人为目的的，除了用来做工程爆破，基本上没用。

　　"你还记不记得定主卓玛那个老太太和我们说过，在1993年的时候，这里有一批搞民族分裂的反动武装逃进了柴达木后，民兵追到了戈壁深处，这支队伍却失踪了？"潘子问我道，"我看这具尸骨就是当时那批人之一的，也许是女匪，也许是家眷。他们当时失踪，我看就是因为误入了这片沼泽。十几年了，这批人没有再出现，应该是全部死在这里了。"

第三十九章 ● 沼泽魔域（下）

潘子提起这茬儿，我才想起来，觉得有道理，应该就是这么回事儿，不过我并不同意潘子最后的看法，那时候逃进戈壁的是武装分子，可都是带着好枪的，虽然人数不多，但是装备精良，如果他们真的进入沼泽之中，不一定就死了，也许在里面待了一段时间离开了也说不定。这里荒无人烟，很多偷猎人都是从这里进可可西里，打了动物后直接进走私小道去尼泊尔，要逮他们一点儿辙也没有。

甚至，这帮人也有可能在这里定居下来了，当然，这种可能性很小，这里的条件不适合外面的人生活。我也心说最好不要，这种人太极端了，见了面非打起来不可，我们没枪没炮，要是有个死伤就对不起之前遭的罪了，虽然隔了这么多年，他们的武器也应该都报废了。

正胡思乱想着，胖子就醒了，我让潘子去睡一会儿，他说："不睡了，这么潮湿，我一把年纪了，睡了肯定出问题，这里有那几颗东西，这死人咱们也不能再琢磨了，你们多休息一下，然后我们就离开这里，反正雨也小了，再往前走走，天也就该亮了，到时候找个好点儿的地方生上火再慢慢休息。"

话虽这么说，但是在这样的条件下，主观想去睡觉确实也睡不着，我们缩在一起，一边抽烟，一边看着外面的黑暗，听雨声和风吹过雨林的声音。潘子就擦他的枪，这里太潮湿，他对枪的状况很担心。其他人就聊天，聊着聊着，闷油瓶却睡着了。

潘子和我讲了他打仗时候的事情，当时他是进炊事班的，年纪很小。有一次，他们的后勤部队和越南的特种兵遭遇了，厨师和搬运工怎么打得过那些从小就和美国人打仗的越南人？他们后来被逼进了一片沼泽里，因为越南人虐待俘虏，所以他们最后决定同归于尽，当时保护他们的警卫连给他们每人发了一颗手榴弹，准备用作最后关头的牺牲。

越南人很聪明，不露头，在丛林里分散着向他们靠拢，这边放一枪，那边放一枪，让他们不知道到底敌人要从哪里进来。他们且战且退，就退到沼泽的中心泥沼里，一脚下去泥都裹到大腿根，走也走不动，这时候连长就下命令让他们准备。

所有人拿着手榴弹，就缩进了泥沼里，脸上涂上泥，只露出两个鼻孔。这一下子，倒是那些越南人慌了，不知道为什么，他们不敢进入沼泽，就用枪在沼泽里扫射，后来子弹打得差不多了，就撤退了。

潘子他们在泥沼里不敢动，怕这是越南人的诡计，一直忍了一个晚上，见越南人真的走了，才小心翼翼地出来，可是一清点人数，却发现少了两人。他们以为是陷到泥里面去了，就用竹竿在泥沼里找，结果钩出了他们的尸体，发现这两人已经给吃空了，只剩下一张透明的皮，胸腔里不知道什么东西在鼓动。

这样的经历之后，潘子开始害怕沼泽，后来调到尖刀排到越南后方作战，全排被伏击，死得就剩下他和通信兵的时候，他们又逃到一个沼泽边上，潘子却宁可豁出去被追兵杀，也不肯再踏进这种地方一步。

潘子说着说着，就不停地打哈欠，我也听得眼睛蒙蒙眬眬的，眼皮直打架，又睡了过去。

半睡半醒，也不知道过了多久，似乎又开始要做梦了，却觉得有人在摇我。那是我最难受的时候，就想推开他继续睡，没推到他人，一下子我的嘴巴却给捂住了。

这一下我睁开了眼睛，看到是阿宁在捂我的嘴巴，一边的潘子轻轻在摇胖子，几个人都好像是刚醒的样子，在看一边。

我也转过去看，就看到大风刮着我们头顶上的一条树枝，巨大的树冠都在抖动，似乎风又起来了，但是等我仔细一感觉，觉察不到四周有风。再一看头顶上，一条褐色的巨蟒，正在从相邻的另一棵树上蛇行盘绕过来。

第四十章 ● 狂蟒之灾

说是头顶上的树冠，其实离我们的距离很近，也就是两三米，蛇的鳞片都能看得清清楚楚。这是条树蟒，最粗的地方有水桶粗细，树冠茂密，大部分身体隐在里面，也不知道有多长，让我觉得惊异的是，蛇的鳞片在矿灯的光线下反射着金褐色的光泽，好像这条蛇被镏过金一样。

刚才爬上来的时候，四周肯定没有蟒蛇，这蛇应该是在我们休息的时候顺着这些纠结在一起的树冠爬过来的。蟒蛇在捕食之外的动作都很慢，行动很隐蔽，而外面还有少许的风，丛林里到处都是树叶的声音，几个人都迷糊了，一点儿也没有感觉到。守夜的潘子也没发现它的靠近。

不过这里出现蟒蛇倒也不奇怪，雨林本来就是蟒蛇的故乡，而古怪的事情看多了，区区一条大蛇似乎还不能令我们绷紧神经。

潘子他们都见过大世面，几个人都出奇地冷静，谁也没有移动或者惊叫。这种蛇的攻击距离很长，现在不知道它对我们有没有兴趣，如果贸然移动，把蛇惊了，它一瞬间就会发动攻击，我们在树上总是吃亏的。

我们这边僵持着，树蟒则缓缓地盘下来，巨大的蛇头挂到树枝的下面，看了看我们，黄色怨毒的蛇眼在黑夜里让人极端不舒服。

潘子一边举起枪，一边推胖子，这王八蛋也真是能睡，怎么推也推不醒。闷油瓶的黑金刀也横在了腰后面，另一只手上匕首反握着。所有人都下意识地往后面缩去，尽量和这蛇保持距离。

我在最后，心里暗想要攻击也不会先攻击我，就看了看树下，琢磨着如果跳下去行不行，这里毕竟是树上，而且颇有点儿高度，活动不开，硬拼恐怕会吃亏。

大雨之后，两边崖壁上的瀑布在峡谷的底部汇聚成了大量小溪，现在这些小溪汇合了起来，树下的烂泥地已经成了一片黑泽，下面应该是树根和烂泥，不晓得跑不跑得开。

想着又转头去看前面的雨林，这时候四周传来了树冠抖动的声音，窸窸窣窣，这一次好像是从我的身后传了过来。

我回头一看，冷汗就下来了。就在我的脖子后面，又挂下来一条小一点儿的树蟒，也是金褐色的，这一条大概只有大腿粗细，离我的脸只有一臂远，一股腥臭味扑鼻而来。

我吓得又往前缩去，前面的人缩后，几个人就挤在了一起，再无退路。

这下子真的一动也不敢动了，所有人都僵在那里。人瞪蛇，蛇瞪着人，连呼吸都是收紧的。

我心里就感觉奇怪，蟒蛇是独居动物，有很强的领地观念，很少会协同狩猎，除非是交配期间，难道这里的雨季是它们的交配期？那真是进来得不是时候。这两条蟒蛇一前一后，似乎是有意识地要夹攻我们，很可能是一对刚交配完的，想起蛇骨里面的人尸，我就觉得一阵恶心，心说"我可不想成为你们的点心"。

两相僵持了很久，谁也没动，蟒蛇可能很少见人，一时间也搞不清楚状况，所以不敢发动攻击，而且闷油瓶和潘子的气势很凌厉，两人犹如石雕一样死死地盯着蛇的眼睛。蟒蛇似乎能感觉到潜在的危险，犹豫不前。

十几分钟后，果然，两条蟒蛇找不到我们的破绽，就慢慢地缩回到了树冠里，似乎想要放弃。

看着两边的蛇都蜷了上去，我不由得缓缓地松下一口气，潘子紧绷的身子也松了下来，枪头也慢慢地放了下来。我心中庆幸，说实话，在这种地方和蛇遭遇，还是不打为好，不说这蛇的攻击力，就是从这里失足摔下去也够呛。

可就在我想轻声舒口气压压惊的时候，一边的胖子突然翻了个身，打了一个很含糊的呼噜，而且还拉了一长鼻音。

那是极度安静下突然发出的一个声音，所有人一下子都惊翻了，阿宁忙去按他的嘴巴，可已经来不及。整棵树猛地一抖，一边腥风一卷，前面的树蟒又把头探了回来，这一次蛇身已经弓成了U形，一看就知道是要攻击了。

潘子立即举枪，但还是慢了一步，蟒头犹如闪电一般咬了过来。刹那间，潘子勉强低头，蛇头从他头侧咬了过去，他身后的闷油瓶视线不好，躲闪不及就给咬住了肩膀。接着肌肉发达的蟒身犹如狂风一样蜷过来，在极短的时间内它好比蟠龙一样的上半身猛地拍在我们脚下的蛇骨上，已经摇摇欲坠的骸骨堆顿时就散架了。我们被蛇身撞翻出去，接着脚下就塌了，所有人裹在蛇骨里摔了下去。

幸好蛇骨之中缠绕着大量的藤蔓，骨断筋连，塌到一半，各部分都给藤蔓扯住了。我手脚乱抓，抓住藤蔓往下滑了几米也挂住了，抬头一看，就看到闷油瓶被蟒蛇死死地缠了起来，卷到了半空，黑金古刀不知道给撞到什么地方去了，蛇身蜷缩，越盘越紧，闷油瓶用力挣扎但是毫无办法。

我急火攻心，就大叫潘子"快开枪"，转头却看不到潘子，不知道他摔到哪里去了。就在这个时候，我看到半空中的闷油瓶突然一耸肩膀，整个人突然缩了起来，一下就从蟒身的缠绕中退了下来，落到一根树枝上，翻身就跳到纠结的藤蔓上往下滑，滑到我的边上，对我大叫："把刀给我！"

我赶紧去拔刀，可是太紧张了，拔了几下竟然没拔出来。这时候那蟒蛇发现自己盘了个空，不由得大怒，猛地盘回树上，转瞬之间就到了我们跟前，蛇头一翻又猛咬了过来。

我大骂了一声，眼看着血盆大口朝着自己的面门就来了，那种视觉冲击力恐怕很少有人能见识。闷油瓶抓着藤蔓，从藤蔓中扯出一块骨头扔了过去。蟒蛇凌空一躲，给了我们少许时间，闷油瓶就对我大叫："快跳下去！"

可那时候我已经蒙了，也不知道自己是怎么想的，条件反射就蜷缩起了身子，一下子反应不过来。那一刹那，蛇头又弓了起来，闷油瓶"啧"了一声，飞起一脚就把我踹翻了出去。

这一脚极其用力，我拉的藤蔓都断了，慌乱间又是乱抓，但是连抓了几下什么都抓不住，就自由落体直落而下，连撞了好几根树枝，然后重重地摔到了地上。幸亏下面是水和烂泥，我翻了几下趴在里面，一嘴巴的泥，却不是很疼。

恍惚中被人扶了起来，就往外拖，拖了几步才开始感觉浑身都火辣辣地疼，抹掉脸上的泥就看到扶着我的是阿宁和胖子，再看四周，矿灯全掉在泥里熄灭了，什么都是模模糊糊的。潘子端着枪瞄着树上，但是从树下看上去，树冠里面一片漆黑，什么都看不到。

"你怎么样？"阿宁问我。

我摇头说"没事"，他们就拖着我往外走，我说："不行，那小子还在树上，不能扔下他不管！"

刚说完整棵树狂抖，闷油瓶像只猴子一样踩着树干就跳了下来，同时树叶、树皮卷着一个巨大的黑影一阵风一样也跟了下来。两个影子几乎是裹在一起摔在泥水里的，水花还没落下，就看到蟒蛇一个扑咬朝他冲了过去，闷油瓶矮身一闪，裹进水花里看不见了。

我一看，心说他竟然在和这条蛇肉搏，忙大叫了一声："潘子，快去帮忙！"

潘子不等我说早就骂着冲过去了，歪头躲过水花，举枪瞄准，终于开了第一枪。他的枪法极其好，一枪就打在蛇头上，凌空把蛇打得扭了起来。闷油瓶从蛇身下翻了出来，拔腿就往外跑。那蛇竟然没死，猛地一翻，犹如弹簧一样又反身扑咬了过来，潘子又是一枪，将它打得缩了回去。他同时后退，然后对我们大喊："我掩护！你们快出——"

话音未落，突然，从树上猛地射下来另一条树蟒，一下就咬住了潘子的肩膀，接着一闪间，蛇身一弓，将他整个提了起来。

那攻击太快了，谁也没有反应过来，我们大惊失色，他已经给卷到了半空中。我看着他手脚乱抓，顿时心里一沉，心说完了！

说时迟，那时快，就见潘子临危不惧，单手连转了几下，就把自己的折叠军刀翻了出来，然后往上一刺，猛地扎进了蛇的眼睛里。那巨蟒疼得整个身子都弯了，一下子就松了口，潘子给甩了一下，撞在树上，翻着跟头摔下来，满脸都是血。接着阿宁从背包里打起两个冷烟火，双手往膝盖上猛一敲点燃，冲到蟒蛇和潘子中间，用冷火焰挡住蟒蛇，同时对我们大叫："把他拖走，跑！"

我大叫："不要！冷烟火的温度不够！"阿宁就道："你知道，蛇不知道！"

我和胖子猛地冲过去，扶起潘子就往树林里跑，但是还没有走几步，突然，水花伴着烂泥浪一样地打了过来。我转头一看，闷油瓶身后的巨蟒竟然还没死，蛇头上都是血，巨大的身躯狂怒着追着闷油瓶，而后者正朝我冲了过来，巨大的蟒蛇在身后狂舞，看上去竟然像飞起来一样。

蟒蛇很生气，后果很严重！我脑子里突然出现了这么一句话，看着那情形竟然脚软了。闷油瓶大叫"趴下"，胖子一把抓住我往前跑了几步，猛地卧倒在水里。蟒蛇瞬间就到了，闷油瓶和阿宁一翻身也滚进泥里，蟒蛇巨大的身躯贴我的后背蜷了过去，一个刹不住，就撞到一边的大树上，树几乎给撞折，树叶和树上的附着物下雨一样地掉下来。

我们爬起来，也分不清楚东南西北了，胖子的杀心大起，大骂了一声："奶奶的！跟它拼了！"说着竟然一把抽出我腰里的匕首，朝着被撞蒙的蟒蛇冲了过去。我赶紧冲上去，拦腰抱住他，不让他过去，闷油瓶也爬起来。我看到他肩膀上全是血，显然受了很重的伤。他气喘着指着一边的丛林，对我们叫道："快跑，这两条蛇不对劲！"

一看闷油瓶伤成这样，胖子也犯了嘀咕，忙将潘子背起来，将潘子的枪扔给我，我持枪殿后，一行人就直往丛林里逃去。刚冲进灌木里，后面水花溅起，那蛇竟然又来了。

谁也没工夫看后头了，树木之下是极其茂盛的灌木和蕨类植物，我们冲进去，枝条都带着刺，划过我裸露的皮肤，拉出了无数血条，疼得我直咧嘴，但是也管不了这么多了，咬紧牙关就狂跑。

谁也想不到我们可以在丛林中达到那种速度，要是一直按照这个速度，我们早在今天中午就过峡谷了。我们很快就冲到了峡谷的边缘，山壁上全是瀑布，水一下就深到了膝盖，这下再也跑不快了。

我们回头一看，那条蛇几乎就没被我们落下多少，蟠龙一样的身子在灌木里闪电一般跟了过来。我们想要再跑，再往前就是瀑布，没路了，胖子就大骂："谁带的路？！"

几个人都慌了，这里水这么深，动又动不了，而树蟒在水里十分灵活，这一下真的凶多吉少了。这时候，阿宁好像看到了什么，对我们叫道："那里！"

我们顺着她的矿灯看去，只见一边山岩的瀑布后面有一道裂缝，似乎可以藏身，胖子就急叫："快！快！"

我们冲过去，冲进瀑布，裂缝的口子很窄，蟒蛇肯定进不来，我们人进去都很勉强。几个人都侧身往里面挤，里面全是水，我们几个勉强挤了进去，胖子却打死也进不去。

我们拼命地拽他，他也拼命地往里面挤，也只是进来一条腿，在里面的阿宁就把矿灯照向缝隙外，巨大的蛇头已经在瀑布的水帘外，那是一个巨大的影子。胖子也慌了，大叫："你照什么？关灯，关灯！"

我忙上去捂住他的嘴巴，轻声喝他闭嘴。但是所有人都知道，躲肯定没用了，都抄起家伙，准备拼命了。

可奇怪的是，那条蟒蛇在瀑布外面，没有把头探进瀑布里来，徘徊了几下，竟然扭头走了。

这一来，我们都面面相觑，莫名其妙。只要这蛇稍微把头再往里一探，胖子肯定就完蛋了，我们不可能袖手旁观，那就是一场死战，不死一半也够呛。怎么突然它就走了，难道它害怕这瀑布？

这时候，我们听到缝隙的深处传来一连串"咯咯咯"的声音，好像鸡叫一般。外面水声隆隆，声音并不响亮，但是这里听到鸡叫，特别刺耳，我们全部听到了。

所有人转头，此时才有精力来观察这条缝隙，发现里面水都没到我们的腰部了，再看缝隙的里面，再进去就没有了，而在尽头的石头缝里，站着什么东西。这东西完全是隐在黑暗里的，利用矿灯的余光，根本发现不了。

我的眼神恍惚了一下，也看不清楚，但是我一看到这东西站着的姿态，就感觉不妙。我也说不出到底奇怪在什么地方，于是让阿宁把矿灯转过来。

灯光探过去，那东西露出了真面目。我看了一眼，足有两三秒钟，没有意识到那是什么，那是极度惊讶的两三秒钟，随即我就反应过来，简直不敢相信自己的眼睛。

我看到在缝隙的最里面，有一条大概手腕粗的蛇，这条蛇不是蟒蛇，浑身火红，蛇头是非常尖锐的三角形，上面竟然长着一只大大的鸡冠。而让我不敢相信的是，这条蛇竟然是直直地站在那里，蛇头低垂，目露凶光地看着我，整个姿态好似一个没有手脚的人一样。

我看着那蛇的眼睛，几乎不能动了，就这样被它瞪着，直到阿宁拉了我一下，我才意识到我看到了什么，也知道为什么那条巨蛇要放弃我们了。童年时候的恐惧立刻传遍全身。

第四十一章 · 蛇王

这竟然是一条"野鸡脖子"。

这里怎么会有这种蛇？

我再仔细去看，火红的鸡冠、蛇身以及那种直立的骇人姿势，就是"野鸡脖子"没错。

一下子我的冷汗就嗖地冒了出来。这种蛇十分罕见，在我们老家，它被叫作"雷王红"（音译），我小时候在山上见过一次。据老人说，这蛇就是蛇里的帝王，所有的蛇都怕它，它贴地而飞，行迹如电，而且奇毒无比，爬过的地方，植物甚至会自己分开。而且这种蛇不能打，打死了会有同类来报复。

我后来看过一本清人笔记小说，上面说这种蛇乃小龙，沿着山川龙脉而栖，又说是盘踞在龙脉上的蛇精，有的地方有天雷杀妖的传说，大多是说雷劈在山上，炸出这种蛇的事情。不过这种蛇近几十年几乎绝迹了，竟然在这里看到，真是出乎我的意料。

胖子他们没见过这种蛇，都啧啧称奇，几个人里面只有闷油瓶和我脸色有了变化。不过那火红的蛇身和凶狠的姿势，表明了这剧毒蛇的身份，几个人都不敢轻举妄动。

这真是刚逃离蟒口，又遇到毒蛇，我心里一边懊恼，一边提醒自己，看来在这个地方真的要加倍小心，不能什么地方都乱钻。

和蟒蛇硬拼还有一线生机，和毒蛇搏斗，一般不是全胜就是全输，这个险没人肯冒，而且"野鸡脖子"一般也不会招惹人，现在它做出这种威胁的姿态，是一种警告，可能这缝隙是它的巢穴。

那这里绝对不能待了，我挥手让他们不要做出攻击的姿态，慢慢出去。阿宁扯出冷烟火，递给我，让我当武器。

我把冷烟火横在自己面前，这样不至于在"野鸡脖子"突然发动攻击的时候只能用手去挡。我们小心翼翼地退出缝隙，一个一个，都很顺利。轮到我的时候，我总算松了口气，转头看了一眼缝隙里面，黑黑的，已经看不到蛇了，心说幸好没出事。

从缝隙里下来，踩进水里，胖子就用矿灯探到瀑布外面，照了几圈，说："大蛇也不在了，安全了……"

几个人都嘘了一口气，我们去看被胖子扶着的潘子，他有气无力地摆了摆手，说他没事，就是摔得有内伤了，不过还死不了。我们互相看了看，都发出苦笑，几个人衣衫不整，浑身是泥，阿宁的胸口几乎都露了出来，她若无其事地扯了扯自己的衣服遮住。装备包只剩下两个，闷油瓶的黑金古刀丢了，胖子手里是我的匕首，他自己的匕首也没有了。闷油瓶和潘子的肩膀上全是密密麻麻的血孔，被蟒蛇的牙齿咬的，特别是闷油瓶，他可能是硬挣脱出来的，很多伤口都豁开了。

真是没有想到一条蟒蛇就能把我们搞得如此狼狈。

我看了看天，雨已经停了，天光已经亮起，峡谷的边缘树木稀疏一点，能够看到黎明即将到来的那种晨曦。一边是瀑布，一边是丛林，四周传来鸟叫，如果不是亲身经历了刚才的恶战，这将是多么美好的情形。

众人安静地看了一会儿风景，胖子问道："现在怎么办？"

阿宁走到瀑布边上，接了点儿冲下来的雨水，洗了洗脸，就说："等天亮了，我们回去把装备捡回来，然后找个地方休息一下，这里太危险了，我们还是得快点儿出去。"

胖子道："你说得容易，刚才我们跑的时候，完全是乱跑，也不知道那棵树是在什么地方，我们怎么去找？"

"那也得去找，现在不回去，等需要的时候想去找就更不可能了。"阿宁疲惫地按了按脸，又卷起自己的袖子，把头伸到瀑布里面草草冲洗了一下，洗完之后短发一甩，泥沙退去，俏脸总算恢复到以前的样子。

我想到还要回到那个地方，心里就长叹了一声，但是这个女人说得没错，这个时候确实必须这么干，就是不让人喘气，感觉还没有缓过来。

几个人背起自己的东西，阿宁到底是个女人，还是比较爱干净的，看我们走得远了，就拉开了自己的衣服，用水去冲自己的胸口。这个时候，我的眼角一闪，就看到瀑布里面有一团红色闪了一下，同时我们隐约听到了"咯咯"的声音。

我突然感觉到不妙，对阿宁道："小心一点儿，离瀑布远点儿！"

"怎么了？"阿宁转过头看了我一眼，不知道为什么，露出了一个很淡的笑容，和她以前的那种笑容不同，我看着惊艳了一下。

就在那一刹那，一条火红的蛇猛地从瀑布里钻了出来，一下子就盘到了阿宁的脖子上，高高地昂起了它的头，发出了一连串凄厉而高亢的"咯咯"声。我一看，完了！丢掉手里的东西就冲了过去，才迈出去第一步，就看到那"野鸡脖子"闪电一般咬了下去。阿宁用手去挡却没有挡住，蛇头一口就咬住了她的脖子。她尖叫了一声，一把把蛇拽了下来，扔到一边，捂住脖子就倒在了水里。

我们冲了过去，那蛇竟然不逃，猛地从水里蹿起来，犹如一支箭一样朝我们飞了过来。胖子叫了一声，用刀去劈没劈到，眼看又要中招，一边的闷油瓶凌空一捏，一下就把蛇头给捏住了。蛇的身子立刻盘绕到他的手臂上，想要把蛇头拔出来，就见闷油瓶用另一只手卡到蛇的脖子上，两只手反方向一拧，咔嚓一声，蛇头给他拧了三百六十度，然后就往水里一扔。那"野鸡脖子"扭动了几下，就不动了。

我们忙去看阿宁。我上去抱起她，却见她脸上的表情已经凝固了，喉咙动着想说话，眼里流着眼泪，似乎有一万个不甘心。我的头皮一下子就麻了起来，不知道怎么办了，整个人发起抖来。接着，只是几秒钟的工夫，她的眼神就涣散了，整个人软了下来，然后头也垂了下来。

第四十二章 ● 蛇沼鬼城（上）

两分钟后，阿宁停止了呼吸，在我怀里死去了。凌乱的短发中，俏丽得让人捉摸不透的脸庞凝固着一个惊讶的表情，我们围着她，直到她最后断气，静下来，时间好像凝固了一样。

突然，我感觉一切都停止了，心中悲切，想哭又哭不出来，胸口像是被什么堵住了。

这一切发生得太快了。

一路过来虽然危险重重，我也预料到有人会出事，但是我从来没有想过这个女人会死，而且死得这么容易、这么突然。事情毫无征兆，就这么发生了，刚才还在说话的人，一下子就这么死了，而且是真的死了，我们连救的机会都没有。

我一开始还不相信眼前的情形，以为自己在做梦，这个女人怎么可能会死呢？她是如此强悍、艳丽而狡猾，外表柔弱却有坚强如铁的内心，虽然我并不喜欢她，但是我由衷地佩服她。如果要死的话，这里所有人都比我强，最容易死的应该是我才对。

可是她确实是死了，就在我的面前，这么容易地、真真切切地、随随便便地死去了。

我一下子有了一种被打回原形的感觉，虽然每次都是危险重重，但是我们几个人都闯了过来，就连在秦岭我一个人出去，也勉强活着回来了。我一度认为在这些事情之后，我们这样的人已经非常厉害了，有着相当多的经验，只要我们几个人在一起，虽然会遇到危险，但是大部分都能应付，就算要死，也应该是死在古墓里最危险的地方。但是现在，阿宁就这样轻易地死在了一条蛇的手上。我突然意识到，不对，人本来就是脆弱的动物，不管是闷油瓶、潘子还是我，在这种地方，要死照样还是会死，身手再好、经验再丰富也没有用。

这就是现实的法则，不是小说或者电影里的情节，只要碰上这种事情，我们都会死，就算是闷油瓶，如果站在瀑布边上，刚才肯定也死了！

我抬起头看前面茂密的丛林，突然感觉到无比恐惧和绝望。那一瞬间，我简直想拔腿而逃，什么都不管，逃离这个地方。

这个时候天终于亮了，阳光从峡谷的一边照了下来，四周都亮了起来，前面水汽腾腾，瀑布溅起的水幕在阳光的照射下，形成了一团笼罩在茂密雨林上空的白色薄雾。

美景依旧，美人却不在了。

潘子是个看破生死的人，此时虽然也是一脸惋惜之色，但是比我们从容多了，只是受了重伤，也说不出太多话来，就对我们道："这是意外，虽然很突然，但我们也必须接受，这里不知道还有没有那种蛇的同类，不宜久留，我们还是走吧，找个干净点儿的地方再想办法。"

我想起闷油瓶刚才杀了那条"野鸡脖子"，心中也多了些恻然，转头去看水里的蛇尸，却发现尸体不见了。这种蛇据说会对杀死同类的东西报仇，不死不休，诡异异常，待在这里确实有危险，想起

阿宁的惨状，也待不下去了。

一时之间又不忍心将阿宁的尸体丢在这里，我就背了起来，胖子扶起潘子，几个人不敢再往丛林里去，就沿着峡谷的边缘，蹚水前进。

谁都不可能聊天了，胖子也没法唱山歌了，我甚至都不知道为什么还要往前走，脑子里一片空白。

深一脚，浅一脚，恍惚地往前走了十几分钟，却一直无法找到干燥的地方让我们休息。日头越来越高，昨夜大雨的凉爽一下子就没了，所有人都到达了极限。太累了，一个晚上的奔袭、搏斗、爬树、逃生，就是铁人也没力气了，更要命的是，随着温度升高，这里的湿度变得很大，胖子最受不了这个，喘得要命，最后都变成潘子在扶他。

正在想着要不要提出来就地休息的时候，突然，前面的峡谷出现了一个向下的坡度，地上的溪流变得很急，朝着坡下流去。我们小心翼翼地蹚着溪流而下，只下到坡度的下面，就看到峡谷的出口出现在我们面前。

外面树木稀疏起来，全是一片黑沼，足有两百多米，然后又慢慢地开始茂密起来，后面就是一大片泡在沼泽中的水生雨林，都是不高但是长势极度茂盛的水生树类，盘根错节，深不可测。

　　我们都面面相觑，一种宿命的感觉传来，原来到所谓峡谷的出口，昨天晚上我们只剩下这十几分钟的路程了，而我们竟然选择了停下来，如果当时坚持走下去，可能结果就完全不同了。

　　再往前走了几步，来到了沼泽的边缘，从这里看沼泽，视野有限，并不像我们在外面看到的那么辽阔。如果不是沿着山壁在走，也不知道已经出了山谷了，前方还是一片密林，感觉只不过是峡谷的延续。当然区别还是有的，脚下越走越觉得不对，水越来越深，而且地下的污泥也越来越站不住。

　　好在沼泽的浅处有一块很大的平坦石头，很突兀地突起在沼泽上，没有被水淹没。我们很奇怪怎么会有这么大的一块石头在这里，小心翼翼地蹚水过去，爬了上去，才发现这块巨大的石头上雕刻着复杂的装饰纹路，而且在水下有一个非常巨大的影子，似乎是好几座并排的大型雕像的一部分。

　　这里是西王母城的一个入口，西王母是西域之王，在很长一段时间里都是西域的绝对精神领袖，那么西王母城的入口自然不会太寒酸，也许这是当时的一座石雕，或是这里城防建筑上的雕像，用来给往来的使节以精神上的威慑。当然这么多年后，这种雕像在雨水的冲刷下自然不可能保存。

乍一看石头上的古老纹路，感觉和吴哥窟的那种很像，仔细看才发现并不是高棉佛教的纹路，而是因为这块石头也被风吹雨打得发黑发灰，看起来才特别古老和神秘。

正想着如果这里有一座倒塌的雕像，那么是否沼泽下面还有其他的遗迹，就听到胖子招呼了一声，让我们看他那边。

我们转头看去，只见在阳光下，前方的黑沼比较深的地方，现出了密密麻麻的巨大的黑影，似乎沉着什么东西，看上去似乎是石头，有些完全在水下。我和闷油瓶用望远镜一看，才惊讶地发现，沼泽水下的影子似乎全都是一座座残垣断壁，一直连绵到沼泽的中心去。

西王母古城的废墟竟然被埋在了这沼泽之下。

"这座山谷之中应该有一座十分繁华的古城，西王母国瓦解之后，古城荒废了，排水系统崩溃，地下水上涌，加上带着泥沙污秽的雨水几千年的倒灌，把整座城市淹在了水下。看来西王母城的规模很大，我们现在看到的只是凤毛麟角。"闷油瓶淡淡道。

我也有一些骇然，古城被水淹没这种事情倒是比较常见，其实这片沼泽面积绝对不小，当时的古城竟然已经发展到这座盆地的边缘，说明当时的文明已经到了鼎盛时期。但是这么说的话，西王母宫岂不是也在水下的污泥里了？我们如何进入呢？

不过，我想起文锦的笔记，这片沼泽形成也不是一年两年了。20世纪90年代，在她的队伍中，霍玲就进入了西王母宫，也是在大雨之后，那么应该是有办法进去的，只是我们还没有到达那种境况而已。

第四十四章 · 蛇沼鬼城（下）

石头上相对干燥，我将阿宁的尸体放下，几个人都筋疲力尽，坐下来休息。

把衣服脱掉，铺在石头上晒，胖子想点起无烟炉，可是翻遍了行李，一只也找不到，看样子昨天晚上混乱的时候掉光了，没法生火，就用燃料罐头上的灯棉凑合。意料之外的是，这里的沼泽竟然是咸水，看样子附近有大型盐沼的水系连通，万幸雨水从峡谷冲刷下来，基本上没有味道，不然我们可能连喝水都成问题。我先放了几片消毒片煮了点儿茶水喝，然后打水清洗自己的身体。

在水里泡了一个晚上，浑身的皮都起皱了，鞋子脱掉，脚全泡白了，一抠就掉皮。就算我扣紧了鞋帮，脱了袜子之后脚上还是能看到小小的类似于蚂蟥的东西吸在脚上，拿烧烫的匕首烫死它，挑到眼前来看，也看不出是什么虫子。

不过，如果沼泽里是咸水的话，昆虫的数量应该相对少一点儿，至少这里不太可能有咸水蚂蟥，这对我们进入沼泽深处来说，是一个大好的消息。

潘子递给我烟，说这是土烟，分别的时候问扎西要的，能祛湿。这里这种潮湿法，一个星期人就泡坏了，抽几口顶着，免得老了连路都走不了。

我接过吸起来，烟是包在塑料袋里的，不过经过昨天晚上那样的折腾，也潮了，吸了几口呛得要命，眼泪直流，不过确实挺有感觉。也不知道是生理上的还是心理上的，抽起来感觉脑子清醒了不少，疲劳一下子不那么明显了。

胖子也问他要，潘子掐了半根给他。他点起来吸几口就没了，又要，潘子就不给了。这时候我们看到闷油瓶不吭声，看着一边的沼泽若有所思，潘子大概感觉少他一个不好意思，就也递了半根给他。我本以为他不会接，没想到他也接了过来，只不过没点上，而是放进嘴巴里嚼了起来。

"小哥，你不会抽就别糟蹋东西。"胖子抗议，"这东西不是用来吃的。"

"你懂个屁，吃烟草比吸带劲多了，在云南和缅甸多的是人嚼。"潘子道，不过说完也觉得纳闷，就看向闷油瓶，"不过，看小哥你不像老烟枪啊，怎么知道嚼烟叶子？你跑过船？"

闷油瓶摇头，嚼了几口就把烟草吐在自己的手上涂抹手心的伤口。我瞄了一眼，只见他手心的皮肉发白翻起，虽然没有流血，但是显然这里的高温也使得伤口很难愈合，涂抹完后他看了眼潘子。潘子用怀疑和不信任的眼光盯着他，但闷油瓶还是没有任何表示，又转头去看一边的沼泽，不再理会我们。

这样的局面我们也习惯了，闷油瓶对自己的情况似乎讳莫如深，但是我明白，这些问题有很大一部分连他自己也不知道答案，"凭空出现的一个人，没有过去，没有将来，似乎和这个世界没有任何联系"，这是他对自己的评价，偶尔想想真的十分贴切。

脱得光溜溜的，加上身上水分的蒸发，感觉到一丝舒适，觉得缓了一点儿过来。胖子拿出压缩的肉干给我们吃，我们就着茶水一顿大嚼，也不知道是什么味道，总之把肚子填饱了。肚子一饱就犯困，于是潘子用背包和里面的东西搭起一个遮挡阳光的地方，他放哨，我们几个缩了进去。大家都心知肚明，进入沼泽之后可能再也没有机会休息了，现在有囫囵觉睡就是种福利了，也没有什么多余的想法，一躺下，眼睛几乎是一黑，就睡了过去。

这一觉睡得天昏地暗，也不知道睡了多久，迷迷糊糊地醒过来，发现四周一片漆黑，浑身黏糊糊的，揉了揉眼睛一看，发现竟然天黑了，而且又下雨了。潘子倒在一边的行李上，也睡着了，胖子在我边上，打着呼噜，闷油瓶脸朝内，也睡得很深。

远处的燃料罐头还燃烧着，不过被雨水打得发蓝，也照不出多远。我拿出风灯把火苗点上，然后想把其他几个人都叫醒，这个时候却发现有点儿不对劲。

原来一边裹着阿宁尸体的睡袋，不知道什么时候被人打开了，阿宁的上半身露了出来。

第四十五章 • 尸体旁的脚印

这在平时是很普通的一件事情，在戈壁中行进，进入绿洲之前，我们上半身一般都不脱衣服，就下半身躺进睡袋里取暖，这样能够在有突发事件的时候迅速起身。阿宁这样躺在睡袋里的样子，这一路过来也不知道看了多少眼了，十分熟悉，然而想想，又想起她已经死去了，感觉就很凄凉。

不过我睡着的时候尸体明明是完全裹在睡袋里的，是谁把她翻出来的呢？难道是潘子？他把她翻出来干什么呢？

站起来走到尸体边上看了下，我就发现似乎有点儿不对劲。尸体确实被人动过了，不知道为什么，双手不自然地蜷缩着，整具尸体的样子有点奇怪。

我下意识地看了看四周，天色灰暗，在沼泽里不同于在峡谷，四周的树木比较稀疏，没有什么东西能照出来，那燃料罐头的火苗又小，四周完全是一片沉黑，什么也看不到。

我转身叫醒了潘子，潘子睡得不深，一拍就醒了过来，我就问他是不是他干的。

潘子莫名其妙，凑过来看了看，就摇头，反而用怀疑的眼神看着我。我看他的表情也不像是装的，就更纳闷了。

我又想到了胖子，心说难道胖子看上阿宁身上的遗物了？这王八蛋连自己人身上的东西也不放过吗？但我印象里胖子虽然贪财，但是这种事情他也不太可能会干。

潘子用一边的沼泽水洗了把脸，就走到阿宁尸体的边上，打起矿灯照了下去，想看看到底是怎么回事。

阿宁的脸上还凝固着死亡那一刻的表情，现在看来有点儿骇人。尸体被雨水打湿了。潘子蹲下去，把她脸上的头发理得整齐了一些，我们就看到阿宁被咬的伤口已经发黑发紫，开始腐烂了，身上的皮肤也出现了斑驳的暗紫色，这里的高温已经开始腐蚀这具美艳的尸体了。

我们发现尸体的衣服上有好几条泥痕，潘子摸了一把，似乎是沾上去不长时间，顺着泥的痕迹照下去，我们陡然发现在尸体的边上有几个小小的类似泥脚印的东西。

潘子看了我一眼，顺着这些泥印子照去，发现脚印一直是从沼泽里蔓延上来的，因为下雨，已经很不明显了，只有尸体边上的还十分清晰。

沼泽里有东西！我们的神经绷了一下，喉咙都紧了紧，互相看了一眼。我转身去叫醒胖子他们。潘子站起来拿起枪，顺着脚印走到了沼泽的边上，蹲了下去，往水里照去。

胖子叫不醒，闷油瓶一碰就睁开了眼睛，也不知道是不是在睡觉。我把情况一说，他就皱起了眉头。

我们两个走到潘子身边，水下混浊不堪，什么也照不清楚，潘子又把那几个泥脚印照给闷油瓶看，说："好像在我们睡觉的时候，有东西爬上来过，看来以后打死也不能睡着了。"

只照了一下脚印，闷油瓶的脸色就变了。他接过矿灯，快速地扫

了一下尸体的四周，就挡住我们不让我们再走近尸体。

"怎么了？"我问道。

"只有一排脚印，那东西还没走。"他轻声道。

第
四
十
六
章
●
蛇
的
阴
谋

我们刚才根本没有注意有几排痕迹，听闷油瓶一说，探头往脚印处一看，果然如此，这下我们就更加戒备起来。潘子立即端起了自己的短枪，瞄准了阿宁的尸体。

我们后退了几步，另一边的闷油瓶一边举着矿灯照着尸体，一边示意我立即去把胖子弄醒。

之前经历了一场生死搏斗，之后又遇到了阿宁突然死亡的变故，我的神经早已经承受不住了，现在没消停几分钟神经又绷紧了，让我感觉到十分郁闷。不过我也没有害怕，而是退后到胖子身边，先从胖子身上摸出了匕首，然后拍了他几巴掌。

可胖子睡得太死了，我拍了他几下，他只是眉头稍微动了一下，就是醒不过来。而我一下打下去，却感觉到他脸上全是汗。

我感觉有点儿不对劲，怎么有人会睡成这样，难道是生病了？摸胖子的额头却感觉不到高温，我心说难道在做梦？正想用力去掐他，忽然看见在胖子躺的地方的边上，竟然也有那种细小的泥印子，而且比阿宁身边的更加多和凌乱。

我心说不好，赶紧站了起来，退后，并叫唤了一声"潘子"。

"怎么了？"潘子回头。

我指着那泥痕让他看："这里也有！"

潘子一边瞄着阿宁的尸体，一边退到我身边，低头一看，就骂了一声娘，并把枪头移了过来。一边的闷油瓶回头也看到了，退了过来。

三个人看了看尸体，又看了看胖子。我心说这情形复杂了，尸体还好办，也容不得我多考虑什么。潘子看了一眼闷油瓶，两个人就做了一个手势，显然是交换了什么意见。潘子举起枪，退到脚下岩石的边缘，远离了尸体和胖子，这样可以同时监视两个方向。而闷油瓶把灯递给我，让我照着胖子，同时把我手里的匕首拿了过去，猫腰以一种很吃力的姿势走到胖子身边。

这是一种半蹲的姿势，双脚弯曲，人俯下身子，但是不完全蹲下，这样可以在发生变故的时候保持最大的灵活度。他靠近胖子，头也不回地向我做了一个手势，让我把灯光移动一下，照向胖子身边的脚印处。

气氛真糟糕，我心里暗骂了一声，心说这种事情什么时候才能到头？我把灯光移过去，就在那一瞬间，忽然，有两三个不明物体以飞快的速度从胖子的肩膀下冲了出来，一下子就掠过了灯光能照到的范围。

那速度太快了，只是一闪我眼睛就花了，但是我的手还是条件反射一般直接向着那几个东西冲出来的方向划了过去。可惜什么都没照到，只听到一连串不知道是什么东西跳进沼泽的声音。同时阿宁的尸体那边也有了动静，同样的一连串入水声，好像是在田埂边惊动了很多青蛙的那种感觉。

闷油瓶反应惊人，但是显然对这么快的速度他也没辙。他只是飞速转身，连第一步都没追出就放弃了，挥手让我过去，去照水里。

我冲过去举起矿灯朝水中照去，一下子就看到水中的涟漪和几条水痕迅速地远去，潜入沼泽里。

"是什么东西？水老鼠？"我问道，第一感觉就是这个。20世纪90年代城市建设还没这么完善的时候，见过不少这种老鼠。

闷油瓶摇头，脸色阴沉："是蛇！是那种'野鸡脖子'。"

我咋舌，看着地上刚刚留下的一连串印记，忽然意识到没错，那就是蛇形的痕迹，难怪有点儿像脚印却又不是，心里顿时涌起了不祥的念头，传说这种蛇报复性极强，而且行事诡异，现在果然找上门来了。

这时候我发现胖子还是没醒，不由得心里咯噔了一声，心说难道胖子已经被咬了？

我立刻过去看胖子，因为不知道是不是所有的蛇都走了，所以小心翼翼地靠过去，先推了他一下。没想到这一推他就醒了，而且一下子就坐了起来，脸色苍白，但人还是迷迷糊糊的。他盯着我们几个，又看了看天，有点儿莫名其妙，看我们如临大敌似的看着他，隔了半天才道："你们干吗？胖爷我卖艺不卖身的，看我也没用。"

看他这样子应该是没事，我们松了口气。而我还是不放心，让胖子转过去，给他检查了一下，确认没有被咬。胖子看我让他脱衣服，更觉得莫名其妙，问我怎么回事，我就把刚才的事情说了。

胖子将信将疑，我们也没空和他解释了，起身走到阿宁尸体的边上。我照了一下附近的沼泽，完全是黑色的，什么也看不见，尸体边的石头上全是刚才那些蛇离开的痕迹。

"真邪门，难道这睡袋是这些蛇打开的？"潘子轻声自言自语了一句，又用枪拍了拍尸体，看还有没有蛇在里面。

没有蛇蹿出来，但是我感觉到非常不安，一种梦魇一样的恐慌在我的心底蔓延开来。我们睡觉的时候，有几条"野鸡脖子"从沼泽中爬了上来，爬进了胖子和阿宁的身下，还不知怎的打开了阿宁的睡袋……这实在太诡异了，它们到底想干什么？我看着漆黑一片的沼泽，总感觉，肯定要有什么不祥的事情发生。

其他人也都有这种感觉。闷油瓶蹲了下来，检查了一下阿宁的尸体，也没有发现什么异样，做了个手势，让我们都把矿灯打开，他要仔细看看四周水下的情况。

我们照闷油瓶说的办，一边的胖子也来帮忙。我们打开矿灯，分四个方向开始扫射水里，才扫了没几下，身后的胖子忽然惊呼了一声。

我们以为蛇又出现了，马上转身，顺着他的灯光看去，我们看到面前二十几米处的沼泽中竟然有一个人影，好像是从沼泽的淤泥里钻出来的。

一只矿灯的光芒无法照清楚，立即所有的灯都聚了过去，只见一个浑身污泥的人站在齐腰深的水里，犹如一个水鬼，直勾勾地看着我们。

"这是什么东西？"胖子喊道。

闷油瓶仔细一看，惊叫了一声："天哪，是陈文锦！"说着，一下子冲入了沼泽，向那个人蹚去。